CB134857

COSACNAIFY

Tradução **Leonardo Fróes**

HISTÓRIA DO PÉ

J.M.G. LE CLÉZIO

E OUTRAS FANTASIAS

HISTÓRIA DO PÉ

um

Uma superfície plana, mole, encurvada no centro, mas não de todo escavada.

Enrugada, um pouco.

Que em repouso se estica, ou então se levanta, descansando na vertical ao sol, não distante do mar. O que faz com que os cinco dedos de cada pé se encarquilhem, não a rigor se encarquilhando, mas contraindo-se, arqueados para cima, afastados, como se diz, em leque? A ideia de frio, sem dúvida, a massa movente do mar que rebenta à beira da praia, não o rumor do mar (podem os pés ouvir?), mas o sopro do vento das lonjuras, o sopro que vem das profundezas do horizonte e sobe pela costa na hora da maré, deslizando sobre a jovem de biquíni, erguendo ao longo de suas pernas cada pelo, acariciando com a mão fria a pele, a barriga de umbigo ornado por um piercing verde, os seios no sutiã formado por dois pequenos triângulos, para chegar ao rosto que se prostra, que se abandona por completo, olhos revirados por trás das pálpebras fechadas, cabelos esvoaçando juntos para ocultar o rosto e uma mecha rebelde, separada das outras, que vai e vem de uma face até a outra passando por cima da ponte do nariz, entre os olhos.

O pé porém não se abandona. Diante do mar e do vento ele permanece ereto, como se vigiasse, como se resistisse. Contra quê, contra quem? Retesando-se, nunca relaxados, todos os músculos e todos os tendões estão a postos. A moleza da planta é aparente. Por dentro, os nervos se repuxam, os ossinhos e as cartilagens estão em seu lugar. Não há repouso. Nem sono.

É uma longa história. Tudo começou vinte e seis anos antes, quando Ujine veio ao mundo. Ainda frágil, como se flutuasse na água. As plantas dos pés e as palmas das mãos bem vermelhinhas e enrugadas. Os dedos muito maleáveis, que a mãe logo começou a contar para certificar-se de que não faltava nenhum e nem havia um a mais. O dedão do pé, que Ujine chupava para dormir, dobrando a perna contra o rosto e envolvendo as coxas com os braços, como uma espécie de nó de carne cor-de-rosa, tenra e tépida, bem quente, viva. Mas isso foi muito tempo atrás. Agora Ujine já não sabe que gosto tem seu dedão, algo que se tornou distante e estranho. Diferente. Uma só lembrança, a de sua mãe a lhe dizer um dia: "Você parecia o Balarama, o irmão de Krishna, que chupava o dedão do pé sentado numa folha de lótus sobre a água dos rios". Sua mãe agora não está mais aqui. E essa lembrança a remete para um tempo que deixou de existir. É o que se chama solidão, sem dúvida.

Para saber, ela pediu a Marc, seu namorado, que enfiasse na boca seu dedão. "Que gosto que tem?" Marc está apaixonado. Gosta de histórias estranhas, de afrontas à banalidade dos dias. "Tem gosto de leite", disse, depois de refletir, e seus olhos riam. Bem que ele queria provar de todas as partes do corpo dela, mas Ujine recuou, recolhendo o dedão do pé. "Seu pervertido", disse ela, sem querer explicar por quê. "Foi você que pediu." Ujine tapou-lhe a boca com a mão. "Vamos nos beijar, é melhor!"

Então é isso que se chama solidão. Estar sozinho como um dedão do pé. Na verdade em companhia, nos dois pés, dos outros dedos. Mas nem por isso sua solidão se torna menos pesada. Sem ver, sem falar. Tão longe da boca. Tão longe da alma.

A terra. O corredor interminável, ladrilhado em mosaico preto e branco, que conduz à escada de cimento. Granito. Coisa que há tempos já não se faz, importado da Espanha, minúsculos dados de pedra multicor longamente polidos no esmeril elétrico para criar essa superfície lisa, fria, onde então os pés descalços se enroscam, formam arcos, andam de lado ou sobre os calcanhares, evitando o contato com a pedra outrora eriçada de pontas, que o polimento não desgastou por completo.

"Mas você anda como um pinguim!"

"Endireite o corpo, Ujine, ande normalmente, vamos!"

"Essa menina tem pé chato, é preciso levar a um ortopedista."

Os pés chatos. Compridos demais, esparramados, pés com pouca curvatura. Pés de menino. Pés de vaca, disseram as garotas da escola. Era preciso portanto corrigi-los, puni-los. Trancá-los em botinhas de canos de metal, exercitá-los, dominá-los. Um, dois. Um, dois.

"Na ponta, Ujine, na ponta!"

O assoalho da grande sala de dança, com suas tábuas envernizadas, escorregadias, de granulação muito fina, e a dor que entra como lâmina, força os dedos dos pés, aperta, arde nos tendões e sobe pelas pernas até atingir as coxas, a virilha.

"Não aguento mais, madame, está doendo muito."

"Vamos, senhorita, vamos, nada de peninha de si! Um, dois. Um, dois."

E o bastão comprido do mestre de dança, que toca suas nádegas, toca suas costas, roçando de leve, e os pés recebem a descarga elétrica que os arremessa, que os faz saltar e voar!

Correr. Depois de anos, correr. Na praia de areia fina, na Bretanha, na chapada do areal, como eles diziam lá, que é de areia endurecida pelo vento e pelo mar na maré baixa, correr cada vez mais rápido, pulando por cima das algas e das manchas cinzentas das medusas encalhadas, correr cada vez mais longe, com os pés que voam sobre a praia e mergulham nas poças lançando rosários de gotas quentes, salgadas.

“Pare, Ujine, pare!”

Ser livre aos dezesseis anos. Tomar impulso, alçar-se, voar no espaço de alguns segundos. Dançar, saltar. Como se o chão, aqui ou em qualquer parte, fosse devolvendo as pancadas. No cimento das calçadas, no asfalto das rodovias. A redondez que há sob os dedos, as almofadinhas de pele resistente e elástica, os calcanhares torneados como seixos, gastos, bem lisos, e os tendões sensíveis sob a pele, esse anverso da vida, anverso do ser, em contato permanente com o chão, com a terra, onde repousa todo o peso da existência, quarenta e dois quilos de mulher em roupa de trabalho, nas três peças do seu conjunto cinza escuro, quando no hall ela executa seu trabalho de recepcionista para o Salão do Prêt-à-porter ou do Cavalo, para os Salões do Marca-passo, das Edições Médicas, dos Agentes de Viagens...

“Você será obrigada a usar escarpins de salto alto.”

“Nem tênis nem sapatilhas.”

“Sapatos fechados.”

Os risos das outras moças, e também suas queixas:

“Ai meus pés, coitados!”

“Os meus estão me matando!”

“E os meus eu nem sinto mais.”

“Tenho a impressão de estar de tamancos.”

E depois disso o banho quente, calmante, emoliente, para dormir, para esquecer, os dedos levantados no fundo da banheira, dez ilhotas que despontam no mar de espuma, ou uma família de patinhos. Como outrora, quando bem pequena, a voz de sua mãe contando e voltando a contar:

“Um dois três quatro cinco... e dez! E dez!” Segurando o último como se usasse uma pinça, aquela bolotinha rosada com sua unha minúscula de nácar.

Avançar, sempre.

Bater com o bico do sapato, jogar o peso sobre o saltinho. Um aprendizado. Da primeira vez, naquele tempo de outrora, Ujine ainda era criança. Tinha calçado os sapatos da mãe, grandes demais, e para ela foi como andar com os pés em caixas. Era só para escutar o barulho, plac-plac, no assoalho da sala, e os aplausos e risos da mamãe, da tia Annie, do vovô Robert, do vovô Dany, do tio Jacques. Seus risos, seus comentários. "Uma verdadeira mulherzinha! Viu só como as curvas dela se acentuam com isso? É incrível, vira mulher na hora, as costas bem para dentro, o bumbum empinado!"

Mas a primeira vez de verdade foi muito tempo depois, para uma festa, talvez um casamento. Um salão sonoro, um assoalho de madeira envernizada, uma varanda, um jardim de inverno decorado com guirlandas, plantas em vasos. O ar estava perfumado, uma orquestra tocava em algum canto, foxtrotes, mambos, chá-chá-chás. Nos pés sem meias, apesar do frescor da primavera, Ujine tinha enfiado seus escarpins de couro duro.

Por ser a primeira vez, a impressão era de flutuar, mais alta que a maioria dos homens, mais magra, mais esbelta, os saltos deviam medir doze centímetros, e de repente o chão ficou distante, ficou leve, no começo ela o tocava com a ponta do pé, esperando o contato dos saltos, um depois do outro, com muita cautela. Estava dançando. Levados pelo ritmo da música, seus pés agora levantavam voo, os saltos batiam no assoalho, davam apoio para o giro, tudo se tornara fácil e rápido.

"A senhorita dança tão bem! Vai muito a boates?" Ela tinha ido, depois dessa permissão, todos os fins de semana e, nas férias, até mesmo todas as noites. O exame final estava longe. A coisa a fazer com prioridade, o que havia de mais urgente era aquilo, aquela aventura que dava início à sua verdadeira vida, que fazia dela uma mulher, uma mulher de verdade, não mais uma criança tímida e dependente. Não eram mais o tango ou o foxtrote, eram as danças violentas, selvagens, sob a cadência do baixo elétrico e da bateria, um ritmo mecânico, opressivo, cerrado, quase o ritmo do coração batendo nas artérias. O sangue, pressionado pelos tendões, pelos músculos das pernas e os músculos das coxas, pulsava de baixo para cima. O sangue subia para a cabeça, tão longe a cabeça, inflamava o rosto todo, inebriava o cérebro. Mas era o sangue que vinha do chão, da pista de dança fosforescente, o sangue que vinha da planta dos pés, o chão que ondulava e atingia seus passos, a música oculta, liberada em todo o seu corpo por golpes surdos. "Oi, lindeza, você é um tesão, dança como profissional, olhe só como a rapaziada toda te deseja quando você está dançando." Ela nem ouvia. Não queria que ninguém se aproximasse. Nas boates, os rapazes sempre vinham por trás, para encostar-se e até lhe dar uma roçada, era só brincadeirinha, tirar um sarro na sua bunda. Ela, que detestava aquilo, empurrava-os com força, mão espalmada contra o peito deles, sentindo o cheiro do suor que encharcava suas camisetas. Imorais, lamentáveis, na hora eles se afastavam, como cachorrinhos medrosos, mas logo depois voltavam.

Suas pernas nuas, todos os seus músculos tensos, a barriga lisa, o umbigo perfurado por um botão verde-maçã, bem da cor dos seus olhos. Ela voltava para casa às quatro da matina, exausta, enervada, elétrica, e sem nem tirar a roupa se jogava na cama, apenas quatro horas de sono antes das aulas, amanhã psicologia, depois *commercial English*, um pouco de matemática, fosse lá o que fosse, ela nem pensava nisso. As plantas dos pés livres, doloridas, os artelhos em leque, a música que continuava vibrando, um tremor nas suas fibras, uma raiz elétrica que não findava, algo que escorregava e se ia, para fora dela, pela pele dura dos calcanhares, pelas falanges dos dedos, pelas unhas.

Foi no ano em que sua mãe morreu no hospital, de câncer no pâncreas, tudo em menos de três meses. Enterraram-na no pequeno cemitério de Villejuif, mas, como ela era budista, primeiro a queimaram num forno. Seu pai partiu para uma volta ao mundo, não voltou.

Ujine não prescindia mais deles. Sabia andar, correr, pular, ficar à espera, empoleirada nos seus saltos de doze centímetros, apoiando-se na ponta dos dedos. Podia tudo, sim, ela sabia fazer tudo. Ben, seu amiguinho da época, zombava um pouco. "Não sei como as minas fazem para se equilibrar nesses troços." Ele, com seus eternos tênis, uns negócios vermelhos e brancos que pareciam botas de escafandrista, mal chegava ao ombro dela. "Nunca ouviu dizer que isso é o que as minas, como você diz, sabem fazer de melhor?"

No metrô, atrasada como sempre para as aulas, atrasada para o trabalho no salão Ambassador do aeroporto, para receber os Presidentes de Empresas, os Perfumistas, os Cosméticos. Ela descia os degraus, depois os subia de dois em dois, com os saltos bloqueados contra os espelhos da escada, e corria sobre pisos molhados, por calçadas rebentadas, pela terra pedregosa dos canteiros de obras. Mas não gostava de tapetes macios. Às vezes caía na armadilha das grades de proteção das valetas, tendo os deques por inimigos. Os patrões a perdoavam, apreciavam-na por ter aquele tipo eurasiano, cabelos claros, olhos puxados, e por ser magra como um cipó, o que causava efeito nos salões, diziam que ela ficava ótima nos vestidos ajustados pretos. "Você acha que nós te damos trabalho por quê, hein? Porque você é bonita? Sim, está certo, mas isso não te dispensa de chegar no horário."

Toda manhã. Acordar, pôr a planta do pé no piso frio. Após o sono (o amor, o sonho). "Bom dia!" O espanto do primeiro contato. Os dedos enroscados no chão. Andar. "Você anda sobre os calcanhares!" As palavras da velha, sem dúvida uma solteirona. Foi o primeiro apartamento de Ujine, um estúdio num quinto andar sem elevador, e as delícias da liberdade a embriagavam, não ter mais de dar satisfação a ninguém, não mais aturar as alfinetadas do irmão, as reclamações do pai. Mas, bem embaixo, a velha do quarto andar – uma professora de letras, mal vestida, mal disposta, mal comida. Ela a esperava atrás da porta e, quando Ujine passava, interpelava-a, barrava-lhe a passagem com o braço magro, tocando-a com as pontas dos dedos gelados. "Um instante, senhorita!" Um pouco assustadora, apesar de tão magra, tão miúda, com o cabelo pintado de ruivo e os olhos cinza que pareciam aftas. "Eu gostaria de lhe dizer uma coisa." Anos sem ter medo de uma professora, Ujine voltou decerto a pensar na senhorita Doux, que não fazia jus ao nome, pois, em vez de doce era má, dissimulada, ardilosa, nas notas ruins que ela dava, nas reguadas que sentava nas mãos, naqueles dedos tortuosos que agarravam as meninas pelos cabelos para arrancar bem devagar alguns fios, enquanto a senhorita Doux ia rindo por ouvi-las chorar com uns gritinhos de rato, ai! ai! ai!

"A senhorita sabe que anda sobre os calcanhares?" Antes mesmo de uma resposta, ela continuou: "Quando a gente a vê, senhorita, pode até pensar que é levinha, uma verdadeira sílfide, olalá, que bate as asas e voa! Mas, para quem mora embaixo, é pam! pam! o tempo todo. Você vira uma elefanta! Calcanhares a postos, bater cascos! Sapatear! Arrastar arados nos pés!". Ujine fugira correndo, descera a escada aos pulos, toda a rampa tremia, e a voz aguda da senhorita Doux a perseguia e alcançava: "Os calcanhares! Você anda sobre os calcanhares! Sobre os calcanhares!".

Ujine então tinha de andar descalça, porque até sapatilhas fariam barulho. Esticar a planta do pé, lentamente, primeiro os dedos, e apoiar o calcanhar devagar, bem de-va-gar!

O amor foi imprevisto, inesperado.

Conhecera Samuel quando nem acreditava mais nisso. Mas não tinha sido fácil. Ele não ia aos lugares que ela costumava frequentar, os bares de sushi, os clubes, os restaurantezinhos. Ele não dançava. Não gostava de caraoquê. Gostava, era assim que dizia, das coisas simples. De passeios à beira-rio, pelos caminhos na margem de onde embarcações eram puxadas à corda. De piscina, mas à noite, quando não havia crianças. Agradava-lhe especialmente uma piscina em estilo Belle Époque, de ladrilhos verdes e não azuis, que tinha pequenas arcadas decoradas com flores de lótus em mosaico. Delicadamente antiquada.

Os primeiros encontros foram lá. Jamais ela esqueceria o contato com aqueles quadrados verdes, frios, molhados, o lava-pés pegajoso, os degraus da escada em meia-lua que penetrava na água fresca. Era junho, começo do verão. Lá fora o tempo estava fechado, e chovia. A água escorria pelo telhado de vidro, as lâmpadas eram como estrelas nas vigas de concreto. Nove estrelas, como ela havia contado enquanto deslizava de costas, ouvindo mal por causa da touca de borracha ("É obrigatória", advertira Samuel, "aqui eles são muito rigorosos com essas questões de higiene".) Samuel respeitava todas as proibições, cumpria à risca os regulamentos. Era o jeito dele. No começo, de uma delicadeza extrema. "Com licença, senhorita..." Para tudo ele pedia licença, ou se desculpava. Para pegar na mão dela, para roçar no seu peito. Para lhe fazer perguntas pessoais, ou para não responder a perguntas. "Desculpe-me, mas disso eu não posso falar agora." Aos vinte anos tivera uma amante. Desviara os olhos ao confessar o fato. "Será que ele é gay?" Hipótese de Mado, uma colega de trabalho. E isso as fizera rir à beça! Ele tinha os pés enormes, muito compridos. Era alto demais: dois metros? Ujine sempre gostara de homens altos. Pés compridos e estreitos, com o dedo médio ultrapassando os outros, seria esse o chamado pé egípcio? Ujine logo se apaixonara pelos pés dele. Ele, é claro, não sabia de nada. Ujine seria capaz de se matar antes de confessar uma coisa assim tão boba. Sobretudo porque detestava os próprios pés, detestava sua forma achatada, a cor tão pálida, os dedos grossos. Lembrava-se da primeira vez que ouvira falar deles. Estava com as meninas, no acampamento de verão, na beira do rio, fazia calor e ninguém vestia maiô, mas ela havia enrolado a calça para deixar a água fria escorrer por suas pernas. A inspetora chegara e dissera para Ujine: "E aí, senhorita dos dedos grandes?". Ujine precisou de um ou dois minutos para entender, mas as outras meninas tinham sido mais rápidas e todas já repetiam: "Senhorita dos dedos grandes! Senhorita dos dedos grandes!". Por que ela nunca esquecera disso? Lutara, tentara lutar. Usara sandálias de ponta fechada, meias, não calçava rasteirinha nem chinelo de dedo, dizia que a machucavam, que arrancavam a pele. Depois pegara o hábito de pintar as unhas de vermelho vivo. Já que eu tenho dedos grandes, é melhor que vejam logo! E depois, agora, não se incomodava mais.

Depois do primeiro beijo, Samuel se desculpara. E se desculpara depois de fazer amor. Em vez de perguntar, como os outros: "Foi legal?", dissera timidamente: "Não te machuquei não?". Ridículo, mas Ujine se sentira comovida. Tudo com ele era tão diferente!

Mais tarde, ocorrera-lhe esta revelação: "São pés de artista que ele tem!". Isso talvez explicasse tudo – como se diria, de um pianista, que era normal, que ele tinha as mãos feitas para aquilo. E a ideia a fizera sorrir.

A pele dele, morena, mate, quase totalmente desprovida de pelos. Como ela detestava os homens que tinham pelos nos dedos, no alto dos pés, nos braços! Algo indesculpável! Que ideia ridícula da virilidade! Samuel era viril, sem dúvida, era altíssimo e fortíssimo e delicadíssimo, sólido, de pernas grossas, estável como uma estátua, lento e calmo, em qualquer aglomeração ele se destacava e, para ouvir os outros, sempre se inclinava um pouco, sem falar muito. Nunca se enfurecia. Verdade que certa vez, em seu trabalho no banco, um subchefe irascível, enciumado e rabugento, começara a encarnar nele. Samuel nem ligava. Deixava o cara falar, mantendo apenas um risinho zombeteiro que parecia dizer: vá em frente, você não me impressiona. Com uma das funcionárias do escritório, moça meio molenga, o homem tinha sido um horror, chegara mesmo a insultá-la, levando a moça a chorar e Samuel a intervir. "Você não pode falar assim com ela!" No instante seguinte ele fora chamado à sala do subchefe. Com um gesto, este, refestelado numa cadeira de diretor por trás de sua mesa enorme, apontara uma cadeira para Samuel, não qualquer cadeira, mas uma baixíssima, um tamborete pouco mais alto que o chão. Samuel permanecera de pé e no fim o subchefe perdera totalmente o controle e avançara para ele ameaçador, afastando um pouco os bracinhos, com um tique estranho nos ombros, como se quisesse aumentar de tamanho, pois erguido em seus pés miúdos ele só chegava, apesar dos saltos, à altura do peito de Samuel. Depois de gaguejar algumas frases, ele não soubera mais o que dizer e afinal concluíra: "Isso é tudo por ora".

Com uma ponta de vaidade e um ligeiro sorriso de triunfo, Samuel contou o episódio a Ujine. Era engraçado, pensou ela, apanhá-lo em flagrante delito de orgulho, como se o fato de ser alto já lhe garantisse certa superioridade, como se fosse para o que desse e viesse que ele estava ali. Ao mesmo tempo, ela se tornava mais segura por estar na companhia dele, alguém que, sendo tão alto, não temia ninguém. Alguém, em suma, bem simples. Para ela, tão pequena, tão fraca, até mesmo o peso da cabeça parecia demais para aguentar! Mas nem por isso Ujine resistiu ao prazer de mexer com ele: "Bem romântico isso! Um cavalheiro que, num banco, toma a defesa de uma pobre coitada!". E acrescentou: "Pelo menos a moça era bonita?". Samuel, para mostrar que a zombaria não tinha pegado bem, lançou-lhe um dos seus olhares frios. Ela, aconchegando-se a ele, reclinou a cabeça no seu peito largo. "Ora, foi só uma brincadeira, estou muito orgulhosa de você." Ele então resmungou: "Não era isso o que eu – ah, merda! Você me irrita!". Mas ela escutava os batimentos, profundos e lentos, do coração do amado, com a impressão de que junto de um coração assim tão grande o seu se agitava como um guizo em movimento incontido. Chegou até a pensar, esse coração me pertence, é para mim que ele bate, mas tal frase ela não podia lhe dizer. Ele não teria gostado de ouvi-la, pois queria fazer crer que não pertencia a ninguém.

Ela estava mais leve. Nunca imaginara uma coisa dessas. Ia andando pelas ruas, ao sair da faculdade de direito, e todo mundo reclamava, fazia calor, chovia, sucediam-se os engarrafamentos, as calçadas estavam cheias de gente, as aulas eram chatas, o professor de direito público gaguejava com sua entonação arrastada, suas piadas infames, seu jeito de inclinar a cabeça lendo em voz monocórdia suas notas, um tédio que flutuava como um bafo forte no ar... E ela, Ujine, tinha vontade de correr, de dançar. "Que foi que te deu? Você parece ótima!" A amiga Micha a olhava com expressão sarcástica. Não era mesmo um pouco ridículo? E tudo por causa de um rapaz que ela só conhecia de seis meses para cá, que entrara em sua vida sem que ela nem percebesse, causando tanta mudança. Enfim se acabara o tédio, a tristeza? Ela tentava raciocinar. "Não, não era nada de mais, apenas o prazer de existir. – Mas era grande a novidade, algo inédito! Agora então já não se morre, não se fica mais doente, tudo vai bem no mundo? – Um momento de abandono, digamos, um interregno, uma brusca alteração do seu estado de espírito. – Um prazer egoísta, né? – É, se assim lhe parece; é preciso ser pateta para não ser egoísta."

Impossível raciocinar a respeito. Tornado elástico, o próprio chão se levantava, milhões de molinhas, milhões de bolhas, as articulações quentes, a corrente elétrica que atravessava seu corpo, que passava por suas pernas, pelos braços, e ao andar ela ia abrindo e fechando as falanges para melhor sentir sua liberdade, sorria para as pessoas que a tomavam por louca.

Ela se espantava. Então o amor era isso? Uma espécie de auréola sobre sua cabeça, uma espécie de carapaça invisível, sentia-se muito abrigada, no âmago, ela se sentia invencível. Um fluido, ela dançava.

Aos encontros, ia sem segunda intenção. Samuel não queria nada de sério, nada de definitivo. Dizia apenas: "Então eu te ligo, tá?". Mas nunca lhe dera seu telefone. Dizia que não tinha celular, tinha somente um número no trabalho, no banco, e ligar para lá, nem pensar. Vai ver que ele se escondia por trás desse trabalho, por trás dos pais.

Tinha falado um pouco a Ujine sobre a mãe, uma mulher frágil, que não contava senão com ele, depois da doença do pai. Moravam todos no mesmo andar do mesmo prédio. E a mãe, quando ele custava muito a voltar à noite, ligava para os hospitais, a polícia. Era meio absurdo, sendo um rapaz de trinta e cinco anos, mas Ujine ao mesmo tempo tinha ficado comovida com aquele amor filial. Não tinha ninguém, morta a mãe, o pai no fim do mundo, o irmão longe, desligado dela. Talvez por isso se sentisse tão livre, tão leve. O amor era um vento violento e Ujine tinha plena liberdade para soar como uma harpa de relva, rodar como um moinho, sentir aquele movimento que fora disparado em seu próprio centro, uma vertigem no oco do estômago, um eixo que vibrava girando. Por isso, sob seus passos, o chão era elástico, sonoro, liso, sem nenhuma ruga, nenhum vazio.

Agora, na rua, as pessoas olhavam para ela. No trabalho, na faculdade, nas lojas, sentia como atraía os olhares. Algum tempo antes, teria se envergonhado. Ia querer saber se havia algo errado, escondendo-se por trás dos cabelos, baixando a aba do boné sobre o rosto. Agora porém corria para os encontros com Samuel, ou simplesmente pensava muito nele, e os olhares alheios deslizavam, vindo na sua direção. Sentia-se protegida por uma aura, no interior de um halo de luz. Via o semblante do amado, o brilho dos seus olhos castanhos, a linha das sobrancelhas, a do nariz, o debrum perfeito dos seus lábios.

Nem sequer tinha necessidade de se preparar. O tempo todo estava pronta: quando o telefone tocava e a janelinha iluminada dizia número desconhecido, ela sabia que era Samuel e corria para a rua do banco, para o bistrô do outro lado com os frequentadores de sempre, uns velhos enjoados e uns jovens embrutecidos pelos jogos eletrônicos. Ela esperava, ele chegava. Ele entrava no salão, procurava-a com os olhos, e isso a fazia sorrir, porque ele não a reconhecia, era o único a não vê-la, era preciso que ela se levantasse e fizesse gestos. Ele tomava um café às pressas e logo os dois saíam juntos, a caminho da casa dela. Ele, porém, não queria que os vissem andando lado a lado. Ficava um pouco para trás, sem conversar. Ela pensava em como gostaria que ele segurasse sua mão, passasse o braço por sua cintura, mas ele tinha imposto suas regras: "Aqui é a minha área de trabalho, detesto fofocas e coisas assim, entende?". No começo aquilo a incomodara, queria dizer palavras fortes: "Você está com vergonha?". Talvez até as tivesse dito, mas ele nunca cedia. Ela gostava que houvesse regras, que ele não quisesse se deixar levar, como os outros rapazes, e tomava aquilo por um jogo. Foi aliás o que ele um dia lhe disse, à guisa de elogio: "Você joga bem o meu jogo". Sem que soubesse por quê, isso lhe dera prazer.

Era um turbilhão que a arrastava. O sentimento de movimentação lhe dava tanto prazer que ela já nem lamentava a falta de liberdade. A honra, o amor-próprio, nada mais tinha importância. Em comparação com aquele sentimento, não havia senão vaidades.

Quando seu ânimo se abatia um instante por uma observação indelicada, por levar bolo no encontro, por um silêncio frio, por uma futilidade qualquer, seu corpo, seu coração não paravam naquilo, seus pés voavam, levavam-na a toda para a rua do banco, para o bistrô defronte, ela percorria o caminho entre a faculdade e o outro lado da cidade sem se cansar nem um pouco, sem tomar fôlego, sem sentir o peso dos livros na bolsa a tiracolo, nem o frio, nem a sede, nem a chuva. O telefone tocara três vezes, depois parara, e aquele barulhinho tão banal já impelia por seu corpo uma lufada de ar, acionava as asas do moinho de vento.

No bistrô, havia dias em que Samuel pedia alguma coisa, uma salada de atum, uma torta de maçã, sempre um café expresso, depois de ler o menu engordurado com extrema atenção, e interrogava Ujine com o olhar, como se a tivesse esquecido. Ela porém não sentia fome nem sede, alimentava-se de contemplá-lo, comia e bebia dele, do halo que o rodeava, da eletricidade que brilhava no corpo dele, das fagulhas nos cabelos negros dele, tudo aquilo que apenas o próprio Samuel não via. Até enjoar.

Se ela dizia: "Senti uma pontada no coração", ele tomava aquilo ao pé da letra. "Você prefere então ir descansar em casa?" Ela melhorava na hora: "Não, não, já vai passar". A ideia de que ele pudesse ir embora lhe dava tonteira.

Ujine fizera uma coisa da qual nem se sabia capaz. Fora com Samuel ao hotel, diversas vezes. Um lugar pavoroso, feio. Mas do qual ele parecia gostar. Ele dissera: "Não posso ir à sua casa". Ujine não perguntara por quê. De todo modo ele não teria respondido. Talvez ele agisse assim para que ela soubesse que não havia resposta.

Quando faziam amor, era diferente. Ele era afetuoso, delicado, gentil. Ela adorava olhar seu corpo grande sem roupa, a pele mate cujo cheiro aspirava, uma pele de mestiço como a dela. Parecia-lhe ter conhecido, esperado desde sempre aquele cheiro do qual se embebia para conservá-lo consigo quando os dois se separavam, para continuar a sentir a presença dele, a impregnar-se dela. Até nos quartos execráveis de hotel (o espelho grande bem defronte da cama, os invólucros de preservativos, o estojo de perfumes baratos, sabonetinhos, cremes, vaselina, lenços de papel, a televisão só com canais eróticos) ela captava algo de luz, de brilho e de beleza para os dias e as semanas por vir, para preparar, na ausência, uma viagem longa.

A vida então era leve, aventurosa. Ujine (Samuel a chamava de "Jeans" porque quase o tempo todo ela andava assim, de calça jeans, camisa branca masculina, sandálias de salto alto, a roupa de mulher que ele lhe dissera um dia ser a mais excitante para um homem) mudava de pele, mudava de sangue. Tendo feito a descoberta de que seus pés agora esquentavam, seus pés que habitualmente eram dois blocos gélidos, ela o fazia notar a diferença: "Sinta só, não tenho mais os pés tão frios!". Para ele, nada havia de extraordinário nisso: "Eu também não!" "Mas você sempre teve pés quentes, os homens sempre têm pés quentes, as mulheres têm pés frios, você não sabia?". Ele dava de ombros: "Você nem sabe do que está falando, conheço mulheres que têm pés quentes". Ela o interrompera: "Ah, é? E quem são essas mulheres, posso saber?". Ujine fingia rir e não mostrar despeito, mas todas as vezes, na verdade, sentia um aperto no coração, um alarme que a arrancava da ilusão, que a trazia de volta à realidade, à sua solidão. O ciúme então era isso? Que ridículo!

Mas os pés deles se embaralhavam, os quatro, e quando ele apoiava a planta grande e musculosa na parte de dentro da coxa dela, Ujine tremia de prazer.

Havia momentos incrivelmente longos, depois de uma noite em que tinham feito amor, ele com voracidade, até com um pouco de violência, querendo agarrar e saborear todas as partes do corpo dela, sem dizer nada, concentrado em esfregar nele o pau duro, a glande exposta, e, depois de gozar fora – havia algum tempo que não usava mais camisinha –, dormia de imediato, de boca para cima e, por causa do nariz grande, chegava a roncar um pouco. Isso Ujine teria detestado. Mas ela se entregava ao sono, enrolada contra o corpo grande dele, para absorver seu calor, armazená-lo no fundo de si, aquilo era seu nutriente, seu alento. Quando acordava, a primeira coisa que fazia era tatear ao lado para certificar-se de que Samuel ainda estava ali na cama. Procurava por ele sem nem sequer abrir os olhos, passava o braço por cima do tronco dele e logo voltava a dormir.

E no clarão da aurora, esticados no colchão, lá ficavam os dois, imóveis, silenciosos. Ele ainda dormindo, mas num sono leve, ela já quase desperta. Os pés, todos eles em repouso, os de Samuel de lado, o arco enrugado e os dedos separados, os de Ujine eretos, para fora do lençol, dedos erguidos para melhor receber a carícia da manhã e fixar a surpresa dos sonhos. Nada no mundo poderia perturbar os amantes, nada poderia interromper seu repouso. Esse tempo, desprovido de ideias, de sabedoria, era extraído do infinito. Lá fora, nas ruas e avenidas, em torno da fachada de estuque branco do hotel, recomeçava a barulheira. Os carros de coleta de lixo abrindo a goela com estrondo, os ônibus soltando seus arfantes esguichos de ar comprimido, os estalos, chiados, rangidos, e no teto do quarto deles, como que refletida na água, a cintilação das luzes do trânsito, e pouco a pouco um ruído leve, abafado, que saía da terra pelas bocas de aeração, o rumor dos primeiros moradores da periferia que chegavam à cidade, os carros cegos que às apalpadelas iam buscando vagas para estacionar. Ao longe, mais longe ainda, irreal, talvez um cântico, ou uma prece, ou um aparelho de rádio que ressuscitava numa cozinha, totalmente isolado, para dizer as horas. Mas os pés, no colchão, ainda se mantinham imóveis por alguns instantes, calmos, algo majestosos, brancos como estátuas de mármore, tão próximos da morte.

dois

Nunca era demais para ela. Ela estava sempre pronta para o que desse e viesse.

"Ele está te dando uma canseira", comentara a colega Rita, na saída das aulas. E isso a fizera rir. Exatamente, pensava Ujine, era exatamente isso. Samuel a deixava cansada. Todos os dias ela percorria quilômetros para poder unir todos os pedaços da sua vida, de casa para a faculdade de direito, da faculdade para a rua do banco, depois para o hotel (na maioria das vezes um chamado Merbeau, ninguém adivinharia por quê), e depois, quando Samuel voltava para a casa dos pais, a vagar pelas ruas, aonde seus passos sem destino a levassem, por mais longe que fosse, em quarteirões inviáveis, em áreas degradadas, sombrias, perigosas. Ujine porém não tinha medo de nada, tinha apenas necessidade de ficar ao ar livre, de manter-se em movimento, de caminhar pela noite pincelada de luzes, de flashes, de neon.

Naquele verão, ela sentiu uma coisa nova, algo estranho. Um vazio que crescia, que começava a ocupá-la. Estranho, porque havia já alguns dias que sabia estar grávida. Sabia até perfeitamente como é que tinha acontecido, quando eles foram para o campo de carro, até bem longe, por uma estrada de terra margeada por plantações de eulália, e enquanto a noite caía eles haviam feito amor no carro e só então ela percebera que estava sem sua caixa de camisinhas, que ele mesmo nunca levava, e, quando ele gozara dentro, ela tivera uma sensação diferente, uma espécie de certeza, logo seguida de inquietação. Um arrepio que a percorrera da nuca até a planta dos pés. Mais tarde ela quisera contar a ele, mas não soubera como, na verdade nem sabia em que termos essas coisas são ditas. Se convinha dizer: "Ah, sabe de uma coisa? Estou esperando um filho". Ou se em tom de falso contentamento: "Meu bem, eu estou *tão* feliz!...". Ou talvez dramático: "Você me ama, não é? Preciso tanto que você me ame...".

Cansaço. Na rua, desde que saía de casa, ela vacilava, amparava-se nas paredes, sentia vertigens. Seus pés se afastavam ligeiramente e, como se já soubessem que Ujine agora tinha um peso suplementar para suportar, apoiavam-se esparramados no chão, como os dos patos, forçando-a a trocar os escarpins de salto alto por tênis, sapatilhas ou, na maioria das vezes, sandálias de dedo. Ela precisava sentir a terra sob seus pés, firme e sólida.

Ao mesmo tempo, sem refletir a respeito, ela parou de fumar. Samuel se espantou: "Ah, é, você decidiu assim sem mais por quê?". Ele continuava a acender tranquilamente seus cigarros, na verdade não tinha a menor vontade de ouvir explicações. Ela poderia ter aproveitado a ocasião, dando o verdadeiro motivo, mas não o fez, talvez porque ele pouco ligasse para o fato de ela fumar ou não. Aliás ela tentou: "Você não quer parar um pouco, junto comigo? Isso me ajudaria a aguentar". Ele respondeu: "E por que eu iria parar, se fumar me dá prazer e se estou pouco ligando para a morte?". A propósito, ele às vezes repetia: "Parar de beber, parar de fumar e morrer com plena saúde!". Ujine sentiu-se abandonada. "E se eu lhe pedir?" Fosse como fosse, ela sabia muito bem o que Samuel responderia, sempre sua fórmula pessimista: "Cada um nasce sozinho, morre sozinho e dorme sozinho, só isso sabemos com certeza".

Ela andava tão cansada! Com Charlotte, uma colega da faculdade, que encontrou por acaso, se abriu: "O que eu mais queria mesmo era ser outra pessoa". A menina olhou para ela sem entender. Sendo algo íntimo demais, Ujine não ousou prosseguir. A ginecologista, por sua vez, não perdeu tempo com rodeios: "Você está com menos de três meses, ainda dá para interromper, se quiser".

De fato, era muito simples. Bastaria ter dito sim e marcado hora na clínica. Por que ela não fez isso? Nem sabia direito. O cansaço, talvez, a solidão. Ou então a necessidade de ir mais fundo, por curiosidade, de ir até o fim, pelo menos uma vez, já que tudo dependia dela, de ninguém mais.

Todos os dias seus passos a levavam por hábito à rua do banco. Ela aguardava a hora de Samuel sair do escritório, entre dois compromissos, com ar exausto, a gravata enrolada, torta, duas manchas de suor na camisa, sob os braços. Ela deixava que os colegas partissem, ele, na beira da calçada, esperava que ela fosse encontrá-lo. Ela o ouvia se queixar, bebia cada frase, as palavras repercutiam duas ou três vezes no seu espírito, ela pensava ser como essas mulheres casadas que recebem os maridos na soleira da porta para ouvi-los contar casos do trabalho. Sabia que continuaria a escutá-lo quando ele não estivesse mais lá, que ao deitar-se sozinha em sua cama repetiria mentalmente fragmentos de conversa.

"... não aguento mais aquilo, não aguento aquelas caras, aqueles penteados... ainda agora, sabe, eu estava olhando para o cara que senta na minha frente no escritório, de costas para mim, e reparei na nuca dele... Não tem nem quarenta anos e já está perdendo o cabelo, dentro de alguns anos, pensei, serei como ele, inchado de tédio, morrendo de tédio, todo dia seguindo a mesma rotina, todo dia fazendo os mesmos gestos."

Mas por quê? Ujine inventava as respostas, as objeções, tudo o que não tinha ousado dizer a ele. Isso não é nada, nada de nada. É apenas um detalhe, uma ruga na superfície da existência, nem vale a pena falar disso, que não é nada quando se compartilha o restante, quando se sabe o que há de belo e verdadeiro na vida, cada segundo que passa. Quando se vive com alguém, não há tédio nem rotina, compartilha-se tudo e nunca a gente fica sozinha, nunca, é um instante na vida, um instante imenso...

Por que então ela esperava tanto? Ele nem mesmo a olhava. Tomava seu café com um cigarro fumegando na ponta dos dedos e o vento quente carregava a fumaça para o céu. Ele observava a fumaça, seguindo-a com os olhos. Ela tentava rir, dizer alguma coisa engraçada, inteligente, como antes sabia fazer, seus chistes, suas brincadeiras, seus jogos de palavras, que atraíam tantos amigos, garotas da faculdade, aventureiros interessados num flerte que ela logo mandava ir passear. Mas naquela hora sentia um nó na garganta, no próprio espírito, um vazio na barriga. Tudo por causa da criança que se instalava, que sugava sua energia. Deitada na cama, via a noite chegar pelas frestas da persiana. Sentia lágrimas a escorrer-lhe pelo rosto, molhando o travesseiro, sem saber de onde vinha tanta água.

Uma tarde Ujine cometeu o irreparável. Samuel já estava longe, mandado pelo banco para um trabalho no exterior. Tinha enviado apenas uma mensagem para o telefone dela, poucas palavras. Como costumava fazer. As palavras só servem para comunicar. São os atos que valem, dizia ele, viver no instante. Antes de partir, um adeus: aja como se eu nunca mais fosse voltar. Liberdade acima de tudo.

Então, depois de passar dias esperando, por ninguém, por nada, Ujine saiu do seu torpor. Fazia um calor medonho, tempestades se formavam ao redor da cidade. Barulhada de motores, de trovões, vibração dos trens subterrâneos.

Era impaciência, necessidade, o que ela agora sentia. Não mais palavras: agir. Samuel que dissera. Devo agir como se ele nunca mais fosse voltar. Como quando estamos no fim de um trem e olhamos a paisagem se desenrolar ao contrário. Esta árvore, esta casa, estas crianças, este cachorro que eu vejo, nunca voltarei a rever. Ela não procuraria desculpas. Um vazio a preencher, uma bolha que se expandia, cheia de reflexos e de miragens.

Ujine se vestiu, pela primeira vez depois de dias e dias, como se fosse a uma reunião de trabalho. Num estilo de que Samuel gostava, saia justa cinza, camisa branca, escarpins de salto alto. Aparou a franja, pôs os brincos de coral rosa, presente de aniversário de Samuel, e um batom combinando. No pescoço, algumas gotas de perfume. O espelho lhe devolveu a imagem de uma moça bonita, de aspecto destemido, olhos verdes amendoados, boca de lábio inferior provocante, incisivos brilhantes, cor de pérola. Ela se lembrou da primeira vez em que Samuel a apresentara aos colegas do banco, de uma cinquentona alta e meio seca que a examinara: "Mas que encanto ela é! Por acaso é atriz?". Isso bastara para que Samuel nunca mais quisesse que um tal encontro se repetisse, ele detesta observações do gênero, e respondera apenas: "Não, não, é só uma estudante". Mais tarde ele dissera, uma atriz e – o que mesmo ainda? Pois então eu saio com atrizes? Eu, um modesto bancário, que leva uma vida comum? Mas Ujine bem que gostava de lhe causar ciúme. O fato de que ele pudesse ficar enciumado a fazia rir.

No metrô, indo para o aeroporto, os outros a olhavam meio de lado, mas as mulheres se interessavam por sua roupa, faziam comentários sobre sua bolsa de vinil azul, seus sapatos de um azul elétrico, seus brincos. Um quarentão de ar cansado, ainda metido a bonitão, tinha o olhar fixado nela, que sentia aqueles olhos a deslizar por seu corpo, seus seios, sua barriga, seus pés, descendo e subindo sem parar. Ela até pensou em falar com toda a franqueza para o homem: "E aí, já ficou satisfeito? Ou você quer que eu me vire, que me mexa um pouco?". Mas era bom também não ser senão uma imagem, não ter por dentro nada mais, nenhuma angústia, nenhuma bolha crescendo.

Ujine ficou de pé ao longo das catorze estações que a separavam do terminal. Quando entrou no saguão, entendeu que não havia esperança. Tanta gente, tantas luzes, filas diante dos guichês, era impossível, para ela, controlar a situação. Ela sabia o dia, nada além disso. Apenas que ele voltaria naquela tarde. Samuel nunca falava aonde ia, detestava que o levassem ou que fossem esperar por ele. Dizia sempre: "As viagens são penosas, toda despedida é ridícula". Tinha ideias a respeito de tudo. Dizia também: "O ideal é partir sem volta".

Ujine gostava de aeroportos. Para ela, que jamais viajava, era um lugar onde, mesmo antes da partida, já se estava além. Adorava a agitação, os comunicados incompreensíveis para os quais um sinal sonoro alertava, o estrondo distante dos aviões decolando, que abalava o chão e as vidraças, o olhar tão vago dos que partiam, tão preocupado dos que ficavam, a lassidão dos que estavam de volta. Tudo o que Samuel detestava. Como ele dizia, um inferno organizado. Ele gostava era de ficar em casa lendo um livro, ou então de sair de moto, a toda a velocidade, para cruzar os campos, as estradas sinuosas nas montanhas. Jamais dizia aonde ia. Mas uma vez comentou: "Eu queria morrer de moto, como Lawrence da Arábia".

E todas aquelas cidades, todos aqueles países cujos nomes apareciam nos monitores, Seul, Tóquio, Osaka, Guam, San Francisco, Denver, Roma, Berlim, Abu Dhabi, Bangkok, Angkor, Manilha, Maurício, México. Era como se Samuel andasse por toda parte. Ujine corria, à esquerda depois à direita, para os portões de chegada, tentava distinguir os rostos, reconhecer uma estatura, uma roupa, uma cor de cabelo, um andar. Tendo comprado na banca de jornais um bloco e uma caneta hidrográfica, quis escrever em letras grandes um nome, não Samuel, é claro, jamais ele a perdoaria, mas um nome qualquer que ele pudesse ver de longe e reconhecer, MERBEAU, o nome do hotel a que eles iam, ou então MILES DAVIS, de quem ele gostava muito, ou

WINGS, porque era lá que ele a levava às vezes para comer um sanduíche, ao sair do escritório. Sua mão contudo não conseguiu escrever, tremia como se se tratasse de uma decisão capital. Contra sua vontade, seus pés então a carregavam de um extremo a outro do terminal, ela ouvia o barulho dos seus saltos se chocando contra o piso, plac, plac, plac, e esse barulho repercutia na cabeça, em seu corpo, dava-lhe vertigem, mas seus pés já não podiam parar, era imperioso que andassem, que fossem mais rápido que todo mundo, para não perder nenhum instante, uma chegada de passageiros.

Assim se passou a tarde inteira. Pelas grandes vidraças do terminal, Ujine viu a noite cair, as luzes avermelhadas dos postes se acenderem, e os faróis dos carros que regularmente encostavam na calçada, parando para deixar pessoas, e seguiam de novo para a pista com lanternas de seta, de freio, de pisca-pisca, uns muito rápidos no tique-taque, outros se arrastando, pesadões. Passaram ônibus climatizados, vans, picapes de serviço. De vez em quando um carro de polícia, bem devagar e desconfiado, que ia roçando na calçada como teria feito um cação.

Para driblar o cansaço, Ujine sentou-se numa lanchonete, à vista de um portão de desembarque. Tomou um chá verde muito quente, num copo de papelão, de gole em gole. A garçonete lhe disse alguma coisa, seria sobre comer, ou lhe oferecia talvez água quente para o chá? Ujine a olhou sem entender, devia estar com uma expressão tão apática que a mulher que a servia acrescentou com voz suave, como alguém que é tomado de simpatia ou de pena, você não está se sentindo bem? Ujine respondeu vagamente, com um gesto apressado, e gaguejou que sim, sim, tudo ia muito bem. Ela nem sabia mais, àquela altura, por que se encontrava ali. Seus pés tinham inchado tanto que ela tirou os sapatos, colocando a bolsa na cadeira a seu lado. Na mesa vizinha, uma família mais ou menos obesa, um pessoal que fazia muito barulho, discutindo a mulher e o homem, sobre dinheiro ou qualquer outra coisa, enquanto o garotão de catorze ou quinze anos, já tão gordo quanto os pais, sorrateiramente olhava para Ujine, com uma prega de sarcasmo na boca cheia. Em seguida houve de fato explosões de vozes, como se as pessoas fossem se atracar como cães, e a garçonete até parou para olhar. Mas o casal se reconciliou, chegou mesmo a trocar beijos, foi patético, bem desagradável, e a família acabou se retirando. O café aliás já esvaziara, devia ser tarde da noite e os passageiros eram menos numerosos agora, só alguns retardatários corriam empurrando carrinhos ou puxavam malas de rodas, uma das quais bamboleava e batia contra o piso com um matraquear de metralhadora, uma espécie de trem fantasma que ziguezagueava entre obstáculos, em disparada para as portas obscuras. Ujine repousou a cabeça nos braços cruzados sobre o tampo da mesa. Havia um bom tempo que o chá tinha esfriado, instalava-se o silêncio no terminal, ela ouvia distintamente o zunido das barras de neon no teto.

Não havia mais ninguém no saguão. A garçonete já empilhava as cadeiras no terraço do café, limpava o balcão, amarrava os sacos de lixo, cheios de latas de refrigerantes e restos das caixas de sanduíches. De vez em quando dava uma olhadinha para o lado de Ujine, como se dissesse: eu te entendo, conheço essa tristeza, ele hoje não vem... Tal qual se diz naquela música, *A neve cai*... Será que ela a teria assobiado enquanto varria o chão? Por sua falsa compaixão, um trejeito entre mulheres, Ujine a detestou, não estava lhe pedindo nada, ora essa! Por acaso tinha algo em comum com aquela mulher da faxina, humilhada, magoada, espécie de eterna vítima devota na sua submissão aos homens, incapaz de livrar-se disso, incapaz de outro sentimento que não o de culpa? Tanta malícia a deixou tonta. Sim, eu gosto de um homem e ele não vale nada, mas a única responsável sou eu. Sinto dor no coração, na barriga, minhas pernas fraquejam e acho até graça nisso, é meu modo de gaguejar, é assim que escorrego numa casca de banana ou num cocô de cachorro. Eu caio, mas sei rir da minha queda, ao passo que você... Ujine reuniu suas forças, levantou-se, calçou os sapatos, chegou mesmo a espreguiçar-se para mostrar que se entediara bastante, quase adormecendo. Empurrou a cadeira para trás e começou a andar devagar, com a bolsa a tiracolo. Tinha certeza de que os olhos da garçonete estavam cravados nela, observando-a pelas costas. Era preciso não hesitar, não demonstrar fraqueza. Ela se dirigiu a uma porta e por ali saiu.

Fora, na noite, é o vazio que a pega. O vento sopra e o céu está opaco, de um tom de rosa inexistente.

No alto do prédio, apesar de fora de época, ainda faz calor. Ujine sente seus pelos se eriçando nos braços, nas pernas, ao longo das costas. Nas axilas, sente uma ardência gelada. Chegou ali como um autômato, tem a impressão de que seus pés é que a conduziam, com os saltos dos escarpins contra os espelhos da escada de concreto que faz barulho de metal.

É muito alto o hotel, trinta e três andares, mais o terraço de serviço. Na recepção, nenhum problema com o porteiro. No tailleur cinza, nos escarpins de salto alto, na bolsa, o homem julgou reconhecer uma silhueta bem comum por ali e, ao devolver-lhe o cartão de crédito, formulou seus votos: "... uma boa noite de repouso, após um voo tão longo...". Ujine deu um sorriso, aquele que lhe pareceu o mais condizente com uma aeromoça. Samuel gostava de contar, para deixá-la enciumada, suas aventuras com aeromoças, era tudo o que trazia quando voltava das viagens a Nova York, a Abu Dhabi, a Tóquio. Em pleno ar. *Fuck a duck and learn to fly!* Ela riu, ofegante por causa dos degraus muito abruptos.

De repente a escada desembocou no terraço, ela teve de fazer força para empurrar a porta de metal contra o vento, uma rajada de ar úmido que contrastava com a atmosfera confinada do poço da escadaria. Cheiros, disseminação de vários cheiros, como numa floresta. Ujine, não esperando por isso, tentava descobrir o que era, alcatrão quente, querosene dos motores de avião, com certeza, e também o cheiro do mar, muito distante, confundido com as plantações de eulália do campo, um cheiro forte e adocicado de mangue.

Pausadamente, Ujine tirou todos os frascos da bolsa. São garrafinhas de bebida trazidas do frigobar de seu quarto, miniaturas que dariam para encher um copo. Vodca, gim, licor Khalúa, bebidas verdes e amarelas, álcool branco em garrafas verdes bojudas, saquê, soju, que ela bebe de um gole, por ser leve e doce. Sentando-se no chão, pôs as pernas de lado, para que a saia do tailleur não rasgasse. Largou os sapatos na porta que dá para o terraço, onde o piso é revestido de uma camada verde e elástica, uma coisa muito fresca e macia que a faz pensar num animal marinho. Ela gosta de pôr os pés descalços ali. Ela assim se sente livre. E pensa no mar, quando andava pela praia na maré baixa, vendo as pegadas que se desfaziam atrás.

Toma todas as garrafinhas, uma depois da outra. Com isso sorri, e na mesma hora se lembra do que Samuel lhe dissera uma noite, quando eles estavam bebendo num caraoquê do centro, você aguenta bem o álcool, sabe beber que nem um homem! Ele, com apenas dois copos, logo sentia a cabeça rodando, tornava-se sentimental, dizia qualquer bobagem, deixava que a cabeça caísse sobre o ombro de Ujine! Seus olhos se tornavam muito estranhos, como se ele tivesse quatro pupilas!

Ela apoiou as costas no bloco das chaminés. O chão estremece sob a ação do compressor de ar. À sua frente, para além da mureta, estende-se a cidade que não para e não dorme. Ao longe, depois das estradas iluminadas de amarelo, as avenidas perimetrais, os primeiros imóveis e, mais longe ainda, a cintilação das casas, os espigões, gasômetros, estações de triagem, as flechas das igrejas sublinhadas por neons vermelhos. As manchas esparsas dos jardins públicos, os terrenos baldios, o sombrio vale do rio.

Ujine imagina que, em toda aquela cidade, talvez exista alguém que pense nela. Samuel, do tamanho de uma ameba, do tamanho de uma cabeça de alfinete. Se ela o chamasse, se gritasse seu nome, será que ele escutaria? Se pensasse nele intensamente, comprimindo as têmporas nas mãos, será que ele se mexeria na cama, durante o sono, e olharia na direção do horizonte? Ele a veria nos seus sonhos?

De repente, a uma pontada no epigástrio, ela se dobra ao meio. Não contava com isso agora, a lembrança chega com violência, domina-a e sufoca-a. Gemendo um pouco, ela sente lágrimas subindo de todo o seu corpo para transbordar de suas pálpebras e escorrer para a boca. Com Samuel, ela está naquela estrada que serpenteia na bruma ao longo do mar do Norte, atravessando as colinas de eulálias. Lembra que nem sabia esse nome, chamava aquilo de capim, e Samuel tinha explicado, dando até mesmo o nome latino, que eram plantas nativas do Japão ou da China. Um nome tão delicado, eulália, ela achou lindo. Samuel parou o carro numa clareira, no final de uma estradinha de terra. Juntos, através do para-brisa crivado de gotinhas, os dois espiam os retalhos de bruma a rodopiar entre as plantas. A luz do dia que amanhece pincela o céu de um brilho intenso, multiplicado pelas gotas de orvalho. Os talos altos, leves, flexíveis, estão imóveis e exultam. Não há barulho ao redor. Ujine, ouvindo a vibração do seu coração, encosta o ouvido no peito de Samuel para escutar o ritmo que está na mesma cadência, uma batida breve, outra mais longa... É um momento de felicidade que ela acredita jamais ter conhecido antes. Pensa nos tantos anos de solidão, na morte da mãe no hospital, na angústia de ter de trabalhar, ter de encontrar um lugar no mundo. Ela não fala nada, ele também fica calado, ela sabe que o ama e que é amada por ele, está certa disso, aquele instante, fora do mundo, fora do tempo, nada jamais poderá apagar.

Não é a lembrança o que a afoga. É uma sensação oculta desde a infância, um fogaréu por dentro, uma dor e uma alegria, como emergir de um lugar muito fundo. Algo ligado à vida que se instalou no seu ventre, aquela coisa que adere à sua carne e a faz sentir tonturas.

Agora Ujine está de pé na beira do precipício. Afasta os braços do corpo, mas não muito, como asas que apenas se levantam. Ela já tem pela frente a luz da aurora, que lhe entra até o fundo dos olhos, que a abraça no apelo irresistível. Aí vou eu, pensa ela, é agora e já. Sente, a rodeá-la, um olhar insistente, olhar sem olhos que a penetra e transpassa, e no céu plano ela vê um rosto se esboçando, rosto sem traços, pálido e liso como a lua que nasce. O apelo, a voz, é para unir-se ao infinito, ser livre, voar, sem memória, sem sofrimento, suspensa entre céu e terra, entre duas vidas, até o sonho.

Ela está na borda do terraço. Os dedos dos pés se agarram com força no cimento, sob cada falange ela sente o granulado áspero e frio, um tanto corroído pelos ventos e chuvas que passam pelo topo do imóvel desde a construção. No espírito, na cabeça de Ujine já está o grande salto para o estacionamento lá embaixo, seu corpo se abre desmembrado, o sangue já lhe empapa o pescoço e estende sobre os olhos uma membrana escarlate, o sangue que se reparte em filetes ao escorrer por entre as rodas dos carros. Forma-se um todo que produz um ruído, não ruído, aliás, antes uma tênue clausura que envolve o céu, o mar, o terminal e até mesmo as plantações de eulália.

Seus pés se negam. Afastaram-se os dedos, que são tão fortes que não desenraizam. Que não desgrudam da borda de cimento. Que levam sua energia até o centro do corpo de Ujine, transformam suas pernas em postes de ferro, enrijecem-lhe a coluna vertebral e jogam para trás a cabeça! Seus pés não ouvem o canto das sereias! Estão vivos e não querem morrer.

Com passos bruscos, Ujine anda para trás no terraço. Instintivamente apoiou as mãos no ventre. Deixa-se desabar para o chão, em meio aos cadáveres de garrafinhas vazias, de baganas fumadas, muitas das quais não lhe pertencem. Outros, antes dela, estiveram aqui.

Tomaram seus pileques e depois se mandaram, sãos e salvos, para continuar a vida.

Ali continua Ujine, encolhida perto da boca da chaminé que vibra incessantemente ao expelir seu ar quente. O sol brilha entre as brumas do horizonte. Os primeiros aviões decolam para o outro lado da terra, vão por cima da cidade.

três

Ujine tem de dar um jeito. E ainda não decidiu. Alguém decide alguma coisa, se está sozinha? Mas ela agora na verdade não está mais tão sozinha. Ainda não é mamãe, mas já é dupla, passou por muitas mudanças, sente-se pesada e lenta. Não pode mais se afobar, nem sair à noite em busca do prazer, ou do desespero, não pode mais andar à toa, vagar pelas colinas, subir escadarias até sentir-se mal. Tudo isso era bom, mas antes. Antes de quê? Ela mesma se indaga, e espanta a pergunta como mosca importuna. "E aí, como vamos de amores?" Nas aulas de direito comercial, eram sempre assim as meninas, grandes inquisidoras. Micha, Charlotte, Rita. Sempre as mesmas, cheias de histórias, complôs, fuxicos. "Quer saber, minha amiga? Tudo é manipulação, entende? Ou você manipula ou será manipulada." Era de fato muito simples. Bastava escolher.

Tudo parece meio cômico. A espera, a cólera, o orgulho ferido. A loucura que Ujine fez, ter ido bater à porta dos pais de Samuel, o olhar assustado da senhora já idosa, a voz do pai, trêmula, nos fundos do apartamento. Tanta fragilidade, tanta banalidade! O cheiro forte de cozinha, de frango no vinho tinto, de guisado. "Não, senhorita, ele não mora aqui, mas aparece todos os dias, ou então telefona, pode deixar o seu recado que nós daremos, como é mesmo o seu nome, por favor?" Ujine, lerda como sempre para inventar nomes, balbuciou à guisa de mentira: "Merbeau, senhorita Merbeau, obrigada, madame, desculpe-me tê-la incomodado". Quando o jogo deixa de ser jogo, quando se torna uma aposta estúpida, uma repetição, um esgar, e não há nem jamais haverá resposta. "Obrigada, nem vale a pena deixar recado escrito, não é nada importante, desculpe." A senhora já trazia nas mãos seu bloco de anotações e uma esferográfica. Ujine teve tempo de ler, no timbre, o nome de uma companhia aérea, um presente do Viajante, sem dúvida, e quem sabe fornecido por uma das suas aeromoças? Ela nem esperou a velha fechar a porta, logo apertou o botão do elevador e, sem esperar também que ele chegasse, mergulhou escada abaixo pelos oito andares do prédio, mas a luz apagou lá pelas tantas e ela teve de descer os dois últimos tateando no escuro, com as mãos molhadas de suor e o coração disparado. Algo que não se esquece.

Era preciso não deixar que o vazio se instalasse outra vez. Cada minuto, cada segundo conta. Convinha sair, ir às compras, à faculdade, à câmara de comércio, procurar trabalho, se inscrever na academia, nas visitas a museus, nas caminhadas, no canto, em oficinas. Andar, falar, ouvir, com todas as suas forças, da manhã à tarde, ou mesmo à noite, sem parar, sem pensar, subir-descer, registrar, contar, dividir, julgar, sem jamais esperar. A espera é um monstro feroz, um canibal. À espreita, escolhe sua presa. No vazio se oculta o rosto do tirano, do grande manipulador. Riscá-lo, destruí-lo. Aprender a odiar o que antes se adorava.

Primeiro, não mais se submeter. Ujine lembra da época em que nunca se afastava do telefone, com medo de perder uma ligação de Samuel. Agora, tudo aquilo lhe volta à memória. Palmo a palmo, toda a trama de humilhações e mentiras. As noites em que, deitada na cama, ela escuta o barulho da cidade, as buzinas, o ronco de uma moto (a moto de T. E. Lawrence, na qual ele foi em busca da morte), as sirenes das ambulâncias que vêm ao mesmo tempo de toda parte.

O telefone ao seu lado, em cima do lençol, e ela olhando para o estojo preto, a janelinha sem nada. O telefone que não vibra, não acende, não chama. "Vamos, toca! Te imploro, toca logo um pouco! Vou contar até cem e você toca. Vou tomar um banho, sem pressa, vou lavar o cabelo e, quando eu sair do banheiro, verei o aviso de chamada. Desço até o pátio, jogo o lixo fora, dou a volta no prédio como se tivesse de verificar qualquer coisa, depois subo e – olhe só! o aviso de chamada!" Ela se lembra do ar de superioridade de Samuel: "Não se deve nunca esperar, nunca esperar nada". Ou então, ela nem sabe mais por quê, de uma outra vez: "O mundo não satisfaz os teus desejos". Uma noite, no alto de uma colina, estavam no belo carro de Samuel, o céu era imenso, um avião acabara de decolar. Teria Ujine se referido ao futuro, ou simplesmente perguntado se eles iam se ver amanhã? Samuel acompanhava o avião no seu trajeto. "Como se bastasse a gente querer muito para fazê-lo cair!" Ujine sentiu uma dor perto do coração, uma leve estocada de punhal. Nada respondeu na ocasião, mas agora ela se insurge. Que sacanagem! Ela o diz em voz alta, o que talvez faça alguns se voltarem na rua: "Que sacanagem! Por que eu iria acreditar que sou capaz de fazer um avião cair?". Que babaca que eu fui! Tudo o que não ousara dizer. Tudo o que deixara de falar. O que deveria ter dito.

Como não é fácil ficar sem atender o telefone, Ujine trocou seu número. Nada mais a esperar agora. Mas só isso não basta. Ela quer entender o que aconteceu, como foi cair na armadilha. Tenta refazer o curso da história. Assim poderá cicatrizar as feridas, apagar as pegadas. Vê-las primeiro com clareza, mas depois suprimi-las. Todas as provas por que passou, todas as baixezas. Tudo o que tomou por um jogo, antes de entender que estava sendo era driblada. O amor daria para disfarçar as ofensas? Ou não se trata enfim de amor, mas de amor-próprio? Ao contextualizar suas recordações, ela pensa como seria bom registrá-las num livro de contas que intitularia *Assets and Liabilities*.

Vejamos, por exemplo. Um encontro, ela ficara esperando, na chuva e no frio, defronte do metrô, porque Samuel tinha enviado uma mensagem dizendo: "Saída 2, 15 horas".

Para verificar, para entender, ela volta ao lugar. Ali tem sempre uma multidão, é a estação perto da Bolsa, gente apressada aos encontrões. Defronte do metrô, camelôs clandestinos, estudantes aos bandos como gafanhotos. O mendigo que pede esmola e aquele homem de sempre, sem idade, de feições lívidas e cabeleira preta pintada, que fica em pé encostado na parede vendo as meninas passar, elas que o apelidaram e o chamam de Beethoven. Sua expressão nunca se altera, e diz a lenda que ele perdeu a noiva faz tempo e continua a esperar por ela até hoje, todos os dias, naquela mesma estação. Ujine retornou à saída nº 2 e agora sente um pouco de raiva ao pensar que ficara igual ao Beethoven, esperando ali em pé, de cabelo encharcado, a espreitar a chegada do noivo que não vem. Porque Samuel faltou ao encontro. Mas e se ele tivesse estado lá? Do outro lado da rua, oculto por uma pilastra, ou então ao lado da saída nº 1, ou quem sabe debaixo das escadas, perto dos guichês automáticos? Ela sente que a raiva a invade, seu coração bate acelerado no peito. De qualquer um daqueles pontos, vê-se perfeitamente a saída nº 2.

Vejamos outra coisa. Aquela ligação telefônica, certa manhã, quando ela sai da aula, com Micha e outras colegas, elas vão trocar ideias para o trabalho sobre *Rei Lear* que têm de preparar. Ela chegou a atender a chamada, e avisou: "Não desligue, que já já falo com você". Para as garotas, disse: "Podem pedir os sashimis e o chá verde, que eu já volto". Ela então sai da lanchonete, barulhenta demais, e está toda imbuída de benevolência quando ouve a voz dele, autoritária, maldosa, mal aproxima os lábios do aparelho: "Eu já te disse que detesto que você fale com os outros quando eu te ligo. Vai lá cuidar das tuas coisas". Depois, silêncio; em vão ela tenta ligar de volta, não há ninguém do outro lado. Não é um silêncio que se possa romper. É o eterno (ou quase) silêncio mecânico de uma comunicação interrompida. Foi a mim que ele fez isso? E logo, em voz alta, ela se dá a resposta: "Sim, a você mesma, e você mereceu, você aceitou!". Não aceitar mais nada de agora em diante, nada mais desse tipo, nada de nenhum tipo.

Vejamos ainda. As pequenas faltas de atenção, as pretensas lições de vida lhe voltam à memória. Era bem isso que ele chamava de Jogo. Ela supôs tratar-se de um jogo que o rapagão tão alto, tão seguro de si, tinha inventado só para ela, que assim seria sua garotinha sem experiência, sem família, sem profissão, que ele tomava sob sua tutela e a quem ensinaria as leis da existência. Uma dança na qual, sendo ele o guia, não lhe restava senão seguir os passos. De uma única dança, o tango, ele gostava, e ela o acompanhara até aquela boate meio estranha, no porão de um prédio, onde homens de certa idade rodopiavam com mulheres bem novas. Ele dissera que ela precisava se soltar, se deixar levar. Ela agora entende aquela dança, sabe por que ele a aprecia tanto. Uma dança dramática, afetada, com a música do bandoneón a ranger nos alto-falantes. Ela só fora lá uma vez. Será que ele ia sempre? Porém a raiva já a fez esquecer tudo, os passos, a música, até mesmo o lugar onde essas cenas se ocultavam. Talvez ele só tenha ido uma vez, aquela, para lhe mostrar, no jogo cujas regras eram ditadas por ele, a primeira sendo que ele nunca teria de justificá-las.

Mudar a seu bel-prazer o local do encontro, telefonar, enviar um texto conciso, bem a seu jeito: "ENCONTRO HOTEL HILTON 13H30". E Ujine, deixando tudo de lado, corria: ônibus, metrô e, quando o tempo não dava, táxi. Chegava ofegante, o coração batendo forte, as mãos molhadas de suor. Muitas vezes Samuel já estava lá, de mãos nos bolsos, cara meio chateada, discutindo com as recepcionistas, chegou até a não reconhecê-la de longe – ah, é verdade, esse rapaz é muito míope, mas por que então não põe os óculos? Mas muitas vezes também ele não estava. O hall do hotel, imenso, atulhado de gente, vazio. Na recepção, ninguém o conhece. As recepcionistas – mas certamente não são as mesmas – olham para ela de alto a baixo, talvez, até façam troça dela sem dar na vista. Que fazer? O Jogo, é verdade, proíbe perguntar, apresentar questões. "Eu não espero nunca", eis a regra que Samuel impôs de uma vez por todas. "Três minutos depois da hora marcada, já me mando." Por que três minutos? Para o caso de não poder ver a hora do relógio atômico?

Mas o que faz tanta falta a Ujine? Será o encontro marcado ou esse breve instante de felicidade quando eles enfim estão juntos, quando Samuel parece ter esquecido tudo e seus corpos deslizam um sobre o outro, não fazendo os dois senão um, como naquelas brincadeiras em que duas crianças colam tanto quanto podem seus rostos para ver como os olhos, fundindo-se, as tornam uma só? Quando eles dormem lado a lado, movidos pelos respectivos sonhos, mas no mesmo barco, até a praia da aurora, até o amanhecer, e ela pode contemplar o corpo dele, sentir a fina granulação de sua pele no alto das coxas, o calor de seu ombro na base do pescoço.

Para apagar tudo – a não ser se for para relembrar tudo, até doer, até atingir os nervos –, Ujine refaz em sentido inverso os caminhos que eu percorri. Saguões de hotéis, cinemas, bares, a igreja, a escadaria da biblioteca central, a entrada da loja Daimaru. Todos aqueles lugares que seus passos martelaram, monumentos que a expectativa tornava mágicos, gloriosos, magníficos, brilhantes de neon, decorados com mármore ou aço, quando não ermos, sinistros, angustiantes, arcos de ponte, plataformas de estação, bocas de metrô, terrenos baldios.

O que resta? Nada, nem sequer a amargura, a tal da amargura que Samuel põe em jogo, que menciona como exemplo. Eis os dois polos da existência, segundo ele: amargura e tédio. Ela se lembra, no começo, de ter respondido: "Engraçado, eu nunca me entedio". Samuel dera de ombros. "Quando eu falo em tédio, não é como quem fala em saco cheio." Ele mostrou o café, os espelhos sujos nas paredes, as pessoas sentadas, sua xícara cheia de líquido negro. Era um café subterrâneo, instalado sob as escadas do metrô, de nome estranho, inventado, La Crêpe Michèle. "Não, eu te falo é disso, entende? Tudo isso." Ela começara a compreender que era uma angústia, uma insatisfação, tinha sentido o que estava incompleto e lhe oprimia o coração, como se até então nunca tivesse querido ver. Mais tarde, na sua errância, na sua loucura, as palavras de Samuel voltariam: "Tudo isso". A amargura, o vazio. O gosto do expresso. As pessoas que esperam, a vertigem. O que não se realizará, o que nunca se realizará. Tudo isso. As lições de vida.

Para sair da enrascada, a desforra. Foi alguém, Rita ou Micha, que lhe deu a solução. Num dia em que ela se arriscava a comentar, com palavras veladas, falando de si mesma como se fosse de outra pessoa: "O que você diria de alguém que te pede para ligar para um número de telefone e, quando você tenta falar, o telefone fica ocupado por meia hora e, quando enfim a ligação se completa, ninguém atende?". E a resposta, evidente: "Eu diria que um cara que gosta desse tipo de coisa é um doente mental e me mandaria para longe, o mais longe possível dele". Então era isso. Pura e simplesmente um doente, Ujine fora presa e por sua vez contraíra a enfermidade.

Para se curar, Ujine refez em sentido inverso a última jornada, aquela noite de loucura em que ela quase morreu. Seus pés a guiaram até o trem, para o aeroporto. O tempo passou, a criança começa de fato a existir, já não é somente ideia. Apoia-se no estômago, na bexiga da mãe. Nos sanitários da estação, Ujine vomitou numa pia. No espelho, por trás da sua imagem tão pálida, uma mulher a observa. "Desculpe." Ujine tem lágrimas nos olhos. A mulher se aproxima. "É o seu primeiro?" Ujine faz que sim com a cabeça, sentindo injustificada vergonha. "Daqui a uns dois meses, você vai ver, não incomoda mais nada, estará em ótima forma." A mulher lhe oferece um lenço de papel. Normalmente Ujine detesta a piedade. No entanto ali, na solidão dos sanitários da estação, aquilo lhe faz bem. Ela murmura um "Obrigada" meio incerto e sai para a plataforma varrida pelo vento forte. Decide não ir até o terminal aéreo. Agora tem certeza, Samuel nunca partiu em viagem, talvez ela mesma tenha inventado tudo. Atravessa o estacionamento, vai caminhando para o hotel. É fim de tarde, o pessoal que trabalha à noite ainda não começou seu turno. Na recepção, uma jovem a olha com desconfiança. Desfigurada, pálida, com olheiras e usando um mantô disforme (nada ainda para disfarçar, mas vontade de vestir roupas folgadas, de envolver suas formas), Ujine já não parece nem um pouco uma aeromoça, uma daquelas aeromoças que Samuel levava ali.

"Eu poderia dar uma olhada num quarto?" Fez a pergunta, mas não se impôs pela presença. A enxerida a olhou com ironia. "Sinto muito, mas não estou autorizada a permitir visitas, e além disso não há quartos disponíveis, é melhor consultar nosso site na internet." Mentira pura, Ujine viu que só havia uns três ou quatro quartos com as cortinas abertas. E revê a noite que passou no terraço, como se tudo aquilo tivesse acontecido a outra pessoa, muito tempo atrás. Nela mesma ainda persiste alguma coisa que treme, mas não é nos joelhos nem nos tornozelos. É na zona de memória que se encontra bem na base da nuca, entre as escápulas. Ao sentir o suor que já molha as palmas de suas mãos, ela as enxuga nervosamente no mantô. A mulher da recepção, agora de uma hostilidade visível, vira o olhar para o telefone sobre o balcão. "Mais alguma coisa, senhora?" Passo a passo, Ujine vai batendo em retirada – "Não, não, obrigada, eu..." –, dirige-se para a saída e some de vista. Quando já está no meio do estacionamento, ela se vira e olha para o terraço do prédio, a beirada de concreto cinzento contra o céu. Embora lá, para as aves, seja alto demais, tem a impressão de ver uma silhueta magra, de braços abertos, bem parecida com uma cegonha.

Não há mais como estar sozinha, nem tempo para ficar em paz. Querendo se compensar pelas ações perdidas, Ujine faz tudo o que o Jogo a proibiu de fazer. Telefona para o banco, deixa recados insensatos para Samuel, envia-lhe mensagens marcando encontros, agora que já conseguiu saber o número do seu celular, e na hora combinada se esconde em alguma entrada de prédio, de onde o espia, disfarçando-se com o mantô e os óculos escuros. Às vezes ele chega, já não tem um ar tão triunfante, olha à esquerda e à direita, vira-se, aguarda um pouco, olha para o seu telefone, Ujine acaba justamente de lhe enviar esta mensagem: "Talvez até qualquer dia, tanto faz". A fórmula preferida dele! Já que o amanhã não existe e ninguém pode estar certo de nada.

Ela não quer mais ficar parada. Forçou-se a sair, a andar pelas ruas, a encontrar pessoas. Mas, como são os pés que a carregam, nem mesmo tem necessidade de refletir. Depois das aulas, a ginástica, não a ginástica leve para gestantes, mas a luta rítmica numa academia barata do centro da cidade. Ficar lá com mulheres fortes, sob o comando de uma mestiça musculosa e ágil, Ujine pensa que isso, no caso, era de bom augúrio. E era um tal de um, dois, *uppercut*, direto de esquerda, e um, dois, soco de lado com a direita, soco com o braço curvo, corpo jogado para a frente, apoio na perna esquerda, pé espalmado. Movimentos todos inúteis, e até meio ridículos, mas que dão para lavar a alma. A seu lado, uma mulher já não tão nova, gasta pelos calmantes, os soníferos, mas que terá sido bonita, desfere golpes variados em luta contra o vazio. Não é difícil imaginar que ela está socando seu homem, seu traidor.

Ujine conseguiu trabalho numa agência de locação de imóveis, o gerente, um quarentão gay chamado Christian Jonquet, é um estressado, mas ela se entende bem com ele e os dois se tratam com muita intimidade. Como ela tem ótima apresentação e o impressionou por estudar direito, o gerente lhe confia uma missão: "Tem esse apartamento para visitas, é longe, pegue um táxi, não podemos perder o negócio". Quando ele fica atacado, ela diz: "Calma, moço, calma, tudo vai dar certo". E ela lhe traz contratos. Ela se veste bem, se maquia, ela sabe que, com ruge no rosto e sombra nas pálpebras, o cabelo negro alisado com óleo, sedoso, tem como convencer qualquer um. É uma espécie de aposta. Ganhar dinheiro, ser capaz, superar-se, não para gastar consigo mesma, nem em boates, mas por esporte, como quando a gente corre cem metros ou salta por cima de uma corda, simples questão de músculos. Além do mais, finalmente sentir-se adulta (quase chegando aos trinta anos, já era tempo). Viver a cidade como nunca a tinha vivido antes, com entrevistas, reuniões, restaurantes chiques, encontros com banqueiros. Andar num carro confortável, com motorista, vidro fumê, ar-condicionado, bancos de couro, ela que só conhecia táxis caindo aos pedaços, com motoristas que usavam fraldas! Uma ou duas vezes, foi tomada de ligeira emoção ao achar que reconhecera o carro de Samuel, o sedã cinza-escuro de que ele tanto se orgulha e que leva um nome meio ridículo, Primor, Prelúdio, Protegido, algo do gênero. Uma imagem furtiva, um lampejo da sua vida de outrora. Ela se ajeita no carro, onde já tirou os sapatos para esticar bem os pés, afunda nas almofadas e olha para a paisagem, cinza e branca, que passa ao lado, sem sentir coisa alguma, sem pensar em nada.

Mais cedo ou mais tarde, porém, tudo acaba. O peso, as tonteiras e os enjoos. Christian foi o primeiro a entender. As meninas, Rita e as outras, ninguém percebeu, mas Christian soube por instinto, talvez por ser mais observador. Um dia, quando ela passa, ele a intercepta: "Posso te falar um momento?". E não perde tempo em rodeios: "Diga-me a verdade, Ujine, para quando é?". Ele, quando se enfurece, tem um tique nos olhos. "Por que você mentiu para mim?" Ujine se derrete em lágrimas, não para comovê-lo, mas porque num estalo a realidade volta a envolvê-la. Sente-se pesada, pesada e tola, ao sentar-se numa cadeira, e isso a faz chorar ainda mais. "É claro que eu não teria te contratado." Christian, cuja raiva se abranda, senta-se em frente a Ujine e está perplexo. "E ele? O que é que ele diz?" Ujine dá de ombros, diz que ele, bem, que não existe nenhum ele. "Você então está sozinha com o seu problema." Christian acrescenta: "Como foi se meter nessa, você que me parecia tão inteligente?". E ele lhe passa uma caixa de lenços de papel. Sem dúvida, a resposta universal para as lágrimas das moças grávidas. "Bem, você então ainda trabalha um pouco aqui, até eu encontrar alguém para o seu lugar. Depois você se vira, certo?" Nada de contrato, nada de indenização, nada a declarar. Ele não tinha essas obrigações. Afinal de contas, com um adiantamento de três meses, foi ele, o gay, o genioso, o exigente, que se tornou seu único sustentáculo. Rita, quando soube por Ujine, contou, esbravejou: "Nossa, só isso? Nem vale a pena então ter estudado direito, se você dá tudo de presente a ele!". No dia da despedida, Christian beija Ujine nos dois lados do rosto. "Vê se manda umas notícias então." Quando ela já ia lhe devolvendo a caixinha de cartões de visita com o nome da firma, ele a recusa: "Guarde, quem sabe no ano que vem eles te sirvam de novo?".

A vida, nela e ao redor, moderou seu ritmo. Dia a dia Ujine nota as mudanças. Há um ponto quente no centro do seu corpo, e também no quarto, no prédio. Alguma coisa que se abre e que ao mesmo tempo, a encerra e protege. Um silêncio.

Depois do sufoco que foi o emprego na agência, a movimentação se acalmou, não há mais planos nem expectativas. Mas não que não haja nada. Há força, poder. Sabedoria não, nem sensatez. Há uma pulsão de vida que bate na sua carne, que se move. Na ginecologista, Ujine ouve pela primeira vez os batimentos do coração do feto, profundos, impetuosos, ampliados pelo alto-falante. Num ritmo diferente do dela, mais rápido.

Quando sai pela rua, apesar da neve que se amontoa nas calçadas, continua a escutar o mesmo som. O batimento que encobre tudo, até mesmo as explosões dos motores, até a zoeira dos vagões do metrô.

É longo o tempo. Cada segundo, cada gesto, outrora insignificante, indiferente, hoje se eterniza. Ujine se espanta de viver cada instante como se o instante jamais chegasse ao fim. Compreende que está vivendo com alguém, que não é Samuel nem Christian, mas alguém que, por ser outro, é o seu duplo nela mesma.

Um peso. Não pode ser apenas o feto, só alguns gramas de carne, quase nada de osso. Mas a barriga cresce, se enche de líquido, seus seios incham, onde a pele era lisa, ela percebe veias, os mamilos endureceram, ficaram cheios de pequenas saliências. À noite ela sufoca, transpira, manda o edredom às favas. Separa os dedos dos pés, como na praia, e põe as mãos sobre o ventre para sentir os arrepios e as ondas. Ela é o centro do universo, tudo gira ao seu redor. Pela janela sem cortinas, contempla a noite. O astro avança lentamente, é um deus de infinita beleza que por sua vez a observa, inundando-a da onda de generosidade que ela recebe. Ela sabe que precisará de força para ir até o fim, para viver sua história. Sabe que nunca mais estará sozinha. Nada agora tem a menor importância. O celular pode vibrar, na mesa de cabeceira, e a janelinha acender. Pode bem ser que seja Samuel ligando depois de reencontrar seu número. Talvez até já saiba, quem sabe lhe contaram. Vai ver que fez algumas sondagens e agora quer ter certeza. Ele se acha com direitos. No seu celular, Ujine não deixa nenhuma mensagem de recepção gravada, somente a voz de Kiri Te Kanawa cantando "Bailero"... A voz que ela adora, que fala por ela. Como se o tempo tivesse parado, o que já era, o que não mais será, a mesma coisa, o mesmo segundo infinitamente longo.

Ujine viveu dois contratempos.

Primeiro: tomou um táxi para rodar sem destino, um luxo incrível, uma insensatez. Está muito pesada para andar. Ela diz ao taxista:

"Pode tocar que eu vou mostrando o caminho". O homem não responde nada, mas de vez em quando lança um olhar desconfiado pelo retrovisor. Como o do próprio calhambeque, seu estado é lamentável. Um velho, o cabelo crespo, todo branco, o bigodão caído, amarelo de tanta nicotina. Fede a colônia e urina, provavelmente dirige de fralda para não ter de parar. Justamente nas colinas ela encontra um recanto isolado, enevoado. "Pare aqui, por favor." É o campo ermo, nenhuma casa, nenhum carro. "É só um instante." Ele deixa o motor ligado, desce do carro para acender um cigarro. Ujine treme de frio na garoa, as gotinhas lhe cobrem o rosto, seus cabelos grudam na testa. Os talos altos, imóveis, congelados no ar, sem flores, não passam de simples lanças curvas. As eulálias. Desde que esteve ali com Samuel, quando a vida se enraizou no seu ventre, é a primeira vez que ela volta. É pois uma memória do futuro, frágil e tenaz como aqueles grandes talos humildes. Ujine então retorna ao carro, diz para o taxista: "Viu só como é bonito?". Mas ele chupa sua bagana babada e solta: "Uma droga, essas ervas daninhas, isso só pode ter vindo da China!". O que mais ela poderia fazer senão rir ou chorar?

O outro problema foi o assédio de Rita. Quando ela soube que Ujine estava grávida, sozinha, sem ajuda de ninguém, passou a ir vê-la cada vez mais. Levava frutas, tomava providências sobre a clínica, chamava pessoas da sua comunidade, a igreja onde ela canta, sempre nas tardes de sábado, e aonde Ujine a acompanhou. Fica num bairro nobre, longe da poluição e do tráfego. "Você vai gostar, garanto, querida, vamos cuidar muito bem de você." No tocante a dinheiro, Ujine se preocupava, suas economias tinham sido sugadas. "Ora, não falemos disso, somos amigas ou não? Eu disse pra eles que a gente se conhece há séculos." Até que é bom ter uma amiga, não ficar sozinha no parto. Na clínica de Rita, foram muito gentis. O senhor Obstetra é um homenzinho redondo, sorridente e, com a força do seu aperto de mão, tranquilizador. Em todas as visitas, Rita acompanha Ujine. Fica na sala de espera folheando as revistas e, quando a amiga sai, sapeca-lhe um beijo: "Tudo bem? Nada de anormal? Ah, vamos viver isso juntas, nós duas até o fim.". Eis que um dia, porém, já bem perto da data prevista, ela chega à clínica com uma papelada nas mãos. "Você tem de assinar aqui e ali", diz para Ujine. "Mas o que são esses papéis?" Rita se achega e a abraça. "São para o bebê, entende? Para que ele tenha um futuro." Sem entender, Ujine se põe a ler os formulários. É um documento de entrega para adoção, o qual, ao ser lido, lhe arranca lágrimas dos olhos. "Mas, se eu quero ficar com a criança, por que você me vem com esses papéis?" Rita se faz de compreensiva: "Te garanto, querida, é a melhor solução, como você iria se arranjar de outro modo? Já encontrei uma família para ele, gente de bem, que aliás você viu na igreja, eles têm uma casa boa, pagarão todas as despesas, isso já faz parte, e o bebê terá pai e mãe de verdade". Ujine está tão desamparada que assina tudo, colocando seu nome no local indicado.

Mas depois cai em si. Ah, as árias, os cânticos, os princípios de Rita! Roubo de crianças. Era preciso defender a vida. A outra aparece com um buquê, uma braçada de forsítias em flor colhidas no jardim da clínica. "Pode rasgar os teus papéis, ouviu, e as flores, pode levar de volta! Jamais vou te dar meu bebê, jamais! E pode dizer isso também pra toda a clínica e pro pessoal da casa boa!" Não, ela não grita, mas a voz lhe vem com tanta raiva que Rita, com suas flores amarelas, sai de fininho e foge como um rato, tão depressa e para tão longe que Ujine nunca mais ouviu falar nela!

Algo está em marcha, algo que não vai parar. É um movimento que vem de longe, que de fato se iniciou com o universo, é lento e profundo e longo, é animal, mas também é a vontade do outro, um outro desconhecido (por certo não Samuel, que foi apenas um agente do acaso), um desejo.

Cada dia deixa Ujine mais próxima do nascimento, que ela espera e teme. Acontece-lhe à noite sonhar que é ágil. De novo criança, ela corre o mais rápido que pode, ao longo das ondas, por uma praia de areia dura. A mãe está sentada nas dunas, ao abrigo do vento. A doença que irá matá-la ainda não se manifestou, mas há uma dor que a prenuncia, em algum ponto do abdome. Seu rosto se contorce de quando em quando e Ujine olha para ela: "Está sentindo alguma coisa, mamãe?" "Não é nada não, foi só uma pontada de lado, já vai passar." Ao despertar, Ujine vive alguns segundos de perplexidade: tudo isso é um sonho? Suas mãos deslizam pelo ventre e ela sente o feto se mexendo, pondo em ressalto a forma de um pezinho.

"Inspirar, expirar. Inspirar, expirar." Na sala do hospital – é menos chique que a clínica, mas é gratuito –, as mulheres fazem seu treinamento. Ujine pensa que há três meses teria rido: deitadas de costas, com as barrigonas para cima, aquelas pobres mulheres a inspirar e expirar. Parecem um bando de focas na beira da banquisa. Mas por acaso alguém pare pela boca?

Ela falou com Samuel por telefone, sem muita atenção. Quando viu que era ele, pensou em não atender. Mas depois reflete e acaba atendendo, por que iria se esconder? Ele agora é um estranho. Ela até já esqueceu que ele tem a voz muito grave, sempre hesitante, mas relembra que foi justamente dessa voz que gostou primeiro. Ouvi-la, mantendo-se longe, na evasiva, é prazeroso. "O que é que você tem feito?" Ujine diz literalmente: "Bem, eu estou entre duas, hã, ocupações". Samuel fala do seu trabalho no banco, de uma viagem para breve, uma transferência, para a África, talvez para a Coreia. "E se a gente se visse?" Ujine passa por um instante de pânico. Ele, ver aquela barrigona? Sem chance e muito menos ela dar explicações. "Escute, Samy, eu também estou um pouco ocupada, vou viajar." Silêncio. "Ah, é? Pra onde?" Ela é tentada a responder: pra lua, ou então: pra terra das eulálias. Mas não diz nada, a não ser: um dia eu te falo, e sente que lhe aguçou a curiosidade. Talvez ele até tenha ficado enciumado e ela é tomada por um sentimento de triunfo, meio ridículo, que dá vontade de rir. Essa certeza de não ceder é uma tolice, ela se envergonha, mas reconhece que lhe faz bem. Ujine desliga. Não vai mais atender o telefone. Talvez já seja mãe e em nada mais deva pensar, a não ser em proteger seu rebento, uma vez que os coelhos machos, como se sabe, comem os filhotes.

Ujine vive um dia depois do outro. Come muito, para alimentar o bebê. Já nem controla o peso na balança. Na sala de treinamento, cada mulher tem sua história. Há umas enormes, passivas, queixosas, acompanhadas pelos pais, outras que, como Ujine, têm uma barriguinha redonda, quase pontuda, e ainda as que nadam de batinha, as que usam conjuntos de moletom como se fossem para uma competição, quem sabe uma partida de vôlei? Ujine conversa com Nelly, sua vizinha na sala. Ela é caixa num supermercado e, quando sai dali, vai para o trabalho. Será que pelo menos lhe dão uma cadeira confortável? E o *niño*, será que gosta do trabalho? Nelly ri, tem os dentes estragados, mas seu sorriso clareia o rosto bem cor de bronze. "É gozado, toda vez que a caixa tilinta, ele faz um movimento aqui na minha barriga, como se quisesse pegar o dinheiro." "Ele então vai ser banqueiro!" Nelly ri.

Ujine se lembra de quando, oito meses antes, o feto ainda não passava do tamanho de um camarão e ela fora se encontrar com Samuel em frente ao banco, pensando no próprio Samuel, ainda no ventre da mãe, dormindo e chupando o polegar, mas com os pés já tão grandes que ele nem sabia direito onde os meter. Será que um homem pensa nessas coisas? Seria preciso, para tanto, que ele não fosse mais um homem, que deixasse de dar para receber. Um dia, Samuel teorizava, como de hábito, os homens isso, as mulheres aquilo, e Ujine dissera: "A única diferença é que os homens dão (o esperma) e as mulheres o recebem". Tudo o que eles não se disseram, tudo o que permaneceu letra morta. Tudo o que ela reteve em si, e que agora, aí está, se tornou uma criança! Uma vida dentro da vida, um estranho dentro da gente.

A dor que já dura há dias. As contrações do útero, a observação da parteira, tudo como previsto: a moeda de dez, de vinte, de cinquenta centavos. Uma ondulação. O ventre enorme, dilatado, eis o que ela imagina na sala de parto, um ventre do tamanho do globo terrestre! É comigo, pensa Ujine, já está me acontecendo, não posso ser outra pessoa, não posso estar senão aqui. Os homens sempre podem estar onde quiserem. Mesmo quando são covardes na guerra, não há instante que não escolham. "Antes livre do que rei." É o lema de Samuel. Ela acha que é. Mas não tem mais tanta certeza.

Aí está, de fato acontece. O ginecologista do hospital decidiu assim. Verificou os compromissos na sua agenda (não no seu calendário) e, com uma picada de injeção, dá por iniciado o evento. Não será a ele que farão crer que é um milagre, que é uma coisa única, maravilhosa. Todos os dias, de hora em hora, acontece o mesmo: às 9 horas, senhora Nadeau. Às 10h30, senhora Sauvaigo. Às 11h30, senhora Janicot. Às 12h30, senhora, hã, senhorita... Não, de noite não, nunca aos sábados, dia de ele sair com o filho (ele é divorciado e tem suas obrigações), nem aos domingos, porque ele faz canoagem na represa do parque. Mas nem sempre as coisas funcionam assim. Às vezes é preciso correr, há algo que não vai bem, a das 15h30 necessita de uma intervenção, fórceps, respiração, cesárea.

Ujine delira. Sem dúvida, por efeito da peridural. Ela não queria, tem horror de injeção, mas se deixou convencer. Os pés nos estribos. Inspirar, expirar, inspirar, expirar... Dez centavos, cinco centavos, vinte, cinquenta centavos, será que existe uma moeda maior? Ujine se ausenta, Ujine não está mais lá. O trabalho se desenvolve em outro lugar. Ela foi substituída por outra. Uma mulher gorda, esborrachada de costas, que se apoia firmemente nas pernas, pés agarrados nos estribos, fazendo força, fazendo força com os pés como que para se jogar para trás, se extirpar, voltar à superfície. Inspirar, expirar... Porventura lhe cabe suportar o peso do mundo, como o gigante Atlas? Há rostos diante dela, que se debruçam sobre o seu corpo, a parteira, as enfermeiras; o ginecologista ainda não se dignou a vir. É um viajante, como Samuel, um representante comercial, com cara de boneco e orelhas peludas, narigão, sobrancelhas hirsutas. Melhor até que não venha. Se vier, ela sabe o que dirá, Não, doutor, não preciso de nada, tenho tudo o que é necessário em casa, aspirador, ferro de passar, geladeira, freezer. A roupa eu levo na lavanderia, máquinas vivem dando defeito. "E então, como vão as coisas?" Bem, obrigada, e o senhor? Um trejeito. Onde anda o senhor lua? Ele é que eu gostaria de ver, seu rosto tão bonito com o sorriso da noite. Não esse projetor a iodo que inunda o palco de uma luz atroz. Ou então o senhor sol, por favor, numa clareira, na atmosfera suave do verão, sobre palha fresca no campo. É que falta uma testemunha, a bem dizer, o pai da criança. "Alguém irá assistir ao nascimento?" Não, sem comentários. Mas a novidade correu, repetida, anotada, sublinhada, entre o pessoal do hospital. "Coitada dessa menina, tão sozinha, não tem acompanhante nem terá nenhuma visita." Os rostos se inclinam, atentos, como de fadas bondosas. Ujine aperta a mão da enfermeira à sua esquerda, uma novinha, rosto de criança, cor-de-rosa, mechas louras escapando da touca. Uma onda de gratidão a invade. Gostaria de saber o nome, a idade da moça. Há quanto tempo é aprendiz de parteira? Será que tem namorado, estará para se casar em breve? Inspirar, expirar... Não, entre duas respirações ela não tem tempo de fazer perguntas. Agora está tão cansada, o dia chegou ao fim, o sol se esconde atrás das nuvens, a lua ainda não se vê, não há senão essa luz que ofusca. Como seria bom se o bebê nascesse numa água azul, numa clareira, na palha fresca do campo! Quando aparece no céu, do outro lado das paredes, o senhor lua, ela ouve distintamente seu canto, um suave murmúrio de água e ervas silvestres. A filha de Ujine nasce, e Ujine dorme.

epílogo

Verão, de novo. Nuvens deslizam sobre as dunas, o vento agita os cardos na areia, apenas um tremor de pelos na pele. Protegida pela duna, Ujine está deitada de lado, joelhos dobrados junto ao peito. Sente o vento na pele, a areia escorregando por entre os dedos. Eulália dormiu no colo dela. Dormiu ao contrário, de cabeça para baixo, como que a se lembrar do próprio nascimento. Seus pezinhos se oferecem, abandonados entre os seios de Ujine, que conta então os artelhos, sem se cansar. Para fazer Eulália rir, às vezes cantarola a cantiga que ouvia da mãe, *this little piggy*, este porquinho foi fazer compras, este porquinho ficou em casa e, lá no último dedinho, ui-ui-ui durante todo o caminho! Um dois três quatro cinco, dez ao todo, minúsculos e róseos, com unhas cor de madrepérola. Ujine escolheu esse nome, Eulália, em lembrança dos talos altos e dos cachos de flores que se mesclavam com a bruma, na estrada do aeroporto. Samuel não discordou, nem perguntou por quê. Ele, de volta das viagens, não mais irá ao fim do mundo. A vida é inconstante como as nuvens que passam pelo alto, como o mar com seu barulho de ampulheta. Quando Eulália nasceu, Ujine resolveu que todos os dias levaria o bebê à beira-mar, para que o barulho e o odor lhe entrassem pelo corpo, que os conservaria para sempre. E é isso o que ela faz.

BARSA, OU BARSAQ

Contempla o mar, sonha partir,
Aguarda a volta de teu amante!

O mar, que todo dia atrai o olhar de Fatou.

Ela lembra que, quando menina, ficava contando as ondas. Era como uma aposta, que ela porém jamais ganhava. Não havia o que ganhar. Pelo contrário, só perdia seu tempo, como dizia a velha Isseu. Fatou diz se chamar Vanessa, como Mahama diz se chamar Watson. Nomes que eles se atribuíram para apresentar-se aos turistas que vêm à ilha de Gorée.[1] Quando os de fora, antes de fotografá-los, perguntam como se chamam, são sempre esses nomes que dão. Com o hábito, chegaram até a esquecer seus verdadeiros nomes. Como se tivessem partido para o outro lado do oceano, para o país de Barsa.

Quando Fatou veio de Mbou, após a morte do pai, jamais havia imaginado a vida que levaria na ilha, com tantos estrangeiros ali. Isseu, a velha, que era tia da sua mãe, foi muito dura ao lhe falar: "O que você já fez até agora, menina?". Fatou respondeu que tinha frequentado a escola, para aprender a ler e a escrever, e também a rezar. "Quanto a rezar, tudo bem", comentou a velha. "Mas agora você tem de ajudar a família, cuidar da lojinha, cozinhar e arear as panelas, deixar tudo bem varrido e queimar o lixo todo dia às seis

1 Na costa do Senegal, em frente a Dakar. Descoberta pelos portugueses no século XV, foi um dos centros do tráfico de escravos. [N.T.]

horas, fazer tudo o que é preciso para ganhar dinheiro e merecer sua comida. Entendeu bem?" Fatou não abaixou a cabeça, falou dos estudos, disse que queria ser secretária e viajar para o exterior, levando às raias da loucura a fúria da velha, que a arrastou pelas tranças para o quarto, onde a surrou com um cinto. Fatou, depois disso, nunca mais falou em ir embora. Porém se tornou taciturna e emburrada, ela que antes gostava tanto de rir, cantar, dançar e fazer as tranças ao sol. Ficou magra, seca e, cortadas as tranças, passou a usar na cabeça um lenço preto. Suas mãos se esfolaram, obrigadas a lavar o dia inteiro, e o rosto vivia imundo, de tanto fogo a fazer com lascas de caixotes encharcadas de querosene. Quando sua mãe partiu, para viver com outro homem, tudo piorou. A velha bruxa se apossava do dinheiro que a sobrinha mandava para Fatou. E se mostrava ainda mais intratável, acusando-a de viver às suas custas e de roubar comida. Nessa época, depois de terminar o trabalho, e quando a tia-avó já roncava alto na cama, Fatou saía de casa para encontrar Watson no pontal. Sentavam-se embaixo de um baobá para fumar e olhar o mar.

Watson era um rapagão de vinte e seis anos, de pele muito negra e sorriso deslumbrante, natural de Dakar, mas que saíra da casa dos pais para viver na ilha com a meia-irmã. Conhecera Fatou quando ela vendia bibelôs na frente do restaurante da tia-avó. Conversaram um pouco, depois ficaram amigos. Foi nessa época que eles inventaram os nomes que davam para os turistas. Mahama já nem sabia direito como chegara a optar por Watson. E Fatou respondia, quando a fotografavam e perguntavam seu nome: Vanessa Paradis. Os turistas não costumavam insistir, compravam-lhe uma bobagem qualquer e se arrancavam.

Watson, na verdade, não trabalhava muito, apenas algumas tardes, quando substituía o guia oficial para levar os turistas que iam ver o forte e a Senzala. A maior parte do tempo ele ficava sentado no pontal, à sombra do baobá, olhando para o mar e fumando. Tinha um amigo com quem se entendia bem, um homem já velho (trinta e cinco anos ou mais) que vivia misteriosamente numa casa velha, com o pai enfermo, de cuja pensão de militar reformado, pelo que se dizia, ele se aproveitava. Um cara que adorava falar, que falava sem parar, de tudo e de nada, fumando e tomando refrigerantes, ou então, à noite, uma cerveja, e que Watson dizia ser um filósofo, um intelectual, em suma, quando Fatou indagava a seu respeito.

Já fazia algum tempo que Fatou se encontrava com Watson no pontal, a menos que este fosse conversar com o Filósofo. Watson bem que gostaria de fazer de Fatou sua namorada, tinha tentado furtivamente beijá-la e fora repelido, e ela fizera cara de zangada. Um belo dia as fofocas começaram e a velha Isseu deu uma dura em Fatou: "Você não deve continuar a ver esse rapaz, ele não serve para nada, e além do mais o que vão pensar da gente, que somos uns pobretões, que eu tenho em casa uma vadia?". Fatou fingiu ter recebido a lição, mas, como a velha não resistia ao sono, era só ela afundar na cama que a moça saía para o pontal.

Watson falava em sair dali. E não era de hoje. Olhando para o mar, dizia que lá do outro lado havia ilhas tão próximas que à noite, quando o céu estava claro, dava para ver suas luzes acima do horizonte. Eram ilhas grandes, muito bonitas, e lá se encontrava a porta para ir a Barsa, na Espanha, para mudar de destino e viver uma vida nova. Fatou o levava um pouco na brincadeira: "O que tem assim de tão melhor por lá, por acaso lá não se morre?".

Mas à noite Watson ia para a extremidade oeste do pontal, uma prainha cheia de detritos e pedaços de madeira, e tentava, no vento, enxergar luz no horizonte. Quando acabava a época das chuvas, o céu se enchia de estrelas. De tanto olhar para a noite, Watson tinha a impressão de que seus olhos se abriam exageradamente, de que ele absorvia o negror da noite.

Outros rapazes vinham juntar-se a ele, e também algumas meninas, que vendiam bijuterias e falavam alto demais. Com as cervejas e cigarros comprados, ficavam por ali, conversando e bebendo como se não houvesse amanhã. Fatou às vezes se integrava ao grupo, quando conseguia escapar para beber e fumar com os outros, ouvindo música no transistor de Watson, fosse reggae, fossem canções de Fela Kuti. Ficava atenta ao que os rapazes e as meninas diziam quando falavam de filmes que tinham visto na televisão, ou sobre novos videogames, sobre jogos de futebol ou de vôlei, mas logo as conversas derivavam para a viagem à Espanha, os que haviam partido, o dinheiro ganho por lá, e voltavam de tênis novos e com bonitos relógios. Cada um acrescentava algo mais, um boato ouvido na rua, uma história, um detalhe, uma anedota. Por fim todos se uniam cantando, havia alguém que tinha um violão, outros tocavam tambor, meros galões de óleo vazios, ou usavam maracas para marcar o ritmo. Alguns rapazes eram do continente, deixavam que a chalupa saísse para esperar a outra, a das seis horas, na manhã seguinte. Às vezes Fatou ficava lá com Watson, enrolada no seu blusão, agarrada no seu corpo, abraçada com ele, que a embalava como a uma menininha. Sonhando, ela os via numa grande piroga, via-os partindo juntos, oceano afora, para Barsa, para as ilhas maravilhosas que são a porta da Espanha. Pela manhã, antes do nascer do sol, ela voltava correndo para casa e ia queimar o lixo no quintal para que a velha Isseu não desconfiasse de nada. Fosse como fosse, se a megera se atrevesse a surrá-la, ela já estava decidida a fugir.

Um dia Fatou disse para Watson: "Se vocês vivem falando de partir, de passar para o outro lado e tudo isso, por que é que nunca fazem nada? É, vocês, rapazes, só sabem mesmo é falar". Watson olhou para ela. Tão nova e já embrutecida pelo trabalho na cozinha e no tanque, unhas quebradas, mãos com as marcas do trabalho. Imaginou-a quando criança, os olhos pintados com *khol* e a cabeça raspada.

E então teve um rompante: "Sabe, eu nem devia te dizer, mas vou trabalhar no estrangeiro e quando voltar estarei rico e poderei casar com você". Será que Watson achava que ela ia pular no pescoço dele para lhe agradecer? Na verdade ela até zombou: "Ah, foi isso que vocês decidiram, vocês da turma, embaixo do baobá?". Em seguida se levantou para não mais ouvi-lo, como se tivesse alguma coisa urgente para terminar. "Vocês são todos iguais! Vivem falando, falando sem parar, e não sabem fazer outra coisa senão falar sem parar!" Ele ficou fulo de raiva. "Então volte pra cozinha, você só serve pra isso, pra ser escrava da velha, não preciso de você para saber como eu vou me virar para partir." No entanto, ao mesmo tempo ele sentiu um nó na garganta e o estômago embrulhado, porque sabia que Fatou tinha razão, ele era como todos os rapazes dali, que em vez de agir preferiam ficar tomando cerveja, fumando baseados e batucando em latões – ele tinha medo da aventura, medo do mar, das guardas costeiras, medo do desconhecido.

Um dia, o Filósofo falou a Watson de um cara que se ocupava de levar os jovens. Disse aquilo de um jeito bem casual, como se a coisa não tivesse importância: "É um tal de Ziggy, ele está sempre lá no café do cais, basta dizer que foi mandado por mim".

Era na época das chuvas, não havia muito trabalho na ilha, o mar andava ruim, os turistas não chegavam. Watson foi até o continente e, no bistrô do cais, no mezanino, viu Ziggy. Grandalhão, com uma boa roupa, calça e camisa brancas, cabelo rastafári, usava brincos de ouro e um colar. Bebericava um café, com ar de enfado, meio virado para as águas do porto, como se refletisse.

Watson se aproximou da mesa e naquele instante três ou quatro rapazes estavam conversando com o rasta. Discutiam preços, datas, e, quando viram Watson, pararam de falar. "Tá olhando o quê?", um dos rapazes perguntou. Tinha um jeito agressivo, olhos vermelhos. "Tá espionando, é? Te arranca daqui, seu fodido." Watson ia reagir, mas o rasta acalmou os jovens. De fala mansa, ele arrastava as palavras, fazendo gestos lentos com os dedos lisos. "Calma, gente, isso aqui é um país livre, não é? A gente estava conversando, mas você quer falar comigo, é isso?" Ziggy sorria, mas seu olhar não era manso, tinha algo de esquivo e autoritário.

Watson, plantado diante da mesa, não se mexeu. Segundos antes, estava a ponto de se engalfinhar com os rapazes, porém agora, à pergunta de Ziggy, nem sabia o que dizer. Limitou-se assim a fazer um gesto, como se dissesse, não, não é nada, já me arranquei, e recuou para sair do café, andando às pressas no meio dos passantes, ao sol, pelo cais do porto, e sentindo a raiva que ainda latejava em suas têmporas, sobretudo a raiva de não ter ousado perguntar nada, de não ter dinheiro, de não passar de um mendigo.

Mais tarde, no pontal, o Filósofo foi saber das novidades. "E aí, você esteve com o Ziggy? O que é que ele propõe?" Watson, cuja raiva persistia, deu de ombros. "Não sei de nada, não consegui falar com ele." Passado um instante, perguntou ao amigo: "E você, por que é que continua aqui, sem fazer nada? Por que não vem comigo para Barsa?". O Filósofo refletiu e, depois, acendendo seu eterno cigarro – ou talvez um baseado –, se explicou: "Eu vivo no pensamento, e não, como você, no imediato. Não tenho nada a perder nem a ganhar, entende? Tenho de ficar no meu rochedo, é o meu destino". Watson disse: "Mas o tempo todo você fala da práxis, por que então não age?". O Filósofo olhava para o mar, para a linha exata do horizonte, como se ali houvesse o alto de um muro. "Para partir, seria preciso que eu mudasse, que não fosse mais daqui, seria preciso que eu tivesse certeza de encontrar do outro lado alguma coisa diferente, ou que acreditasse que minha vida até hoje, minha vida de reflexão e de crítica a tudo, não faz o menor sentido, que eu me achasse numa contingência, só à espera de uma boa ocasião para partir, para mudar de vida, e que nada mais do quanto vivi até agora tivesse significado. Entende o que estou querendo dizer?" Se entendia ou não, Watson não teve certeza. Será que faltaria coragem àquele homem que tanto admirara porque tinha resposta para tudo, e que todos os dias estava disponível no pontal da ilha, fumando e olhando para o mar? Subitamente Watson se viu dominado pela vontade de que o amigo também partisse com ele, rompendo com o próprio destino. "Olhe, se você vier comigo, vai poder encontrar outros filósofos como você, vai poder ser útil por lá." Mas o Filósofo não lhe dava atenção. Continuava olhando para o mar, como se o que Watson dizia não tivesse importância. Afinal respondeu: "Não tenho necessidade de conhecer outros homens. Já me bastam os daqui". E acrescentou esta observação patética: "Sabe, Mahama (nunca ele quisera tratá-lo pelo nome falso), quando eu volto para casa à noite, sem ter feito rigorosamente nada do dia, e vejo meu pai, minha mãe, vejo como os dois estão velhos, mirrados, frágeis, é isso que dá um sentido ao meu pensamento, é isso que transforma minha inação em ação". Virado agora para Watson, ele mostrava, num rosto já bem marcado, cor de couro velho, os olhos miúdos e amarelos. "Você é livre, Mahama, pode ir falar com o Ziggy da minha parte, e ele te fará viajar. Você é livre, por isso pode partir. Não perca tempo, amanhã mesmo poderá dar por si como eu estou, preso pelos pés à ponta deste rochedo."

Era como um adeus. Watson não falou de Fatou, nem da sua família. Nunca ele entrara nessas considerações circunstanciais com o Filósofo. No entanto o homem quis dar a Watson algumas indicações sobre sua vida. Disse ele: "Meu pai foi militante comunista, sabe, na época em que isso queria dizer alguma coisa. Foi soldado do exército francês, por ocasião da guerra contra a Argélia, e se alistou para ganhar a vida. Ele é de Gâmbia. Eu me chamo Simon F. F., e você sabe por que esses dois efes no meu nome? Porque no ano em que eu nasci, veja só, Frantz Fanon publicou *Os condenados da terra*,[2] meu pai leu esse livro e foi por isso que ele me deu este nome, Simon Frantz Fanon Taylor, o meu nome, entende?". E ele então acendeu mais um cigarro, como se o fogo lhe viesse do disco rubro do sol que mergulhava no mar. Watson deu-lhe um aperto de mão e se afastou.

Foi nessa época que Fatou perdeu a virgindade. Na verdade ela não tinha decidido nada, tudo aconteceu assim, sem mais nem menos, numa tarde, enquanto a velha Isseu dormia lá no seu quarto, sufocada pelo calor. Watson, fazendo um bico num dos hotéis da ilha, estava de porteiro e tinha o molho de chaves. Chovia e, com as rajadas do mar, as palmeiras e as iúcas do jardim do hotel agitavam seus penachos ao vento. O hotel estava quase vazio, a gerente tinha ido ao continente, só deveria voltar à noite, caso a chalupa conseguisse fazer a travessia. Watson deixou que Fatou escolhesse o quarto, um quarto cor-de-rosa, lindo, no primeiro andar do anexo, com uma sacada dando para o jardim. Uma cama grande, sob um dossel, numa espécie de alcova, e diante dela uma penteadeira de madeira vermelha com um espelhão. A luz entrava pelas portinholas semicerradas e se movia inconstante com as mudanças do vento, devido a uma grande magnólia cujos galhos tocavam a sacada. Estranhamente Watson parecia estar mais comovido que Fatou. Ela tirou a roupa no banheiro e foi juntar-se a ele na cama. Quando ela atravessou o quarto, Watson, vendo seus seios tão pequenos, pontudos, castanhos, não conteve a exclamação: "Nossa, você é linda!". Como se até então tivesse dúvida. Logo ele a puxou para si, pôs-se a acariciá-la e beijá-la. O corpo dele era magro, nervoso, ela apreciou a musculatura dos braços. "Você é tão forte, puxa, é só mús-

2 Publicado originalmente em 1961, *Les Damnés de la terre* saiu com prefácio de Jean-Paul Sartre. Frantz Fanon (1920-61), pensador político negro, foi um destacado ideólogo da revolução argelina contra o domínio francês. [N.T.]

culos, incrível!" Ele, não sem vaidade, se aprumou um pouco. Ela esperava que ele a possuíse, de braços abertos, mãos sob a nuca. Não fazia questão de ser tocada e beijada. Quando ele tentou enfiar as mãos sob sua bunda, ela não deixou. Experimentava uma espécie de impaciência; violência: talvez contasse com ela. Ele então a penetrou, de pau bem duro, sem maiores atenções, e ela soltou apenas um gemido de dor. Não queria analisar o que lhe acontecia, no entanto sentiu cada avanço, cada leve pele do sexo que se rompia, e depois uma espécie de onda de dor e de prazer mesclados, como se seu corpo todo se abrisse. Ao mesmo tempo ouvia a respiração de Watson, cada vez mais forte, cada vez mais tensa, e percebia contra si os músculos enrijecidos, como se fossem cordas e nós sobre seus braços, coxas, barriga e até sobre seu rosto. A pele de Watson, na penumbra, lhe parecia vermelha-escura. A certa altura, falando alto, não num murmúrio, mas com voz decidida e clara, ela disse: "Eu não quero bebê". Ele não disse nada, mas no instante seguinte, reclamando um pouco, puxou depressa o pau para fora e o esperma quente se espalhou sobre a barriga dela. De tanto suar, Watson brilhava, seu coração batia nas artérias, a respiração arquejava. Fatou se levantou e foi correndo se lavar no banheiro. Depois tornou a deitar-se ao lado do rapaz. Não havia mancha nenhuma no lençol. Todo o sangue ficara no interior de Fatou e lá se fora com a ducha. De qualquer modo, ela pensou, era até engraçado, no calor da hora ela havia pensado nos lençóis e que provavelmente Watson não tinha a chave da lavanderia. Usara apenas a toalha de banho, sempre poderia passar por distração da faxineira. Faltou um pouco de poesia naquilo.

Foi dos momentos seguintes que Fatou mais gostou. Watson acabou dormindo na cama, o corpo grande e magro meio de lado, o sexo caído na coxa, e Fatou se encaixou por trás, para acoplar-se à forma do corpo, com os braços a contornar-lhe toda a barriga e o rosto embutido no vão entre as escápulas. Era gostoso. De olhos abertos, ela via as oscilações da luz na janela, ouvia o vento do mar fustigando as palmeiras.

Depois disso eles passaram a se encontrar regularmente no hotel, sempre que possível. Watson a esperava e Fatou aparecia logo em seguida, deslizando para o jardim por uma fresta na porta. Às vezes o quarto rosa estava ocupado por turistas, ou brancos ou japoneses. Nesse caso eles iam para um outro, nos fundos do pátio, cuja janela gradeada dava para a ruela de trás. Quando fazia muito calor, o quarto parecia o interior de uma gruta, onde os barulhos de fora chegavam amortecidos. Fatou nunca ficava completamente relaxada, sempre à espreita de tudo o que pudesse indicar a volta da proprietária ou uma chegada imprevista. Ela dizia para Watson: "Deve ser bom ser rico, poder passar o dia todo aqui, e ficar para dormir". Watson se mostrava carinhoso: "Quando eu ganhar dinheiro, você vai ver, vamos poder pagar qualquer hotel que te agrade". Ela agora não sentia mais dor quando eles faziam sexo. Agarrada nele, tinha a impressão de lhe beber o calor. Numa bolsa de plástico, trazia um lençol dobrado escondido, pois não queria deixar nenhum vestígio. Nunca se perguntava por que era ela que tinha de se preocupar com esse problema. Depois do amor, ir se lavar no banheiro, e logo recolher o lençol para depois lavá-lo em casa. Já ele podia ficar dormindo, ou olhar à toa para o teto, fumando tranquilamente seu cigarro. Assim eram as coisas. Uma vez, ela até lhe falara em camisinha, mas ele dera de ombros. "Pra quê, você não confia em mim?" Pouco depois, com doçura na voz, acrescentara: "Se eu estivesse doente, não iria contigo, eu te amo muito pra fazer isso". Fatou nunca voltou a tocar no assunto.

Ela não tinha mais raiva da velha Isseu. Embora continuasse a ralar no restaurante, já nem ligava para isso. Um dia, quando Isseu a tratava aos berros, ela respondeu: "Você não passa de uma velha bruaca, tia!". De tão espantada, a mulher recuou. Nos olhos dela, Fatou viu que havia medo, e sentiu-se forte.

Houve um telefonema para Watson, depois do qual ele partiu para o sul de ônibus. Fazia três anos que não via a mãe, desde a morte do pai. Lilah engordara um pouco, envelheceu um pouco, mas continuava uma mulher bonita, que usava roupas atraentes e uma trança postiça decorada com miçangas para realçar o cabelo muito bem penteado. Vivia atualmente com um homem alto, gordo, largo, que ganhava um monte de dinheiro trabalhando na alfândega. A casa de Sauvy, esse era o nome do senhor, era espaçosa, moderna, com um salão climatizado, no centro de um grande jardim cercado de arame farpado. Na mesma casa morava um rapaz de uns vinte anos que era o filho caçula de Sauvy; os outros tinham partido para estudar na França e na Alemanha. Watson sentiu-se cheio de amargura e ódio reprimido ao pensar no que havia passado após a morte do pai, enquanto para a mãe tudo transcorria ali tão tranquilo. Porém o orgulho, ou talvez a prudência, o impediu de mostrar seus sentimentos. Falaram da vida dele na ilha, com a tia. Lilah parecia inquieta, fazia muitas perguntas. Com que direito? Por acaso ela se preocupara com ele quando partira para viver com um homem? Se tivesse lhe dado algum dinheiro, ou pelo menos um telefonema, teria ele sonhado em fazer a travessia? Watson se manteve evasivo. Tudo ia bem, ele tinha uns planos, trabalhava no tal hotel. Disse também que partiria logo, desde que conseguisse um visto. Sauvy tentou então se meter: “Um visto? Mas aí é que está, eles não dão vistos assim sem mais nem menos, é preciso ter meios de vida, um contrato”. Com os filhos na França e na Alemanha, ele sabia bem como era. “Economizarei o que for preciso, posso fazer como todo mundo, não é?” Watson começou a detestar aquele cara arrogante, tão orgulhoso das próprias posses, dos filhos que estudavam, dos seus vistos, da sua vida fácil. E detestou também a mãe, por estar com ele, com eles. Foi-se embora correndo. No jardim, ao beijá-lo na despedida, Lilah lhe deu um maço de notas. Como a detestava, ele pegou o dinheiro sem dizer obrigado. Ler a inquietude que ela exibia no rosto já o deixava muito feliz. Se pudesse, iria gritar, berrar, para vê-la desabar, com os cantos da boca, como os de uma velha, cheios de amargor. Gritar: "Vou pagar a um coiote, vou entrar numa piroga e sair mar adentro, para Barsa, para a morte! Não voltarei nunca, nunca, nem quando você morrer, nunca voltarei a te ver!". As palavras que ele pensava talvez lhe escapassem da garganta em silêncio, porque Lilah arriou nos degraus da escada e começou a chorar, não aos berros, como a velha Isseu, mas gemendo como uma garotinha, limpando o rímel com um lenço de papel, enquanto seus cabelos postiços caíam de lado como uma orelha de cão.

A piroga é muito comprida, muito bonita. Estreita como um foguete. Há, entre os coiotes, uma gozação bem comum: "Nessa aí, meu chapa, você parte para a lua". A viagem não é com eles, que se contentam em trazer os clientes, pegar o dinheiro, dar uma parte ao piloto. "Nada de documentos, nada que deixe reconhecer vocês, e vocês são do Mali, não adianta mandar vocês de volta num barco, vocês vão para Barsa, não conhecem ninguém, e depois para a Alemanha, onde têm um parente à espera, vocês não sabem de quem é a piroga, não sabem como eu me chamo nem como se chama o piloto."

Foi Lilah quem deu o dinheiro. E também a velha Isseu, embora sem saber disso. Certa tarde, a velha dormindo como pedra, Fatou penetrou no quarto dela e pegou o dinheiro que Isseu guardava embaixo da cama, numa lata de biscoitos. Watson manifestou seus escrúpulos: "Não sei se é uma boa, não sei quando vou poder te devolver". O olhar da jovem se entristeceu. "Mas você vai voltar, não vai?" Ele prometeu tudo o que ela queria ouvir, disse-lhe palavras de amor. Na véspera da sua partida, ousaram passar a noite no hotel. Não acenderam luzes para não atrair a atenção da proprietária. Era o quarto do alto, ao qual tinham ido na primeira vez. Nem um pingo de vento, calor de rachar, mas nem pensar em ligar o ar-condicionado. Lá eles fizeram amor seguidas vezes e, sempre que Watson adormecia, Fatou se encostava nele: “Mais uma vez?”. Separaram-se um pouco antes da aurora. Watson passou na casa da irmã para apanhar sua bagagem, mas Fatou não voltou logo para a casa da tia, o lixo dela que esperasse. Foi encontrar-se com Watson no embarcadouro, onde juntos aguardaram a primeira chalupa. O sol nascia do lado da cidade, o barulho dos carros já chegava no vento. Muita gente se empurrava para embarcar na chalupa, que Fatou, sem se mexer, viu afastar-se. Como que anestesiada, ela ainda não sentia nada.

Durante três dias, em Saint-Louis, Watson perambulou pelo cais. Ou o mar não estava bom, ou ainda faltavam passageiros, ou então era a polícia costeira que fazia patrulhas. Pela manhã, andando pelo porto, ele olhava os barcos. Seus poucos pertences, um sabonete, um barbeador, cigarros, um pacotinho de biscoitos, um par de tênis novos, iam numa sacola de plástico. Era fácil reconhecer no porto os que estavam para partir, todos tinham aquela mesma sacola de plástico, o mesmo jeito de caminhar, meio inclinados, e o mesmo modo de esconder-se por trás dos Ray-Ban falsificados.

Gente em penca se aglomera no porto, pescadores, mulheres que carregam fardos, crianças em busca do que meter na barriga, ou então batendo bola, contra um muro. Há barcos de pesca que são casas, entre os mastros, a roupa seca nas cordas esticadas, nos cantos, velhas põem pastéis para fritar. Desde que saiu da ilha, Watson só comeu alguns biscoitos e uma laranja que comprou na feira. Sentado à beira do cais, ele olha para o braço de mar que brilha entre as pirogas. Turistas passeiam por ali, tiram fotos das crianças. Watson pensa que, pouco tempo antes, ele por certo tentaria arrancar-lhes algum dinheiro, falaria com eles em inglês para propor seus serviços como guia numa cidade que nem conhecia. No momento, porém, sente-se outro, como se, estrangeiro, ele já estivesse longe. Ele está pensando em Fatou. Será que ela também olha o mar, será que também pensa na morte?

O embarque ocorreu no fim daquele dia, pouco antes do pôr do sol. As pirogas dos coiotes partem à noite para não serem avistadas pela guarda costeira. Ninguém avisou ninguém, no entanto todos os viajantes se reúnem no cais com suas parcas bagagens. Watson espera chegar a sua vez e, mal o coiote diz seu nome, avança. A piroga-foguete se acha mais afastada, é preciso passar por cima de dois ou três barcos para alcançá-la. Watson senta-se no seu lugar, na proa, direto sobre a madeira do fundo. Acha que deu sorte, porque, se entrar água a bordo, a água irá para trás; além disso é legal estar na proa, não se ouve tanto a vibração do motor e, se houver alguém passando mal, não se sente o cheiro do vômito. Ele imagina que será o primeiro a avistar terra, não vai dormir para enxergar as luzes de Barsa antes de todo mundo.

Ele agora sente uma inquietação incomum, sua cabeça está rodando. Aconteceu. Havia falado disso com o Filósofo, com Fatou, com os rapazes, no pontal da ilha, mas só agora tudo se torna fato. Ele continua a pensar em Fatou, na noite cheia de carícias e beijos durante a qual nenhum dos dois dormiu, sempre a escutar o rumor do vento nas folhas da magnólia. É por ela, por seu amor, agora está certo disso, que ele conquistará a liberdade lá no outro lado do mar. Quando voltar, será rico e lhe dirá: eu te amo, você nunca mais vai precisar trabalhar.

Ziggy não aparece no cais. Mandou dois emissários que recolhem o dinheiro na piroga. Watson estende sua maçaroca de notas, que o coiote conta uma por uma, com destreza, para depois enfurná-las numa pasta de couro, como um homem de negócios. Na popa há um passageiro sem dinheiro, ou a quem falta qualquer coisa, o outro assecla de Ziggy manda que ele desça, insulta-o, empurra-o, e a piroga oscila perigosamente. Depois tudo se acalma. Chega o piloto, um velho seco, cara de mau, negro como um sudanês, com uma toalha velha, em volta da cabeça, à guisa de turbante. Subindo pela proa, ele corre descalço para trás, em equilíbrio na borda, e ao passar se apoia na cabeça dos que estão sentados.

Logo em seguida o motor pega, falha, pega de novo e cospe água, os dois coiotes pulam para fora e, sem um gesto que seja, olham a piroga sair. Ao avançar pelo rio, ela espanta os pelicanos enquanto o sol desaparece, num clarão de incêndio, por trás da língua da Barbária.[3] Afora o grito contínuo do motor, não há sequer um ruído.

3 Estreita faixa de terra, próxima à cidade de Saint-Louis, que separa o rio Senegal do oceano Atlântico; hoje um parque nacional senegalês. [N.T.]

A vida se arrasta, na ausência do amigo, em monotonia. Fatou não contou os dias desde que Watson partiu. Nada espera. De nada tem vontade. Todas as tardes vai até o pontal, lá onde se encontrava com ele, e olha a linha do horizonte, as ondas que rolam pelo mar verde e despencam, uma atrás da outra, sobre os rochedos negros. Gaivotas, alguns pelicanos. O tempo está quente e seco; a ilha, dura como um velho calhau já corroído. Os rapazes chegam mais tarde, tagarelas e brincalhões como sempre. E é como se Watson, jamais tendo existido, nunca tivesse sido um deles. Fatou retomou seu trabalho na velha Isseu, lavar os pratos, cuidar do fogo, queimar o lixo. Tem os olhos vermelhos, as mãos endurecidas, cheiro de fumaça e fuligem no cabelo e nas roupas. Sente-se velha, velha e feia, e nem se olha mais no espelho. De noite, seu ventre se abrasa, ela geme e se fecha sobre si mesma, ou então se acaricia e sente-se culpada. Sonha com um pau vermelho e duro que nela penetra e a faz gozar. Sonha com braços musculosos que a apertam, músculos tensos que lhe comprimem as costas.

De vez em quando passa pela casa rosa. Olha para a janela do quarto onde dormiu com Watson antes de ele partir. Os turistas afluem, é a temporada. Uma loura de pele muito vermelha, duas filhinhas que parecem gêmeas, uma clara, a outra morena. Elas saem pelas ruelas, um guia oficial as acompanha até a Senzala, onde o velho profeta já não está, é um jovem intelectual, com cara de professor, que organiza as visitas. Como um rasta, ele tem na cabeça uma touca de cabelo postiço. Narra coisas extraordinárias, enquanto os turistas tiram fotos.

Fatou às vezes vê o Filósofo. Acontece de ele passar pela banca onde ela vende seus tocos de madeira, seus búzios, suas estatuetas de voduns. Ele finge não reconhecê-la. Mas ela costumava acompanhar Watson quando ele ia conversar com o Filósofo sob o baobá. Fatou o detesta. Com aquele olhar furtivo de cachorro tinhoso, foi ele que convenceu Watson a partir, foi ele que organizou a travessia. Ela está certa de que é um agenciador ou, pior ainda, que dirige uma rede de coiotes que enviam os jovens para a morte. Quando ele passa pela estreita ruela, às vezes em companhia de suas francesas, suas alemãs, Fatou treme de raiva. Mantém o olhar fixo à frente, mas ouve os passos se arrastando na poeira, vê as belas babuchas douradas das mulheres e as sandálias dele, cujos pés compridos e ossudos, de unhas imundas, parecem patas de cachorro. Assim que eles passam, ela cospe no chão. Ele finge não entender, mas as louras se viram.

Todas as tardes, quando a velha Isseu arria na cama para a sesta, Fatou retorna ao pontal, contempla o mar. De quando em quando há uma piroga que passa fendendo as ondas verdes. Uma está longe demais para que Fatou possa notar quem vai dentro, mas parece-lhe que são pescadores, com mulheres enroladas em véus. A embarcação acompanha a costa, ora some num vazio entre ondas, ora reaparece adiante, qual um estranho peixe negro. Segue para o norte. Amanhã, pensa Fatou, talvez já esteja nas ilhas. Uma noite, ao mostrar a Fatou uma claridade no horizonte, Watson lhe explicou que era uma plataforma de petróleo espanhola. É possível se agarrar nela, que nem craca, e ficar à espera de que alguém vá te pegar? Quem sabe haja um pescador para recolher na sua rede as meninas que se perdem no mar, quem sabe ele as leve no seu barco para um outro mundo onde tudo é diferente, onde a vida pode recomeçar? Como nas revistas que ela às vezes folheia e em que há meninas que vão à escola, à universidade, aprendem uma profissão de verdade, tornam-se mulheres ativas que moram em andares tão altos que de seus apartamentos se avista a cidade com olhar de pássaro, e que conhecem outras mulheres, outros homens, sabem o que é amar e casar, viajam a Paris, a Berlim, aos Estados Unidos!

Ela acende um cigarro e sonha com tudo isso, como quando apoiava a cabeça contra o blusão de Watson, com o vento a lhe agitar os cabelos, e ouvia os rapazes batucar nos seus djembês[4] e arranhar o violão. Mas os que ela conhecia não estão mais por ali. Um depois do outro, todos também partiram. Os que ficaram já não são de cantar, contentam-se em queimar um bagulho e em beber latinhas de cerveja Phoenix. Tudo por culpa do cachorrão de olhos amarelados, o pretenso Filósofo, que os vendeu para um coiote, como outrora a maldita mulata Anne Pépin vendia os negros que ela trancava na gruta.

Dia após dia Fatou rumina a mesma ideia. Como um bolo na garganta, um peso no estômago, é algo que a impede de respirar, comer, viver. Nem mesmo a velha Isseu, com suas recriminações incessantes, chega a fazê-la esquecer a ideia.

A ilha é uma prisão. Nunca Fatou o havia sentido tanto. O mar corrói as muralhas, rebenta nos rochedos negros, avança com seus ruídos de rato, seu barulho de motor, o vento assobia pelas ruelas e pátios, Fatou tampa os ouvidos para não mais escutar. É imenso o mar, e lá no meio, em outro mundo, Watson está perdido. Talvez, longe de tudo, em Barsa. Faz quase um ano que ele se foi. Fatou se recorda da manhã, do momento em que ele entrou na chalupa e lhe fez um sinal. O sol nascia sobre o continente, os prédios da cidade estavam iluminados. Ele partiu e tudo terminou. Não telefonou, não escreveu. Mas havia dito: logo que eu tiver um trabalho, você virá me encontrar, vou man-

4 Tambor africano, de couro de cabra esticado com cordas, em forma de cone truncado. [N.T.]

dar a passagem de avião. Meras palavras, mas Fatou as ouviu, bebeu as palavras dele, assim como buscava o hálito nos seus lábios, como lhe buscava o calor, enfiando as mãos sob seu blusão, ou, na reentrância do pescoço, a fragrância da pele. Ela bebeu as palavras dele, mas depois se fez silêncio. E agora só há o vento, o mar que corrói a ilha.

Ela vai até o extremo da ilha, anda até o casarão em ruínas que tem uma árvore ao lado. A tarde está começando, a velha deve estar dormindo, o intenso calor cria um vazio ao redor. Mesmo os cachorros estão deitados na sombra, de costas para o vento, focinhos bem na poeira.

Lá está ele, sentado sob o baobá. Torcendo a boca, rói sementes de abóbora, e Fatou o acha parecido com um velho papagaio de língua preta. O Filósofo. Frantz F., como ele diz chamar-se. Mas seu verdadeiro nome é Fadel, filho de Omar, o velho soldado cuja pensão, paga pela França, ele recebe todo mês. Fatou o desmascarou, descobriu suas tramoias e mentiras. Quando ele a vê, levanta-se para, literalmente, se safar. Ali, no terrapleno batido pelo vento, não tem ninguém para encobri-lo, nem suas francesas e suas alemãs, nem seus Corpos da Paz nem suas Alianças para o Progresso. Está completamente sozinho, sendo o cachorro que é, e se arranca a passos largos para a casa do pai.

"Ei, peraí, quero falar com você, vem cá!"

Já na entrada da casa, com a mão na maçaneta da porta, ele se vira.

"O que é que você quer?"

Ela está diante dele. Magrinha, miúda, nas suas roupas de garoto, calça largona, camiseta toda manchada, os pés saindo das sandálias.

"Quero o nome do cara que leva pra Barsa, eu também quero ir."

O Filósofo a encara sem sorrir, movendo os olhos para a esquerda e para a direita, e Fatou pensa que ele está com medo.

"Por que você acha que eu conheço alguém?"

"Eu sei! Foi você quem deu o nome ao Watson! Agora diz pra mim também, que eu vou lá procurar ele."

"Tá maluca? Onde vai achar seu Watson, nesse mundo tão vasto?"

Ela se aproxima do Filósofo, quase tocando nele, que já abriu a porta e recua. Fatou vê o interior muito escuro, as cortinas puxadas, sente cheiro de morte.

"Não entre!", diz o homem, com uma ameaça na voz.

"Você é um mentiroso!", grita Fatou. "Mentiroso sim, é um mentiroso e é ladrão, tá pensando que eu não sei qual é a tua? Você pega a grana, enrola os outros e pega o dinheiro deles, e manda os caras pra morte, é um assassino!"

O Filósofo vai entrando, mas, antes que ele feche a porta, Fatou tem tempo de olhar a grande sala vazia, os móveis, as poltronas, as cortinas puxadas, e agora tem certeza absoluta: aquele cara diz que cuida do pai velho e doente, era o que ele dizia a Watson, mas na verdade mora sozinho no casarão, fez todo mundo e a França acreditarem que é um bom filho amoroso, mas rouba o dinheiro, é um mentiroso, convenceu o Watson de que é um filósofo, de que se chama Frantz Fanon, de que fala pelos condenados da terra, de que só está ajudando os jovens que querem ir trabalhar no exterior. Fatou fica uma fera, esmurra a porta sem parar e não para de berrar:

"Mentiroso, ladrão, assassino, você fica com o dinheiro do seu pai morto, bandido, vai ter de devolver tudo que tomou do Watson, toda a grana que rouba dos jovens que se mandam, seu ladrão, seu ladrão!"

Abrem-se portas nas ruas mais próximas, mulheres vêm para fora, homens fazem chacota, alguns gritam insultos a Fatou, mas ela não para, bate na porta com uma pedra, o vento desgrenha seu cabelo, está com cara de louca.

"Seu maldito, me devolve o dinheiro que você roubou do Watson, me devolve o meu amigo, devolve todos os que você levou, seu maldito, você matou seu pai e sua mãe pra roubar o dinheiro deles!"

Por fim ela despenca diante da porta fechada, chegam moradoras da vizinhança, que a ajudam a levantar-se e a levam dali, antes que a polícia apareça, Fatou nem consegue falar, mal consegue andar, aliás, as mulheres lhe dizem frases ternas para acalmá-la, vem, deixa esse cara pra lá, esquece ele, esse malvado, esse ateu, nós sabemos quem você é, você é a menina da Isseu do restaurante. Fazem-na beber Coca-Cola e a instalam na sombra, embaixo do baobá. Fatou perdeu as forças. Está com as mãos e os joelhos esfolados de tanto bater em vão na madeira dura da porta.

Depois caminha sozinha para o restaurante. Entra no pátio, vai sentar-se na sua pedra, ao lado do fogão apagado. Não lavou os pratos, não varreu o chão, as galinhas catam grãos de arroz na poeira. E é nesse momento que decide partir para bem longe, e por muito tempo, para sempre, para Barsa.

Partir à procura de Watson é retornar no tempo. Fatou seguiu o mesmo percurso, na grande piroga até Tarfaya, depois de caminhão pela estrada para Tânger. Passou pela cerca eletrificada que separa o Marrocos de Melilla, tomou um ferryboat para a Espanha. Ela conseguiu, porque Watson tinha conseguido. A todos que encontrava no caminho, fosse um coiote, um simples ferroviário, até mesmo um agente de segurança ou um carregador, mostrava a foto de Watson. Mas um negro para eles é um negro, veem mil por dia, altos, baixos, magros, gordos, uns cor de carvão vegetal, outros acinzentados, outros ainda quase verdes. Todos davam uma olhada na foto, gasta pelas tantas viagens, e todos davam de ombros.

Com suas economias minguadas, Fatou trabalhou, sempre que pôde, fazendo aquilo que ninguém quer fazer. Os outros partiram para ganhar dinheiro, para se tornar importantes, o que não é a mesma coisa. Fatou limpa latrinas, queima lixo, lava louça. Está bem treinada, foram anos de escravidão na velha Isseu, tem as mãos duras como couro velho, a espinha dobrada e aquele jeito de sumir nas suas roupas usadas, de se fazer invisível.

A Espanha é um país grande, qualquer um pode se perder por ali. É também o país da liberdade. Depois de trinta dias no centro de detenção de imigrantes ilegais, em Algeciras, alguém anunciou a boa--nova: em virtude das medidas do governo Zapatero, todos podem escolher livremente entre permanecer aqui ou retornar. Os que optarem pela volta ao país de origem receberão uma ajuda de quinhentos euros. Os outros poderão ficar e procurar trabalho. Fatou resolveu ficar.

Abertos os portões do campo, os imigrantes caminham lentamente diante dos guardas de uniforme, metralhadora ao lado. Lá fora é como era lá dentro, espaços vazios, uma estrada, a luz crua do sol. Ao longe vê-se a linha azul dos imóveis, um vale sinuoso, ouve-se o barulho das rodovias.

Aonde ir? Fatou anda na multidão, gente que vem de toda parte da África, do Egito, da Etiópia, de países muito distantes de que ela nunca tinha ouvido falar. Cada qual com sua história, sua vida e família, seus amigos e amores, fardo invisível que se esboroa na estrada, que a exaustão corrói sem demora, andrajo que já mal se sustenta, flutuando ao vento.

"Como você se chama?"

Uma mulher que anda ao lado de Fatou, uma mulher que ela supôs ser idosa porque se dobra para a frente enrolada num pano azul--escuro, mas que ao virar de rosto para a luz lhe indica, por seus olhos claros, pela testa lisa, que não tem nem vinte anos. Falando para Fatou em inglês, com um forte sotaque, logo em seguida ela disse seu nome, Sita, um nome para a estrada, para partilhar a aventura. Pela primeira vez desde a partida, Fatou disse seu nome também, não Vanessa, ali já não valia a pena mentir. Talvez Watson, naquela mesma estrada, tenha voltado a ser Mahama, um garoto africano que se exauriu e tem medo, mas não quer renunciar ao seu sonho de glória. Sita não fez outras perguntas. Não se pergunta aos outros de onde eles são, como chegaram até lá. Convém dizer que se vem de longe, do deserto, de um país onde não há estradas.

Sita caminha mal, tropeça, manca. Fatou se deu conta de que é por causa das sandálias fechadas que ela usa, grandes demais e com correias rebentadas. As duas pararam num banco, perto da estação, e ali ficam, sem se falar, olhando em frente. Depois Fatou tira da bolsa um par de sandálias de dedo que trazia de reserva, bem guardadas para que não sofressem nenhum dano na piroga. Estende-as para Sita, que olha sem compreender, e as coloca então no chão, ao lado dos pés de Sita, com um sinal de que as deu. "*Take! Take!*" Como são práticos os monossílabos! Ninguém precisa fazer frases longas. Sita olhou as sandálias, das quais aproximou os pés, e nelas, nas sandálias azuis tão bonitinhas, lentamente os enfiou. São bonitos os pés de Sita, finos, escuros, de dedos bem afastados, o dedão se encaixa tão bem na tira de plástico que é como se as sandálias tivessem sido feitas para ela. Fatou olha para os olhos de Sita, que têm íris douradas como as das cabras, onde dança um ponto de luz, e nos seus olhos, não nos seus lábios, Fatou vê um sorriso. Ela agora encontrou uma companheira de estrada. Pela primeira vez, depois de tantas semanas, acredita que conseguirá, que irá até Barsa. Até Mahama.

Após tantos dias, tantas noites no mar, a tarde cai. O motor Evinrude de 25 cv pifou. Watson está no leme, é ele quem conduz a piroga. O piloto, na proa, dobrado ao meio, enrolado numa lona encerada, cospe sangue. Sua úlcera se rompeu, provavelmente ele vai morrer. Watson assumiu o comando porque vem de uma ilha, sabe como se leva um barco.

Há duas horas que a piroga passa por uma costa a bombordo, altas montanhas se erguem no horizonte. Agora a costa está próxima, uma faixa plana com um turbilhão de espuma jogada pelas ondas. Os viajantes, ao avistar as montanhas, gritaram: Barsa! Barsa! Mas Watson os desiludiu: "Não é Barsa, são as ilhas Canárias, amanhã será o Marrocos". Só não lhes disse que amanhã será preciso embarcar em caminhões, cruzar fronteiras, tomar outro barco para a Espanha.

O mar está agitado, o céu azul, o calor queima. O vento sopra em rajadas, e é cheiro de terra firme que Watson acha que sente, um cheiro adocicado de plantas. Instintivamente guiou a piroga para a costa, na direção do sol poente, para escapar dos vagalhões. Mas as ondas batem na piroga de lado, golfadas da água quente do mar despencam sobre os passageiros, há crianças eufóricas como se aquilo fosse uma diversão.

Pouco antes das seis horas, quando a noite chegava, o motor parou. Não chiou, não falhou, morreu de vez. Em pé no pranchão da popa, Watson enrolou a corda no cilindro, mas puxa, repuxa, e nada. Sem motor, a pesada piroga se torna uma rolha no mar, recebe lambadas das ondas, gira sobre si mesma, cristas de espuma avançam para passar sob o casco como animais enormes e brutos. Na frente, os garotos se agarram nas bagagens, ainda gritam quando vem uma onda, porém não mais de alegria, talvez já de medo. Um homem se aproxima de Watson e o insulta, tenta por sua vez acionar o motor, firmando-se com uma das mãos na borda de trás. Seu corpo brilha de suor, de medo, de água do mar. Com o esforço, faz uma careta e xinga. Watson encontrou apenas um remo, muito curto para gingar pela popa, e tenta remar pelo lado oposto às ondas, para fazer a piroga virar na direção da terra, que se dane se a viagem tiver de acabar aqui, numa prisão. Mas o mar está muito agitado, as ondas agora, quando rebentam, soam como trovões. Os passageiros, aos berros, gritam para a terra, e bruscamente uma onda avança e arrasta as bagagens, os galões de gasolina tombam. Por entre o oscilar das montanhas, Watson vê a costa próxima, a praia comprida e nublada com orlas de palmeiras, as colinas escuras pontilhadas de casas brancas já com luzes acesas. Os garotos lutam para manter-se em pé na proa, gesticulam, soltam gritos estridentes, e Watson pensou por um instante que estavam se divertindo, como ele mesmo tantas vezes fizera, lá em Gorée, quando atravessava o braço de mar aos gritos a cada avanço das ondas. Só depois entende que é o medo de morrer que os motiva, que é pedindo socorro que eles gritam para a ilha escura que não conhecem.

Watson parou de remar, não estava adiantando nada, a piroga deriva e rodopia como um tronco de árvore arrancado da beira. Lentamente a noite cai sobre a cena, o estrondo das ondas rebentando na praia é tão intenso que abafa a gritaria das crianças. Com toda a sua força no olhar, Watson esquadrinha a praia nublada para verificar se há pessoas lá, tenta dar com algum barco de salvamento, passa em revista as casas brancas, uma por uma, na esperança de ver formas humanas, pensa que a nado atingiria facilmente a terra, que talvez pudesse dar o alerta, ou apenas esquecer a piroga, esquecer a armadilha, as crianças que estão cheias de medo e vão morrer. Ele não tem medo da morte, só pensa em Fatou, na manhã em que eles se despediram no cais, tudo lhe parece tão longe, tão irreal.

O fundo da piroga se encheu de água, a gasolina vaza dos galões e se espalha, mistura-se com o mar, com as coisas que estão boiando, sandálias de plástico, maços de cigarros, biscoitos. Era preciso tirar a água, mas para isso só havia uma panela velha sem cabo e a metade de um coco, é ridículo, seria como querer esvaziar o oceano.

O barulho das ondas toma o céu, encobre a terra escurecida. Watson escuta cada uma que vem de encontro ao casco, percebe com clareza o desdobrar da crista que se encrespa ao vento. Lembra-se do barulho do mar na sua ilha, no quarto do hotel, com Fatou, uma repetição incessante e lenta enquanto seus corpos se mantinham juntos, fogosos, e a respiração dos dois se pautava pela cadência das vagas, seus corações batendo em uníssono. Ele pensa que vai morrer, ali, ao largo daquela ilha negra, em frente à praia, perdido no mar. Sobre as covas do cemitério dos pescadores, em Saint-Louis, lá está por escrito, fulano, sicrano, perdido no mar, e a data. E ele pensa também naquelas crianças, agarradas umas às outras como cabritos, que se embolam no fundo da piroga. Pensa no homem que o insultara e agora se enrodilha na popa, mãos grudadas na tampa do motor, murmurando bismelas com os lábios trêmulos, cara branca de medo. Somente o velho piloto, que saiu do torpor, mantém-se de pé à proa, embora suas pernas fraquejem, e encara o mar alto, os vagalhões que chegam, com o seu farrapo de lenço tremulando como bandeira de pirata!

Enfim, sem razão aparente, nenhuma onda maior que as outras, num movimento único, tão simples quanto um tronco de árvore que rola sobre si mesmo, a piroga emborca e tudo some.

A prisão de Tahiche, em Arrecife, é uma grande construção de concreto cercada de um muro em ziguezague, a meia encosta, e Watson imagina que se não houvesse aquele muro poderia ver o mar quando os prisioneiros saem para tomar sol no pátio. Ele sonha com isso. Desde que foi preso, não parou de pensar no mar. Não apenas na mancha azul infinita que, antes, em Gorée, dava esperança, ou no calmo oceano ao sair da língua da Barbária. Mas o mar que partilhou com Fatou, o mar que eles ouviam no quarto rosa, a um só tempo muito suave e poderoso, o cheiro do corpo dela, o perfume das suas roupas, a inocência dos olhos, o esquecer dos sofrimentos.

A cela é um cubículo de três por três onde oito homens se amontoam, vindos de toda parte, sem documentos, homens dos quais ele nada sabe, a não ser os nomes, todos imaginários como o dele, Samir, Miguel, Hector, Moshé, Ama, Fitzgeraldo, Walter. E todos com seus sonhos insignificantes, suas manias, suas piadas de mau gosto num péssimo espanhol de cadeia, ninguém falando a língua de ninguém. No entanto não são piores que outros, talvez sejam até melhores, por terem caído nas garras da polícia, terem sido denunciados, explorados, e agora sentirem medo de que os mandem de volta para seus países.

Retirados da cela uma vez por dia, exceto aos domingos, são levados por um corredor em arcadas e por entre os guardas penitenciários até o grande pátio de terra batida, sem vegetação e sem sombra. O pátio está cheio de gente como eles, vestida como eles, calças velhas e imundas, blusões, tênis caquéticos. Cabeças raspadas. Alguns homens mais velhos usam barba, como, pelo que Watson imagina, um grupinho de jovens fanáticos, com jeitão de iranianos. Por volta das quinze horas, esses se prostam no pátio para a oração que fazem juntos, enquanto os outros espiam. Um dos barbudos tentou se aproximar de Watson assim que ele chegou: "*Are you a Muslim?*". Mas a conversa travou quando Watson respondeu: "*My name is Watson*". Mahama, que é o seu segredo, não interessa a ninguém, senão a ele.

A lembrança do naufrágio, depois de meses, se atenuou. Não há mais os terríveis pesadelos à noite, o barulho das ondas, do vento, os gritos de desespero dos jovens que se afogavam. Há um grande espaço vazio separando o presente das lembranças. Mas o corpo está partido, em dez, em cem pedaços.

Watson deixou de falar. Sem mais nem menos, sem decisão, um dia as palavras lhe faltaram. Deixou também sua cama, na cela, para instalar-se no chão, com uma coberta à guisa de tapete, ao lado da janela em seteira. Uma vez por dia o sol entra pela estreita fenda na parede de concreto, o raio amarelo avança lentamente, uma faixa vertical que ilumina os grãos de poeira. Os outros detentos falam, jogam cartas, cantam. De tarde, quando não há saída, alguns, virados para a janela, vão fazer sua oração. No chão, de cócoras, cabeça virada para a faixa de luz, Watson se mantém imóvel. A cela fede a suor e urina e a esse cheiro que Watson não consegue esquecer, o cheiro do mar misturado com os restos de gasolina, o cheiro da morte. Quando saiu do hospital de Lanzarote os policiais o levaram ao necrotério para que visse os dezoito corpos espichados em macas, rostos marcados pela morte, pelo congelamento, roupas hirtas, pés descalços, portando no tornozelo esquerdo uma etiqueta com a data. Os policiais, aos gritos, lhe fizeram perguntas sobre os nomes, os países, as famílias das pessoas, mas ele nada tinha a lhes dizer. Nada sabia sobre elas. Reconheceu o velho piloto, cujo rosto estava cinza, tendo o mar carregado seu turbante. Os jovens pareciam dormir. O cheiro de formol lhe deu vontade de vomitar. Os policiais estavam de máscaras, continuando a berrar suas perguntas. Watson se lembrava de que tinham embarcado na piroga em Saint-Louis, soltando gritos de alegria quando passaram, ao crepúsculo, pela língua da Barbária. Para ele, o barulho do mar não terminou, as ondas monstruosas, as torrentes encadeadas de espuma, e o céu perfeitamente, interminavelmente azul. *Dificilmente azul*, Watson se lembrou desse título de um velho romance largado sobre a mesa do

Centro Cervantes, quando ele quis tomar aulas de espanhol. Nada mais sabe Watson, além de esparsos fragmentos, nada ele conhece a não ser o rosto de Fatou, o olhar de Fatou, o cheiro da pele dela no quarto aquecido pelo sol. Como ele não mais responde, os policiais o levam de volta para a cela. A sexta câmara da Audiência Provincial de Las Palmas o interroga, o ameaça, o advogado do governo o quer como exemplo, pede que o sentenciem a vinte anos sem perdão por ter levado à morte os dezoito passageiros da *patera*. Watson não se mexe, nem mais escuta o intérprete que lhe fala em inglês. Na cela, fica sentado. Na hora da saída, vai para o pátio seco e fica imóvel, cara virada para o sol. A cela de Tahiche fede a urina, não há latrinas, o esgoto entupiu, é preciso mijar em garrafas de plástico que os prisioneiros vão esvaziar num poço no pátio, cada um na sua vez. Contendo-se, é preciso depor os excrementos na única fossa, que é um buraco aberto na terra. De noite Watson se espreme contra a parede, sob a seteira. Não há vidraça, o frio da noite desce sobre seu rosto, torna-o insensível. Ele ouve o mar. Mas talvez seja o barulho dos carros na estrada entre ribanceiras, ou então a respiração dos homens, bem ali na sua cela. Ele não dorme, acha que não dorme há meses, há anos. Simplesmente uma hora é dia, depois é noite, depois é dia outra vez. As ondas rebentam na praia de Teguise, sobre os blocos de lava que servem de proteção, e uma após outra elas carregam as ilusões perdidas.

Fatou vive em Barsa, na área do porto. No começo dividia um quarto de hotel com Sita, depois, quando Sita conheceu um homem com o qual passou a viver, instalou-se na mansarda de um prédio velho na Carrer d'En Roig, por trás do mercado San José. Fatou trabalha como camareira no Hotel de los Conferencistas, a algumas ruas de lá. Quando larga o serviço, sai andando ao acaso. Caminha pela Rambla, a Rambla del Ravel, e chega ao porto, onde às vezes toma um ônibus para Montjuic, ou então para a zona franca, onde está a prisão de Veneda, a cuja porta se põe à espera, com outras mulheres, como se Watson fosse sair dali. Uma vez fez um pedido de visita, preencheu uma ficha com o nome de Watson e, no quesito "parentesco", escreveu "esposo". Aguardou na sala de espera, pela porta entreaberta viu prisioneiros passarem, vestidos de amarelo entre os guardas fardados. Homens com os rostos abatidos, olhos postos no chão, ar famélico. Depois veio a resposta, uma vigilante lhe disse com indiferença: "Não há ninguém com esse nome detido aqui".

O quarto de Fatou fica no fim de um corredor sem luz. A meio caminho há um banheiro comum a todo o andar. Os outros quartos são ocupados por imigrantes sem documentos que trabalham na construção civil. Muitos não têm trabalho, ou talvez sejam pequenos delinquentes, vendedores de fumo. Fatou jamais fala com eles. Ao lado mora um imigrante legal, um sul-americano bem alto, de rosto bonito e pele cor de mel, que é chamado de Zambo por ser mistura de negro e índio da América. Ele é gentil e afetuoso e prestativo, empresta sua carteira de identidade ou ajuda os outros a obter documentos. Fatou gosta dele, muitas vezes os dois conversam no corredor, quando ela está de volta do trabalho e ele se prepara para sair. Há tanto tempo já vivendo ali, Zambo mistura o português, o espanhol e o catalão, mas Fatou aprendeu a falar como ele, que a chama de *minha deusa, minha rainha,* como se eles se conhecessem desde sempre. Fatou entendeu que ele é um *puto,* que faz a vida pelas ruas do porto, mas não liga para isso. De vez em quando ela vai visitá-lo no seu quarto, toma um refrigerante com ele. Como num quarto de moça, tudo ali é muito arrumado e limpo, decorado com fotos de Zambo e da família no Brasil, e com bonecas louras. Como um dia ela lhe falou sobre Watson, regularmente ele faz a pergunta: "*Que notícia do señor?*". É uma alegria, para Fatou, que ele fale nesses termos de Watson.

Assim é a vida em Barsa, tão longe de tudo o que ela conhece, um país estrangeiro onde viajantes vindos do outro extremo do mundo se agarram como mariscos no seu recife, temendo que a próxima onda já os carregue.

Uma noite, descendo pela Rambla, Fatou avistou o Zambo. Parecia outra pessoa, não tinha mais a graça do adolescente perdido. Estava em pé na entrada de um bar com outros rapazes vestidos de mulher. Ele, apesar do frio do inverno, usava uma calça colante de falso couro e uma blusa decotada, traços bem pretos ao redor dos olhos. Por um instante voltou-os na direção de Fatou, mas sem a ver, com uma expressão estranha no rosto, com a boca inflada num vermelho intenso, qual um príncipe do tédio. No instante seguinte explodiu uma brigalhada, e sua voz se fez desagradável, aguda, cheia de insultos, *maricón, covarde, bastardo!*

Fatou voltou para seu quarto e nessa noite chorou por ter pensado que nunca mais encontraria Watson, achava-se tão sozinha e tão fraca na cidade tão grande e tão brutal, e nem essa nem nenhuma cidade jamais lhe devolveria os que tinham se perdido.

Foi de Zambo entretanto que veio a boa notícia. Numa noite de domingo, em que não trabalhava, ele bateu na porta dela: "Vem ver, *minha rainha, tenho notícia para te, você señor*". Na tela do seu computador estava aberta uma página em espanhol que narrava o naufrágio de uma *patera* nas ilhas Canárias. A matéria do *Diario de Las Palmas* não dava nomes, mas a data correspondia. Fatou afundou em lágrimas. "Então ele morreu lá, ele se afogou!" Mas Zambo a consolou: "*No, no, minha ermão, vaya, é vivo, é inteiro!*". A conversa foi longa, e tudo o que Fatou queria era acreditar no que ele dizia, que havia sobreviventes, era preciso partir para as ilhas, lá ela iria reencontrá-lo, ele a esperava!

Zambo conseguiu um documento legal de imigrante para Fatou, e em seu próprio nome, dizendo que ela era sua irmã mais nova, e comprou pela internet uma passagem de ida e volta de avião para Las

Palmas. Fatou ficou tão angustiada que Zambo até se ofereceu para acompanhá-la, mas de pura gozação. Afinal se decidiu. Foi magia, um milagre, uma dádiva de Deus. Zambo havia recebido uma intuição do além, uma visão, e na tela do seu computador apareceu a página sobre o naufrágio! Três dias depois ela partiu, e Zambo a acompanhou até o aeroporto de Gijón. Quando ele a apertou nos braços, foi a primeira vez, Fatou sentiu os músculos das suas costas, as armações do seu sutiã e uma espécie de cinta que ele usava na altura dos rins, pois vivia se queixando de dor nas costas. "*Vaya, minha ermão, minha rainha!*" Tinha a voz estrangulada pela emoção, e Fatou se dava conta de ter sido ele, em toda a cidade, o seu único amigo. Quando ela lhe disse que voltaria um dia, que eles iriam se rever, Zambo quase teve um ataque de raiva: "*Mai, vai e nunca mais, que aqui es l'infern, vai embora minha, vejo você não minha ermão, adeus!*". E essa foi a única e a última vez que Falou conversou com alguém naquela grande cidade de Barsa.

É inverno, a praia nublada está deserta, somente algumas aves se mantêm na linha de espuma, à espreita. Há alguns esporádicos turistas também, um casal que se pode identificar como aposentados ingleses, ele meio barrigudo, pescoço esticado e andar funcional, ela ainda bonita, mas já gordota, metida num confortável agasalho de montanha. Dão uma volta pela praia, friorenta ao vento do norte, tiram umas fotos e depois voltam para seu hotel, caminhando entre barcos de pesca abandonados.

O mar está bravo como há um ano, em fevereiro, no dia do naufrágio. As ondas verdes, com suas cristas eriçadas, rolam para a beira e vêm rebentar na praia com um possante e grave bramido que toma a terra e o céu. Watson está deitado na areia, tem as pernas dobradas nos joelhos e a cabeça apoiada na barriga de Fatou. Estará dormindo? Bem, tem os olhos abertos, fita o céu azul-escuro por onde há nuvens passando. Dormir de verdade ele há muito tempo não dorme. Está tão magro e frágil, Fatou acha que até parece um menino. Na enfermaria de Tahiche, o interno disse que já havia algum tempo que ele se negava a comer. Sem razão, sem pedir nada a ninguém, a partir de certo dia não tocou mais na porção de arroz com peixe, nem nas frutas ou no pão. Suas rações eram comidas pelos outros presos, para os quais ele nem mesmo olhava. Bebia um pouco de água, e só. Quando

Fatou chegou à prisão, Watson estava no soro. Ela falou com uns e outros, assediou funcionários, assistentes sociais, conselheiros. Graças à permissão de residência em nome de Zambo, eles a ouviram. Inventou que estava chegando do Brasil, uma procura feita na polícia, jornais. Falou de Mahama, da vida dele em Gorée, deu os nomes dos coiotes, dos seus itinerários, denunciou Omar, o Filósofo, o pretenso Simon Frantz Fanon Taylor. O dinheiro que ele recebe dos jovens, a mentira que ele conta sobre Barsa ou *barsaq*, Barcelona ou a Morte.

Como eles não sabiam o que fazer de Mahama-Watson, entregaram-no a ela. Tinham medo de que acabasse morrendo, já havia oito mortos na nova penitenciária de Tahiche, organizações não governamentais se punham à espreita do escândalo, como Jail Watchers, No-border.org., *Earth Times*, Gabriel del Grande, do mesmo modo que os jornais, *La Opinión*, *El Día*, *Tenerife News*, todos prontos a falar disso na rede, e cabeças poderiam rolar.

Fatou conseguiu trabalho em Los Cedros, uma pousada para ingleses ociosos em Los Cocoteros, e um quartinho nas dependências de empregados. Como a cama era muito estreita, pôs dois colchões no chão. Foi ali que Watson passou seus primeiros dias de liberdade, sem sair, quase sem se mexer, a não ser para ir ao banheiro comum do outro lado do bloco. De noite, quando o vento do mar bate nas palmeiras, é como antes em Gorée, no quarto rosa. Sem pensar em nada, sobretudo não no futuro, Fatou ouve a respiração de Watson. Só uma coisa lhe interessa, o instante no qual ele despertará. Cada parte do seu corpo e da sua alma hão de então recobrar vida. Ele voltará a ficar de novo inteiro, como dizia Zambo. A cabeça, os olhos, as orelhas, os lábios. Os ombros, as costas, os braços, as mãos, o sexo. De nada mais ele tem necessidade, somente das mãos duras e quentes de Fatou sobre sua pele. Eles não se separarão mais, ficarão juntos para sempre, até a velhice.

A ÁRVORE YAMA

A propósito de Yama, Mari só se lembra de uma canção de ninar triste e monótona, sem palavras, apenas uma cadência de sons, ru rururururu ru, ru rururururu ru, rururu rururu ru, que acompanhava o sono. Depois disso houve a guerra. A guerra, ou seja, o rio grande, o Mano, que se atravessa para fugir dos assassinos e que nunca será cruzado depois em sentido inverso. Tudo o que se deixou do outro lado é preciso esquecer. Yama, como seu nome mandinga, pertencia ao mundo antigo. O que Mari sabe sobre sua mãe e sua avó é o que lhe foi contado pela tia Kona. Que sua mãe morreu poucas semanas depois de a pôr no mundo e que foi a avó Yama quem a tomou nos braços e caminhou pela floresta até o grande rio. Até a árvore.

Não existem fotos de Yama, nem uma imagem, uma lembrança, uma joia, nem mesmo restos de um vestido. Somente essa canção de ninar, essa velha e monótona canção do tempo antigo que diz: dorme, neném, senão o Diabo vem e te leva, dorme senão o vento derruba a criança pendurada na árvore. São palavras que Kona lhe ensinou. A própria Mari só se lembra dos rumores do vento, do rururu que o vento faz para embalar os olhos.

Um dia, quando fez dez anos, Mari saiu fugida e foi andando até a árvore. Caminhou o dia inteiro, só voltou à noite.

"Onde foi que se meteu?", perguntam as outras crianças. "Tua tia andava atrás de você."

"Fui ver a minha avó."

"Te procuramos por aí", Kona diz severamente. "Onde você estava?"

"Eu estava com Yama", Mari responde.

"Tua avó já morreu faz muito tempo", diz Kona.

Mari não ouve. Várias vezes depois disso ela retornou à árvore. Faltou à escola e, caminhando pela savana de capim alto, chegou até o rio. Olhou para a árvore que, de tão grande e forte, parece agarrar as nuvens.

O nome da árvore ela não sabe, nem sua idade, nem como nasceu ali. É a única da sua espécie na savana seca, mas não longe do rio. Já estava lá antes de todo mundo, antes mesmo de os homens terem construído a aldeia de Kalango. Antes das plantações e das queimadas. Por isso foi poupada pelos homens, a não ser que tenha sido esquecida. Durante a guerra, os soldados de Taylor jogaram bombas incendiárias, aviões passaram por cima da floresta, as outras árvores e os animais desapareceram, mas ela continuou de pé. É velha, é generosa, é possante e, Mari está certa disso, vai durar para sempre.

Há todo um ritual quando Mari chega. Ela vai direto à árvore e, para saudá-la (*Boa mamé, beva bi?*), põe as mãos sobre o tronco. A pele da árvore é muito macia, como a das mãos das mulheres velhas. Estriada por pequenas rugas verticais, pontilhada de manchas, verrugas, cicatrizes. Para absorver seu frescor, Mari repousa o rosto no tronco, encosta a testa na casca. Põe a orelha bem contra o caule, para ouvir o sussurro da seiva que corre por dentro. Faz-se uma vibração ligeira, Mari a sente na pele do rosto, sente-a por todo o corpo quando, já de braços bem abertos, se agarra na árvore.

Na escola, o professor explicou a vida das árvores, como elas respiram pelas folhas, como se alimentam sob a terra, como seu sangue circula sob a casca. Falou também dos novos anéis que a cada ano se formam no centro de seu corpo. Mari bem sabe que elas têm o coração vazio. Quando começou a fazer visitas à árvore Yama, estava com sua tia Kona e seu tio Abo. Por ser ainda muito pequena e tímida, se agarrava, sem soltar, à mão da tia. Kona até caçoou dela: "Tá com medo de quê, sua boba? Não tem leopardo pra te comer aqui não". Mas a menina não parava de olhar, com olhos cheios de espanto, para a abertura que havia no pé da árvore, um grande buraco negro em forma de triângulo invertido entre as raízes.

Mari agora se acostumou. Sempre que pode, corre pelo capinzal da savana para chegar ao rio, corre descalça por entre os cupinzeiros até a clareira onde a árvore cresceu. Quando percebe o tronco forte, os galhos escuros se afastando como braços, ela relaxa. De manhã, a passarada se movimenta pelos galhos, íbis brancas, corvos ou bandos de passarinhos minúsculos, em tal quantidade às vezes que a folhagem toda se agita. É desse momento que Mari gosta, quando se aproxima da árvore e sente sua vida, nela, em torno dela, como se fosse um vilarejo de animais onde é a única casa.

"Árvore, árvore Yama", diz ela. Saúda-a à sua maneira, não se prosternando, de olhos baixos, como uma pessoa idosa e respeitável, e sim olhando-a bem de frente, os braços afastados, as mãos abertas.

Logo em seguida ela entra na árvore. Da primeira vez que aí foi, ela havia acabado de entrar na escola primária, onde se aprende a ler e a contar. Estava usando o uniforme, saia escocesa azul e verde, blusa branca e sapatos de verniz novos em folhas. Mari tirou a roupa, para não sujar o uniforme, deixou os sapatos perto da entrada e deslizou pelo buraco para dentro da árvore.

Fora, num céu sem nuvens, o sol ardia. Tudo estava parado no calor, os pássaros, os insetos, o vento. Mas no interior da árvore o ar era fresco, Mari teve uns arrepios. "Oi, Yama, sou eu, tua neta", ela sussurrou. "Deixa eu entrar, me acolhe, te peço, há tanto tempo que eu quero isso."

No começo, não via nada. Depois, quando seus olhos se habituaram à penumbra, se deu conta de que o interior da árvore era muito maior do que tinha imaginado, parecia até uma gruta, de paredes muito altas, que se juntavam formando uma chaminé. Por essa abertura entrava a luz do dia, filtrada pelas grandes folhas, uma luz muito suave, meio azul, meio verde. As paredes eram lisas, não sulcadas por rugas como no exterior, mas polidas e brilhantes como pedra, e Mari, ao pôr as mãos na madeira, teve uma apaziguante sensação de prazer. "Tua casa é bonita, Yama", ela disse. Falou em voz baixa, para não perturbar sua paz.

Sentou-se no chão, o solo era fofo e fresco, um tapete de folhas e de pó de madeira. Foi sentindo o corpo se acalmar, a quentura do vento passava, e também seu medo. Pela porta, via o mundo exterior muito ao longe, diferente, sem ameaças. Ficou lá um tempão e só ao cair da noite resolveu voltar, porque se lembrou do que a tia Kona lhe dissera sobre o leopardo.

Em casa, a tia e o tio a esperavam.

"Onde você estava, menina?"

Mari respondeu: "Eu estava na casa de Mamé Yama".

O tio lhe deu um tapa, mas Kona logo interveio:

"Não é mentira dela não, é a árvore onde a avó a escondeu quando ela era bebê, é a tristeza que fala pela sua boca."

Mas Mari não sentia tristeza, sentia-se apenas reconhecida porque a tia havia tomado sua defesa.

Apesar da proibição, muitas vezes ela voltou à árvore, nos dias de folga, quando o calor na savana entorpece tudo. Para não se sujar, punha uma roupa velha, deixando a que usava na entrada da árvore. Enfiada num vestido marrom já em frangalhos, tinha a impressão de ficar mais parecida com a árvore, assim vestida, e de que Yama devia gostar disso.

Passaram-se os anos. Mari se tornou moça e, para completar sua educação, a tia Kona e o tio Abo decidiram mandá-la para a cidade, a fim de obter o certificado de conclusão do curso. É um internato rigoroso, mantido por religiosas católicas, Our Lady of Fatima, um casarão branco cercado de palmeiras, à beira de uma estrada barulhenta. No começo, Mari sentiu-se muito sozinha, prisioneira daquela casa, daquelas aulas, no meio de um monte de meninas ricas. Odiava o uniforme, a saia azul-escura e a camisa branca, as meias de lã e os sapatos pretos que apertavam os dedos. De tarde, em vez de ir jogar bola com as outras internas, Mari se sentava num degrau de escada e se embrenhava em suas lembranças, a savana, a floresta, a árvore Yama. Ali, as únicas árvores eram magrelas, jacarandás, acácias espinhosas que davam uma sombra rala, ou então essas palmeiras imóveis, tão tolas, com seus tufos de cabelos trançados. Quanto a ela, sentia-se inútil, pequena, escuríssima, semelhante a um inseto abandonado ao sol no calorão de uma estrada. E todas aquelas moças de Our Lady of Fatima, as freiras asiáticas, o professor de ginástica, ou o de matemática, que também pareciam insetos agitados e cômicos.

Depois habituou-se um pouco. Entre as internas, notou uma menina estrangeira, não de uma aldeia, mas de um país distante, uma libanesa de pele clara e olhos verdes, chamada Esmée. Durante o recreio, ou então à noite, no dormitório, Mari conversava com ela. Esmée era asmática e, por isso, dispensada da ginástica, e Mari ficava ao lado dela, sentada num banco enquanto as outras gritavam jogando bola. Esmée falava do seu país, do seu pai que viajava muito, porque comprava e vendia diamantes nos quatro cantos do mundo. A mãe era separada do pai, vivia com outro homem no Líbano, Esmée não a via nunca. Um pouco como Mari, Esmée, em suma, era órfã.

Mari lhe falou sobre a árvore perto do rio, lá na sua terra. Bem que gostaria que aquela garota cosmopolita se interessasse por ela, por sua árvore. "Como se chama?" Sem dúvida Esmée queria saber que espécie de árvore, qual seu nome latino. Mari respondeu: "Não repita pra ninguém, tá? Ela se chama Yama, é o nome da minha avó". Esmée entendeu que era algo importante, pegou na mão de Mari e lhe disse: "Eu gostaria de conhecer essa árvore, você me leva lá um dia?". Fez-se entre elas uma espécie de pacto e, a partir desse dia, Mari e Esmée se tornaram realmente amigas.

Nos dias de folga, não podendo Mari voltar à casa da tia, Esmée a convidava para a casa do pai, uma bela e espaçosa mansão no bairro das embaixadas, perto do mar. A casa ficava no centro de um jardim cercado por um muro alto, com uma piscina azul. Mari nunca tinha conhecido nada assim tão bonito. Da primeira vez que entrou no jardim e viu a mansão, exclamou ingenuamente: "Mas é um palácio!". E isso fez Esmée sorrir.

O pai de Esmée, homenzinho nervoso, de olhar inquieto, era Jibril Stefan. Como já perdia os cabelos do alto da cabeça, Esmée contou que ele tentava disfarçar a calvície puxando para a frente as mechas restantes. À margem dos negócios com diamantes, dava-se à paixão pela fotografia. Levou Mari para conhecer seu estúdio, a câmara escura onde ele mesmo revelava seus negativos, copiando-os em grandes folhas que mergulhava num banho de ácido antes de pendurá-las num arame com grampos de varal.

O salão de recepções da mansão, que se abria para o jardim, estava decorado com fotos dele, paisagens africanas, cenas de rua, retratos de mulheres. Num dos banheiros Mari deu com uma grande foto de uma mulher africana, nua, de frente, e não pôde deixar de fazer esta reflexão a Esmée: "Quem é essa mulher?". Esmée deu de ombros: "Ninguém, uma puta, eu acho". Era a primeira vez que Mari via uma foto do gênero. A mulher a chocou, tinha já certa idade, talvez fosse uma quarentona, de seios enormes, que encarava a objetiva, as mãos postas nos quadris largos, as pernas maciças um pouco abertas, o sexo revestido de um pelame negro e frisado. "Meu pai diz que é o retrato da África." Mari sentiu-se ofendida: "Teu pai falou sem pensar, é apenas uma mulher, uma prostituta". E teve vontade de dizer algo desagradável: "Ele deve ter pago a ela". Mas se calou. Afinal de contas, os pintores também dormiam com as suas modelos.

Mari voltou com frequência à vila Stefan. Passava longas tardes no quarto de Esmée, batendo papo, rindo, ouvindo música. Ao crepúsculo, antes de cair a noite, iam banhar-se na piscina aquecida pelo sol, soltando gritos de dor quando levavam picadas de percevejos d'água. O ar era ameno, melros tagarelavam nas árvores e os grandes morcegos vermelhos já começavam seu balé pelo jardim.

Esmée (ela estava com dezessete anos) teve direito a uma grande festa pelo seu aniversário. Eram as férias de verão, pela primeira vez Mari se negou a retornar à aldeia, usando como pretexto as provas, seu preparo para ingressar no colégio (ela se candidatara a uma bolsa americana). Ausente, pois fora tratar de vender seus diamantes em Israel, Jibril Stefan, como de hábito, deixara a filha por conta da cozinheira, uma filipina chamada Emma Jo, e do jardineiro, um grandalhão muito chegado ao copo que todos tratavam por Dada. A festa se prolongou por vários dias e noites, os rapazes do liceu americano e as garotas do Our Lady tomaram toda a casa e o jardim para beber, fumar e namorar. Música aos berros, algumas meninas embriagadas e histéricas. Pela primeira vez Mari fumou maconha. Um rapaz do liceu americano, chamado Seymour, fez circular os baseados entre o pequeno grupo que se juntou nos fundos do jardim, ao lado da casinha do cachorro. Mari tragou, tomou uns copos de vodca, depois se afastou um pouco, foi vomitar num tanque da lavanderia. As pancadas da música repercutiam no chão, o cachorro John Rambo latia alto também. O grande Dada, tendo bebido como sempre, deambulava pelo jardim, abrindo os braços enormes, aos gritos: "Presta atenção, hein, Pikni! Eu vou contar para Mister Stefan!". Mas os jovens riam dele: "Ei, Dada, vem beber com a gente!". Esmée desapareceu pelo casarão com seu namorado, um rapaz inglês ruivo como ela. Mari ficou no jardim com Seymour. Era um mestiço de olhos verdes, gentil e protetor, e Mari se abandonou nos seus braços, quase chegou a adormecer enquanto ele acariciava seu rosto. Nada a assustou, tudo lhe pareceu até bem romântico.

Foi durante aquele verão de 2003 que as coisas se complicaram. Falava-se da guerra, mas ao longe, em outros lugares, como parte da história antiga. Os rebeldes tinham feito novos ataques, no norte, no oeste, mas certamente as forças internacionais iam resolver os problemas. Por ser a época das águas, pesava sobre a cidade um céu negro, e a partir das quatro horas da tarde chovia para valer, as ruas alagavam, ia ficando tão escuro que era preciso acender luzes. As meninas, sentadas na varanda, vendo as gotas que caíam na piscina suja, falavam sobre a situação política. Esmée recebera um telefonema do pai, que, retido na França, com o aeroporto fechado ao tráfego civil, recomendou que elas não saíssem de casa. Tinha pedido a Dada que as protegesse, proteção essa de que Esmée duvidava.

"Quer saber? O Dada tem esse jeito gentil e dedicado, mas, se tiver de nos cortar a garganta para salvar a própria pele, não hesitará um instante." Emma Jo, por sua vez, parecia participar da angústia geral. Lamentando-se, limitava-se agora, na cozinha, a fazer arroz com conservas.

Mari não tinha notícias da sua aldeia. Talvez os rebeldes já fossem donos da terra. Dizia-se que eles haviam recrutado um exército de fanáticos, homens, em sua maioria, bem novos, quase crianças, que se drogavam com cocaína misturada com pólvora de fuzil, que violavam, matavam os que encontrassem pela frente, cortavam fora seus braços, para impedir que eles combatessem.

Na cidade, entretanto, nada se percebia dessa violência. Apenas, de quando em quando, uma sirene da polícia, ou então detonações ao longe, acima das árvores, pondo os pombos a voar, mas que poderiam ter sido apenas uma queima de fogos. A televisão não funcionava mais e, pelo rádio, ouviam-se notícias contraditórias. As forças governamentais isso, os rebeldes aquilo, discursos incoerentes. As meninas nem ligavam mais o aparelho.

Os bombardeios começaram numa certa manhã. Mari achou que era um temporal, mas o céu estava sem nuvens. Logo as explosões abalaram a terra, começou a faltar água corrente. Dada chegou, entrou na casa fazendo gestos aflitos: "Rápido, vamos pra escola, rápido, rápido!". Tremia muito, gaguejava. Esmée tentou fazê-lo dizer alguma coisa, mas ele se contentava em puxá-la pelo braço: "Pra escola, Miss, vamos, rápido!".

Na rua, pessoas corriam para todos os lados. Os ônibus e os carros já não circulavam havia dias, porque os combustíveis haviam sido requisitados para o exército. Os abutres voavam alto, dando voltas no céu. Esmée andou tão rápido quanto podia, mas ofegava ao respirar, e muito, e não custou a parar, sentando no chão bem no meio da rua. Mari se esforçou em vão para reanimar a amiga, que, dobrada ao meio, tentava recobrar fôlego. Dada então a pegou nos braços e, num movimento único, como se o corpo de Esmée fosse apenas uma trouxa de roupas, atirou-a nas costas. Apesar do trágico da situação, Esmée ria por ir aos solavancos na corcunda do gigante: "Pare, Dada, pare que está me machucando!". Mas o gigante continuava a correr, levando-a como um butim, e atrás deles corria Mari.

Reinava, em Our Lady of Fatima, a maior confusão. As meninas se aglomeravam no gramado, mas as portas do prédio permaneciam fechadas. Alguns inspetores, que lá estavam para manter, sem sucesso, a ordem, tentavam agrupar as alunas por classes, as menores de um lado, as maiores de outro, o senhor diretor era aguardado em instantes, a madre superiora já tinha dado instruções para a prece. Era um sábado nas férias, como outro qualquer, e desde a véspera não chovia mais, a grama, viçosa, brilhava ao sol. Mari, observando os abutres que traçavam círculos no céu, teve vontade de dizer para Esmée: "Nada pode nos acontecer, enquanto eles estiverem voando". Esmée odiava os abutres. Tinha contado que, quando ia com o pai de carro, em viagens pelo campo, de vez em quando paravam para ele atirar de espingarda nessas aves. "Mas por quê? Eles são anjos da guarda", Mari comentara. "Anjos? São mais é feios, parecem mais uns morcegos, com aquelas asas retintas!" Ao menos Mari se contentara em saber que o sr. Stefan nunca tinha conseguido matar nenhum, porque voavam muito alto.

Não se ouviam mais as detonações. Teriam por acaso afugentado os rebeldes? Ou, quem sabe, era o silêncio que antecede o temporal, como o mar que se afasta antes da onda?

As meninas estão sentadas na grama, à sombra dos jacarandás. Poderia até ser um piquenique, não fosse o fato de ninguém ter levado o que comer ou beber. Por volta das quinze horas, chegou um quatro por quatro, e dois inspetores, acompanhados de um professor de ginástica, distribuíram garrafas de água, de plástico, à razão de uma para duas alunas. Um pouco mais tarde, veio outro quatro por quatro, branco, das Nações Unidas, do qual desceram dois africanos em farda de combate, armados de fuzis-metralhadoras AK. Reconhecendo seu sotaque, Esmée disse que eram nigerianos. Falavam alto, quase aos gritos, e os inspetores respondiam no mesmo tom. Esmée foi saber das novidades e voltou contando que havia uma discordância, os soldados diziam que era preciso ir para a praia, perto do porto, para uma evacuação, e os inspetores se negavam, por causa do perigo. Mari disse: "Não seria melhor a gente voltar para casa? Hoje não vai haver mais nada, e não tenho vontade de passar a noite aqui".

Elas encontraram Dada e, juntos, foram andando para o bairro das embaixadas. Era estranho, porque ao longo daquele dia muitas coisas pareciam ter mudado na cidade. As ruas estavam desertas, as casas, abandonadas, com vidraças partidas e portões arrombados por viaturas-aríetes. Diante do muro da embaixada dos Estados Unidos, as meninas se espantaram ao ver que quase todas as vidraças estavam quebradas e que havia vestígios de incêndio na fachada. Mas soldados armados, de fuzil-metralhadora à cintura, protegiam a entrada. Quando Esmée e Mari passaram por eles, nem se mexeram, mas para Dada gritaram alguma coisa em língua kran, e devia ser grosseira, porque Dada se zangou e eles ficaram rindo. Dada ia empurrando as meninas, de um modo meio bruto, como se tocam cabras. O medo o fazia suar muito e, vendo-o, Mari entendeu de estalo que elas estavam com a vida em risco, que Dada não seria de grande utilidade para defendê-las.

A vila Stefan havia sido saqueada. Emma Jo tinha sumido de vista, decerto fugiu assim que elas saíram de casa para abrigar-se na escola. No pátio, viam-se roupas, móveis quebrados, garrafas vazias, livros atirados no chão. Os saqueadores haviam derrubado portas, arrombaram armários, carregaram colchões e camas. Esvaziaram a geladeira, jogando fora o que não queriam, papas de aveia, óleo, biscoitos para cães. A casinha do cachorro estava aberta, mas do John Rambo mesmo nem sinal. Esmée, que até então conservara o sangue-frio, desatou a chorar: "Por que levaram meu cachorro, que foi que fizeram dele?". Dada não primou pela delicadeza, pois disse com seu vozeirão: "Cachorro bom de se comer aquele, né, Miss?". Mari tentou confortá-la: "Não ligue para o Dada, comeram coisa nenhuma. Ele deve ter fugido e vai voltar mais tarde". Esmée estava inconsolável.

No interior da casa, Mari viu todas as fotos do laboratório no chão. Os saqueadores, certamente à procura de dinheiro e joias, tinham revirado os arquivos do sr. Stefan. Pelo corredor, e sobre os ladrilhos da sala de estar, as fotos de família, os retratos, as paisagens, os nus. Os brutamontes tinham pisado nas fotos, aqui e ali se viam marcas de lama dos botinões militares. Num canto, Mari viu as fotos secretas, que o sr. Stefan jamais havia mostrado. Fotos de guerra, terríveis, monstruosas, crianças de braços cortados, olhos arrancados, mães desventradas, o bebê ainda ligado ao útero pelo cordão. Por que teria ele tais horrores em casa?

Avançando pela casa vazia, mãos estendidas, a tatear como cega, subitamente Mari deixou de ter noção de onde estava, do que lhe acontecera, como se aquela jornada já tão longa a tivesse feito perder a consciência.

Esmée, que ficou na entrada, estava sentada entre os escombros, no chão, diante do cofre-forte arrombado. Era nesse grande cofre que Stefan guardava os diamantes da floresta que ele revendia para os holandeses e os israelenses. Esmée não desviava os olhos do cofre, como se não houvesse mais nada a lamentar. Mari sentiu uma raiva incontrolável. Vinha com uma braçada das horríveis fotos de guerra, que jogou diante da amiga: "Olhe só estas fotos! Por que seu pai guardava em casa essas perversidades, essas...". Não conseguindo mais falar, ela notou que era por causa das lágrimas que rolavam para sua boca e já lhe tomavam a garganta. Esmée também chorava, mas nem sequer quis olhar as fotos.

Um bom tempo elas ficaram ali, sentadas no chão as duas, apertadas uma contra a outra. Mari percebeu que Dada também tinha partido e que elas se encontravam sozinhas na cidade invadida. Um arrepio de horror a percorreu pelas costas, mas depois ela se controlou: "Temos de ir agora mesmo, Esmée! Se eles voltarem, vão nos matar, temos de ir para a praia, os helicópteros da ONU vão nos pegar lá, venha, é preciso sair logo daqui, é perigoso!". Esmée olhava para Mari, totalmente paralisada: "E se o meu pai vier me procurar?". Mari respondeu com dureza: "Teu pai não virá. Não poderia descer, os aeroportos estão fechados. E ele nem tem mais seus diamantes!".

Às carreiras, saíram pelas ruelas desertas. De quando em quando, ouviam-se tiros de fuzil, concentrados num ponto, detonações secas, tal como uma queima de fogos no ano-novo, ou então um caminhão em alta velocidade, que passava pelo fim da avenida, forçando as meninas a se esconder no mato.

Na praia, perto do porto, três enormes helicópteros aguardavam, com as pás pendentes sobre a areia. Os soldados das Nações Unidas tinham feito um cordão e, quando Mari e Esmée se apresentaram, um deles disse para Esmée: "Só você, ela não!". Com seu bastão diante de Mari, o soldado lhe barrava a passagem. Esmée, enfezada, reagiu com gritos histéricos: "Ela também, é minha irmã, ela está comigo!". Mas os soldados lhe deram um empurrão e ela caiu na areia. Enquanto isso, brancos, mulatos e amarelos iam passando à vontade, os soldados das Nações Unidas nem mesmo pediam seus passaportes. Todos os negros eram barrados, em vão uma senhora, com dois filhos pequenos, gritava ser americana, não africana, até essa mãe aflita os soldados barraram com seus longos bastões.

Em seguida os helicópteros decolaram levantando grandes nuvens de poeira, e os refugiados fizeram o caminho de volta, as mulheres se abrigando em seus xales. Todo mundo voltou para as dunas, na parte alta da praia. Mari e Esmée misturaram-se à multidão, gente desgrenhada, gente branca de pó, crianças chorando, mulheres aos berros, velhos trôpegos que davam passos a esmo. Foi lá que elas passaram a noite, sem dormir, à espreita da chegada dos rebeldes. Ao romper da aurora, foram caminhões civis que chegaram, aceitando passageiros, que pagassem em dólares, nas suas carrocerias cobertas. Mari negociou com o motorista e, junto com Esmée, subiu num deles, indo as duas se esconder bem longe, sob a lona. Esmée olhava para ela, sem entender ainda. "Vamos para onde eu moro, para Kalango, perto do rio Mano. Se ficarmos aqui, seremos mortas, sobretudo você." Mari, vendo o rosto pálido de Esmée, seu cabelo entre ruivo e louro, seus olhos verdes, deu-lhe seu lenço de cabeça, todo preto: "Toma, te cobre com isso". Esmée assim fez e ficou deitada no fundo do caminhão. Algumas mulheres com crianças, de ar amedrontado, também se embolavam na carroceria, iam tentar atravessar a fronteira em Bo. Quando o caminhão começou a rodar, um riso nervoso, que ela não conseguiu segurar, se apossou de Mari: "Esses sacanas da ONU, que Deus mande um acidente para os seus helicópteros!".

A fronteira era o lugar de todos os perigos. Em Kalango, Mari foi à procura de uma tia do seu pai, de sobrenome Kamara, que morava sozinha numa casa grande e vistosa bem na entrada da aldeia. Ao ver as moças se aproximando, primeiro ela fechou a porta, só depois reconheceu Mari, e aí partiu para uma longa diatribe em sua língua membé: "Quando vi vocês de longe, pensei que fossem mulheres de soldados, dessas prostitutas que viajam com eles e, quando vêm para uma aldeia, eles mandam na frente, para verificar se não há inimigos, se a estrada está livre, e só então eles entram e tomam tudo, matam quem resistir, estiveram aqui faz quatro dias, levaram tudo, eu só fiquei porque sou velha, minha hora pode chegar, já posso ir ao encontro de Deus, porém vocês são muito novas, ainda não têm por que morrer, sejam bem-vindas mas não fiquem aqui, os hawais estão rondando a aldeia, se eles pegam vocês, fazem de escravas, se pegarem, vão violar vocês e vão cortar suas mãos para que não possam mais se casar, são uns malditos, uns demônios, são capazes de deixar uma pessoa morrer sobre um formigueiro, morrer é mesmo tudo o que me resta, minha família atravessou a fronteira, estou sozinha e me sinto tão sozinha...". Tudo isso entrecortado de *Ah niaké, ah nyanje,* ai meu pai, ai minha mãe!, e de copiosos soluços.

As meninas passaram a noite na velha Kamara, na salona vazia cujos móveis tinham desaparecido, os sofás, a televisão, a geladeira, os tapetes, e cujo piso estava recoberto pelos dejetos deixados pelos saqueadores. A velha ficou na única cadeira, velando por elas. A aldeia estava imersa no mais estranho silêncio, nenhum cachorro, nenhum galo.

De manhã cedo, a tia preparou algumas provisões que tinham escapado aos rebeldes, farinha de mandioca, peixes secos e umas latas de sardinhas, bananas e laranjas verdes. "Vão andando sempre em frente, crianças, evitem as estradas e as pontes, escondam-se nas moitas de espinhos e que Deus as acompanhe, que Deus maldiga os hawais e os assassinos."

Mari reencontrou a trilha, por ela conhecida desde a infância, que atravessa a savana entre os montículos dos cupinzeiros. Já não chovia havia dias, bolas de nuvens rolavam rente às colinas. Mari caminhava na frente, levando na cabeça, como outrora ao voltar da escola, suas peças de roupa e as provisões. Sentia-se agora cheia de força, pois ali conhecia cada volta, cada dobra do terreno, cada arbusto. Esmée a seguia com passos curtos, caindo de moleza como criança doente.

Caminharam dias e dias, do romper da aurora até a tarde, sem parar, sem comer e sem beber, sem conversar, prontas a cada instante a se jogar no mato, todos os sentidos alertas para antever o perigo. Por medo de serem vistas pelos moradores e denunciadas aos rebeldes, passavam ao largo das fazendas e aldeias. Acima delas, giravam os abutres no céu, e de noite elas ouviam os assustadores ruídos da floresta, de animais que andavam, que grunhiam. Para escapar de um bando de babuínos, tiveram de fazer um desvio, e de outra vez foram atacadas por uma porção de porcos-do-mato, só conseguindo então salvar a pele porque treparam numa árvore de tronco já carcomido. Os porcos grunhiam em volta da árvore, dando-lhe mordidas na casca, e mantiveram seu assédio até a tarde acabar. Afinal se cansaram e sumiram de vista, quando os grilos começaram seu concerto da noite.

Também os mosquitos, de noite, faziam sua sarabanda. As meninas enrolavam lenços e até camisetas na cabeça para poder dormir. Esmée, não sendo nenhuma fortaleza, começou a tremer de febre.

Finalmente atingiram seu objetivo. Mari o entendeu quando viu a terra já mais vermelha, coberta de arbustos espinhosos. Ao cair da noite, deixou Esmée numa clareira e saiu em reconhecimento para os lados de Yélé, uma fazenda entre a aldeia da tia e o rio. Aproximando-se, viu silhuetas suspeitas, homens de cabeça enfaixada, mulheres portando fuzis-metralhadoras, e seu coração começou a bater forte, porque ela reconheceu os soldados do exército revolucionário. Para não fazer barulho, recuou se arrastando o mais devagar que pôde.

Nessa noite elas não descansaram. Em rápidas passadas matagal adentro, prosseguiram na direção do rio. A lua cheia, iluminando a paisagem, delineava as árvores secas, com seus dedos nodosos contra o céu. O medo lhes dava asas.

Em voz baixa, gemendo, Esmée se queixou: "Meus pés estão doendo muito, não aguento mais". Mari disse: "Logo nós vamos chegar à Yama, vem". Esmée deve ter pensado que elas estavam indo para a casa da avó de Mari, onde poderiam dormir bem abrigadas.

Ao raiar o dia, chegaram a uma espécie de promontório, que se elevava do rio, de onde puderam ver a árvore.

É muito grande, muito generosa a árvore. Seu possante tronco se subdivide em rebentos, suportes, pilares, cordas, pontes. Suas raízes seguem as quatro direções do mundo quando mergulham na terra.

Mari é a primeira a entrar pela porta estreita. Lembra-se de como era fácil antigamente, sendo ela então pequena, mas agora seus quadris custam a passar pela entrada, a cabeça bate no alto, o cabelo agarra em farpas e líquens. No entanto ela reconhece de imediato o cheiro, a sombra, o feltro macio e úmido, e murmura o nome da árvore, ô Yama, repetindo-o ao se enfiar pelo buraco: "Ô, minha avó, me protege, me recolhe em teu ventre, me dá teu leite, protege também a minha amiga Esmée, ela é minha irmã, aceita-a em ti e salva-nos dos inimigos".

Esmée entra por sua vez e não está nada bem, treme de febre e de desespero. Mari a deita no fundo do abrigo, sobre o tapete seco deixado pelas formigas cortadeiras.

A luz do dia desce pela chaminé e produz assim uma cor verde-clara, misturada com folhas e cantos de passarinhos. Na parede da árvore, em dobras de sua casca, acumulou-se tanta água de chuva, tão fresca e pura, que Mari a pega nas mãos em concha e dá para Esmée beber. "Bom, parece mel", diz Esmée, que bebe avidamente, e Mari sorri ao ouvi-la com uma voz tão infantil.

Aqui ela está em casa, a viagem termina. Há dias que sonhava com isso, talvez até já sonhasse desde sua chegada ao liceu das freiras. Aqui a loucura dos homens não pode entrar, a avidez dos homens pelo poder, sua sede de sangue, seu desejo de diamantes, tudo isso ficou longe.

"Eu nasci aqui, dentro da árvore", conta Mari. "Minha mãe morreu no parto, quando me teve na beira do rio, e, como foi durante a guerra, minha avó me trouxe para cá, me escondeu no oco da árvore. Sem minha mãe para cuidar de mim, ela mesma me amamentou, pediu e Deus permitiu que o leite dela voltasse, embora fosse velha e estéril. Me alimentou com o seu leite, me dava água da árvore para beber e, quando a guerra acabou, me levou para a casa da tia Kona. Depois ela morreu e foi enterrada ali na beira do rio, perto da sua árvore. Me protegeu, me alimentou, e eu nem me lembro dela."

Além de beber suas palavras, Esmée bebe também uma infusão amarga, preparada por Mari, com as folhas da árvore misturadas com a ipomeia que cresce entre as raízes. Para curá-la da asma, Mari esfrega o peito de Esmée com as folhas maceradas com cinza.

Mari perdeu os hábitos da cidade. Como na infância, quando fugia da escola, ela tirou as roupas e os sapatos, vestindo apenas uma grande camiseta que Seymour lhe tinha dado durante a festa de aniversário na vila Stefan. Usou-a para dormir no chão, sendo a própria camiseta cor de terra, com alguma coisa escrita no peito, tipo Marvin Gaye ou LL Cool J, mas isso ali não tinha mais importância. Os cabelos, ela amarrou com uma tira de tecido vermelho, e disse, fazendo graça, que fazia parte da RUF,[1] que era filha da revolução.

E a verdade é que, sozinha, ela faz sua revolução, arrasta Esmée nas suas águas e agora são elas duas, sozinhas, contra o resto do mundo.

1 Revolutionary United Front, um dos grupos envolvidos nas guerras civis da Libéria, acusado de muitas atrocidades e de recrutar crianças-soldados. [N.T.]

À noite, a floresta desperta. Mari se lembra, cada barulho, cada grito lhe volta à memória e lhe fala numa língua que ela havia esquecido mas que reencontra seu caminho nela, palavras curtas, palavras longas, pios, sussurros de aves ocultas nos galhos, o riso de uma coruja, suspiros de um noitibó. E sempre a nota contínua, vibrante, dos insetos.

Mesmo que Esmée tirite de frio, Mari não acende o fogo, para não atrair os hawais, os assassinos. Yama também não acendia fogo, a não ser de madrugada, quando a fumaça se mistura com o vapor do rio, para esquentar pedras na cinza e tostar as raízes de ipomeia. Tudo o que Mari sabe da floresta quem lhe deu foi Yama, não com lições, mas com seu leite. Mari pede em voz baixa: "Ô, Yama, minha avó, me dá tua força e sabedoria, protege-nos dos assassinos, afasta-os da tua casa!".

Ela escuta a voz da floresta. Sobre si e sobre Esmée, sente os braços de Yama a envolvê-las, a encerrá-las, ouve os mil ruídos ligeiros que se vão constituindo numa rede ao redor.

Melhor se ouve, de noite, a água do rio, que é um canto grave, um roçar persistente pelas pedras da margem, onde o barro vermelho cede sob a pressão numa curva, mas as poderosas raízes da árvore retêm a terra.

Às vezes, por volta da meia-noite, chove. E a água da chuva cai em cascata pelo interior do tronco e se acumula nas reentrâncias da casca. Goteja a chuva de galho em galho, de folha em folha, e da terra sobe um cheiro forte e agradável que se liga à infância. Um cheiro que Mari já supunha esquecido e que ao ser reconhecido a faz estremecer. Inclinada sobre Esmée, ela murmura: "Respire, minha irmã, respire, a árvore Yama vai te curar, não trema, não tenha medo, Yama nos protege".

Esmée dormiu, pela primeira vez em semanas. Aninhou-se no fundo do espaço, com os braços em volta dos joelhos, como que a ponto de pular na água da sua piscina. Ela respira suavemente, em leves arfadas, ao ritmo da chuva e da noite.

A lua se ergue sobre o matagal, ilumina o topo das árvores. Um pálido luar entra pela chaminé até o tapete de folhas onde Esmée dorme. Mari continua a lembrar-se, a reviver o tempo do seu nascimento, quando Yama a mantinha apertada contra si para impedir a guerra.

E a voz antiga que cantarola perto da sua orelha, ru rurururu-ruru ru, rururu rururu ru. Por que os homens precisam matar uns aos outros por um punhado de diamantes? Pedras partidas, arrancadas da lama dos rios para encher os cofres-fortes de Jibril Stefan e dos traficantes. Pedras para trocar por armas e continuar com a matança de outros homens. Ou então fugir para longe, para o outro lado do mar, e lá multiplicar seu butim. Abandonar a própria filha aos assassinos, como se houvesse alguma coisa no mundo que valesse isso. Malditos os diamantes de Manu, de Bo, pensa Mari. Malditos os que os vendem, malditos os que os compram. É a voz de Yama que fala pela boca de Mari, é seu ódio que a inflama. Ela se estende sobre o tapete de folhas, ao lado de Esmée, e vira a cabeça em direção à porta para ver a noite azul.

Há um barulho em volta da árvore, um roçar de passos sobre a terra. Mari abriu os olhos, seu coração dispara. Talvez sejam soldados, rebeldes da RUF ou, pior ainda, os terríveis milicianos, que se oferecem a quem os paga, milhões de dólares, punhados de diamantes, para rondar pela noite, matar, violar e saquear. Mascarados de preto, tingidos de fuligem, armados de machetes e de fuzis-metralhadoras. Mari prende a respiração, não ousa acordar Esmée, por temer que ela solte um grito que as revele aos intrusos. Os insetos se calaram, até mesmo as rãs, à beira do rio, estão paralisadas.

Mari vê uma sombra passar diante da porta, uma silhueta robusta, parda. Ouve a respiração do animal, uma espécie de grunhido baixo e tranquilo. As passadas leves avançam pela terra, perto das raízes.

Mari, na infância, nada viu nem ouviu de semelhante. Nunca. Mas é na língua de Yama que vem o nome da fera: *suluwo*, a hiena.

Por seu focinho largo, sua juba, o dorso arqueado, as orelhas pequenas e redondas, Mari acabou reconhecendo-a. Lembra-se de a ter visto em filmes, na televisão, na escola, talvez até na casa do sr. Stefan, naqueles documentários de animais que ele adora e a que as duas assistiam pelo rabo do olho, entre bocejos.

A passos miúdos, Suluwo contorna a árvore, vasculha com o focinho entre as raízes, grunhe e ronrona, levanta a cabeça para respirar e, pondo as orelhas em pé, capta os sons. Vira-se, volta sobre os próprios passos, para bem diante da porta. Percebeu a presença das garotas, mas não se incomoda muito com isso. Mari a observa, não com medo, mas com todos os sentidos alertas. Parece-lhe não haver mais realidade, nem mais perigo. Ô, Yama, é a tua enviada, é Suluwo, a hiena, a senhora da savana, dona do rio, que guiaste até nós para nos pôr a salvo dos assassinos.

Não virão assim as crianças, com o espírito transtornado pela mistura de pólvora de fuzil com cocaína, os meninos doidos que matam os próprios pais e mutilam as próprias irmãzinhas, porque eles não acharão as nossas pegadas, as unhas da hiena, roçando tanto na terra, apagaram as marcas que deixamos. Eles também não sentirão o nosso cheiro, porque Suluwo mijou no chão e defecou diante da árvore! Mas sentirão o cheiro da hiena, verão os sulcos que ela abriu revirando a terra com as garras, terão medo, partirão para o outro lado do rio, para os seus antros de demônios.

Todas as noites a hiena parda volta às proximidades da árvore Yama. Fareja a terra, revira a cinza, esfrega o pelo na casca para impregná-la de seu odor, desfaz com as patas as passadas humanas. Uma vez, só uma, antes da noite, os assassinos chegaram perto da árvore. Mari e Esmée se encolheram no fundo de sua gruta, contendo a respiração. Os soldados se dobraram, viram as marcas da hiena na terra, sentiram seu cheiro, acre e forte, e soltaram gritos selvagens, dali voltando em direção às aldeias. Logo passarão pela ponte, pensa Mari, para desaparecer como um vento mau, e nessa terra arrasada, nessas cidades em ruínas, a vida poderá recomeçar.

A enviada de Yama vinha sempre na mesma hora. Ela anda, ela dança em volta da árvore, as meninas reconhecem sua silhueta escura, robusta, possante como a de um urso, sua cabeça grande, suas orelhas pequenas, e sentem-se protegidas por uma antepassada indulgente e caprichosa. Numa folha de bananeira, todas as noites Mari lhe deixa o que comer, um peixe seco, farinha de mandioca, banana. Numa tigelinha de casca, deixa também a água doce da chuva, que a hiena sorve em lentas lambidas. Come pouco a fera, e recusa a farinha, mas emite uns ligeiros grunhidos para dizer obrigada, para dizer que está satisfeita. Todas as noites, sem dormir, Mari e Esmée esperam por sua chegada, deitadas no chão, de rosto próximo à porta. Ouvem o barulho amortecido de seus passos no mato, ouvem o bafo da fera que se aproxima e a que Mari, para não assustá-la, fala em voz baixa. Conta-lhe a história de Yama e de sua própria vida de outrora, dentro da árvore, quando sua avó a escondia e amamentava, a protegia dos assassinos e dos hawais. A hiena escuta. Mari não vê os olhos dela, mas a cara larga se vira para a árvore e as orelhas se levantam para captar as palavras. Logo depois, com leves rosnados, ela responde, ela rola no chão, ela resfolega e é rodeada ao luar por um halo de poeira. Ela é poderosa, é a senhora da floresta das margens do rio, é a avó dessa terra que conhece os mistérios da vida e que preservará o país, apesar dos homens. Solitária e sem idade, originária das nascentes do rio, das montanhas que bordejam o deserto, da terra da areia e dos baobás, ela veio do outro lado da vida, cor de noite, taciturna, mágica, para proteger a descendência de Yama, para acompanhar as crianças na provação, e só as deixará depois que a guerra acabar, só então, quando já ninguém mais precisar dela, voltará para seu antro ao norte, lá onde vivem seus congêneres.

Em meados de agosto, Charles Taylor depôs as armas e renunciou ao poder.[2] Foram os gritos de alegria dos aldeões que fizeram Mari e Esmée saber disso. As meninas então saíram da árvore, em pleno dia, e puseram-se em marcha para Kalango. Estupefatos, os moradores das fazendas e aldeias viram passar pelas ruas duas formas humanas em farrapos, descalças, os cabelos cheios de lama e mato, uma muito pálida, com olhos transparentes de cego, a outra cor de terra, com manchas mais escuras e uma expressão de loucura estampada no rosto.

Avançavam em silêncio, e os bandos de garotos se afastavam diante delas, as velhas desviavam o rosto, pensando avistar fantasmas, almas penadas de mulheres que os milicianos haviam estuprado, massacrado a golpes de sabre e enterrado numa clareira no meio da floresta.

Um caminhão da Ecomog as recolheu, na estrada do rio Mano, e Mari e Esmée fizeram a viagem no sentido oposto, cruzando os campos devastados. Por toda parte, ao longo da estrada, havia casas em ruínas, carcaças de caminhões incendiados, e às vezes até, no acostamento, corpos inchados pela morte, servidos de pasto para abutres. Em pé nas aldeias, os moradores viam passar os caminhões militares com olhos inexpresivos, as crianças não gritavam, não pulavam como antes, mantinham-se quietas e assustadas, famintas. As nuvens de moscas pareciam fumaça.

No bairro das embaixadas, a vida recomeçara. Nada demais havia acontecido, apenas alguns excessos, algumas revoltas. Na vila Stefan, Dada voltara a cuidar da casa. Tinha feito uma grande pilha de entulho e de móveis quebrados no jardim, na qual pôs fogo, criando uma

2 Presidente da Libéria desde 1997, Charles Taylor renunciou ao cargo em 11 de agosto de 2003. Um dos nomes mais em evidência nas guerras africanas de sua época, acabou preso e processado por seus desmandos. [N.T.]

fumaceira espessa e negra que borrava o azul do céu. Era tudo o que podia fazer pensar na guerra.

Dada recebeu as meninas com efusão: "Ah, Miss, *bisé, bisé*, Bom Deus bendito!". E entregou a Esmée um envelope procedente da embaixada da França, que continha uma passagem de avião para Beirute e um *voucher* para o Hotel Concorde em Paris, com um cartão de visitas de um adido trazendo somente estas palavras: da parte do sr. Jibril Stefan. Ficava claro que Stefan partira para sempre, que jamais voltaria à África, que seu cofre-forte estava vazio, que o tempo dos diamantes acabara, que a comunidade internacional aprovara a interdição daquele comércio, como se as pedrinhas brilhantes é que tivessem causando a infelicidade do povo, e não os políticos gananciosos e corruptos, seu exército de demônios, de hawais, os assassinos que drogaram garotos e os lançaram nas batalhas, armados de sabres e de fuzis-metralhadoras.

"Você vai me visitar, lá?", perguntou Esmée.

"Um dia, talvez", respondeu Mari. Mas ela pensa nas aldeias devastadas, nas crianças às quais vai ensinar a ler e a escrever, na árvore Yama, que a espera perto do rio.

L. E. L., ÚLTIMOS DIAS

I like the perpetual dash on the rocks; one wave comes up after another, and is forever dashed to pieces, like human hopes that only swell to be disappointed.[1]

LETITIA ELIZABETH LANDON

1 Gosto da perpétua correnteza sobre as pedras; uma onda depois da outra, que se desfaz pra sempre em pedaços, como as esperanças humanas, que só se erguem para se frustrar. [N.T.]

é o barulho das ondas que eu quero ouvir. O estrondo regular das ondas sobre os rochedos negros, embaixo do forte, o barulho ininterrupto, lancinante, impossível de esquecer, uma respiração, mas tão lenta, tão pesada, que no começo, nas primeiras noites depois de sua chegada a Cape Coast, Letitia acabava sufocando quando tentava acompanhar esse ritmo.

O silêncio que ela quis, pelo qual esperou. Longe de Londres, do rebuliço, da algazarra, do tumulto dos falatórios e da maledicência. Tudo isso agora estava tão longe, teria de fato existido? Teria ela vindo à África para relembrar? Teria entrado naquele forte branco, cruel, escaldante, empoleirado em seu rochedo como um navio encalhado, teria sido por despeito, por vingança, que ela foi para ali?

O barulho das ondas, uma atrás da outra, lentas e fortes, que se quebram ao longe num banco de areia, precipitam-se rolando até a ponta rochosa, num ruído de vidro partido, de correntes de ferro, e lançam para as muralhas altas do forte um chuvisco contínuo que o vento logo arrasta e borrifa sobre o caminho de ronda, uma aspersão que arde no rosto e açoita as vidraças com cortantes gotas salgadas.

Todas as manhãs, desde sua chegada, Letitia ia até o alto da muralha. Acordava muito cedo, antes da aurora. Dispunha dessa liberdade desde que se consumara sua separação de corpos com George. Não tinha mais medo de acordar e ouvi-lo dizer com a voz pastosa: "Mas aonde você vai? Pelo amor de Deus, por que não dorme como todo mundo, são quatro horas da manhã!". Ela agora se enrolava no seu grande xale e saía descalça pelas áreas de circulação, tremendo no vento frio. O apartamento do governador (era assim que ela o chamava, já havia algum tempo) ficava no andar de cima. A porta de acesso à escada privativa era mantida fechada e só ele tinha a chave. Uma porta monumental, com dobradiças de ferro que a reforçavam para resistir a invasões. Antes mesmo de pensar em se separar de George Maclean, lembrava-se da sensação de asfixia que aquela porta lhe causava. A impressão de ser uma prisioneira. Em seu caderno, na abertura de um poema que havia começado à maneira do *Giaour*,[1] ela escrevera:

... and the same shelter built to protect her
became the dungeon of her secret soul...[2]

Lembrava-se bem, não fazia ainda um mês de seu desembarque no forte e já se sentia sufocada pela prisão, falara a respeito disso com ele, que lhe respondera friamente: "Você acha que nós estamos veraneando à beira de um lago na Itália? Aqui, caso haja uma rebelião dos negros, garanto que a existência dessa porta a deixará satisfeita".

Agora que ela havia reconquistado um pouco de liberdade, andava pelo caminho de ronda até a ponta, no extremo oeste. Queria ver o oceano.

1 "The giaour" [O infiel], poema de Byron (1788-1824), publicado em 1813. Narra a história de uma escrava, Leila, que é jogada no mar pelo dono. [N.T.]
2 e o mesmo abrigo construído para protegê-la / tornou-se o calabouço de sua alma secreta. [N.T.]

Era a hora de que mais gostava. A noite ainda escura, mas já uma nesga de claridade, do lado da terra, a despontar no horizonte. Uma pálida mancha que se dissolvia no espaço. A oeste, sobreposta ao mar, mal se avistava a linha do horizonte. Muitas estrelas se juntavam, cintilando baixo, em torno do olho fixo de Canopus, a mais bela, a mais brilhante, que Letitia contemplava com alegria desde que passara a saber (graças a Sterling, o geógrafo do navio) que ela anunciava o retorno da estação seca, o fim das chuvas e das febres.

No caminho de ronda, passava pelas sentinelas enrodilhadas nos cantos para dormir. Sabia os nomes de alguns deles, Ronald, Abbee, Wadee, Epiphany. Soldados que se mantinham metidos nas fardas, mas que para dormir tiravam os sapatos e puxavam sobre o rosto seu chapéu de três pontas. Para ela, ouvi-los roncar era engraçado. Se era com eles que o governador contava para dar o alerta, no caso de um ataque dos ashantis, ou então de um navio de guerra francês... Surpreendia-se dizendo essa palavra, pensando no "governador", e às vezes ela o chamava de sr. George Maclean, como se não tivesse o nome dele, como se ainda conservasse inteiro seu nome de solteira, aquele Letitia Elizabeth Landon que soava tão bem, um nome para a poesia e para a glória...

"Por que você sai todas as noites?" George Maclean a convocara a seu gabinete, poucos dias depois do desentendimento entre eles. Recebeu-a como a uma pedinte, uma estrangeira. Vestido em seu traje de gala, colete de seda, casaco azul de gola larga, calça preta, meias brancas e sapatos de verniz, tinha na mão sua bengala de castão de prata. Mas Letitia não pôde se impedir de notar que ele suava muito e corava, com as pequenas rugas, nos cantos da boca, que denunciavam sua idade.

Ela não respondeu nada. Sentiu-se uma garotinha surpreendida ao fazer coisas erradas, frágil e envergonhada diante dele, na grande sala no alto do Castelo, onde explodia a luz dos trópicos, em meio aos assobios do vento e ao rumor do mar.

"Não negue, a senhora sai todas as noites, meus homens me disseram, acredita que esse seja um procedimento digno da esposa do governador?" A reputação, não a inquietude, para aquele homem tão seguro de si, tão autoritário. Ela não soube o que responder. A asfixia, a solidão, o peso das paredes e das cortinas, a falta de ar e sobretudo aquele apelo do mar, a voz das ondas, que obsessivamente a perseguia e estrondava sobre os rochedos negros da ponta.

Logo, nos dias e semanas seguintes ela permaneceu trancada em seu quartinho, lendo seus queridos livros de poesia e, quando o toco de vela se consumia de vez, sonhando. A cada noite o láudano prescrito pelo dr. Shepard a arrastava para o nada.

Mas aquilo era mais forte que ela, ela recomeçou a sair. Ela esperava pela derradeira hora da noite, antes da aurora, quando tudo estava mergulhado no sono. Teriam os espiões desanimado? George Maclean não voltara a convocá-la. Durante as refeições, nem fazia alusão ao fato. Assim Letitia, descalça, deambulava pelo caminho de ronda, qual uma sombra a esgueirar-se entre as sentinelas dormindo. No fim do caminho, a ponta, semelhante à proa de um navio. Nesse lugar, em rajadas bruscas, o vento soprava sem dar trégua, pressionando o rosto e o busto da mulher ainda jovem. Um vento que ao mesmo tempo, pensava Letitia, era violento e agradável. Que lhe vinha pela boca e pelas narinas, desarrumava seu cabelo, que a deixava desgrenhada e, com lágrimas salgadas, lhe cegava os olhos, penetrava pelas roupas até tocar no seu corpo, originando longos arrepios.

Lá ficava ela, respirando com avidez as goladas de ar fresco, impregnando-se do cheiro do mar. Tinha a impressão de ser lavada e de assim recobrar forças. Do outro lado do oceano se achavam seus amigos queridos, sua vida, sua filha, todos os que ela havia deixado para vir para cá – e que agora lhe vinham, todos eles, nesse vento do mar, ela acreditava ouvir suas vozes, seus risos, a música das orquestras nos jardins de verão, o barulho das ruas de Londres, em Piccadilly, em Sloane Square, em Brompton Road. A vozinha cantarolante de Laura.

Escapar do forte. Voar no vento, de braços bem abertos por cima do horizonte invisível, e voltar até lá, nem que fosse por uma hora, um instante apenas.

Ao chegar aqui, tudo era muito novo para ela. Após a interminável viagem pelo *Endeavour*, vinte e oito dias no mar sem ver a terra, desde Portsmouth, numa cabine apertada na popa, separada do marido pela sala dos oficiais. Quase o tempo todo doente, nos primeiros dias vomitando sem comer, vomitando bílis, desmaiando. Depois de três dias, George levou-lhe algumas uvas, e ela, distraída, dando-se ao ligeiro prazer de sentir o suco escorrer na boca seca, na mesma hora devolveu tudo, junto com um líquido verde e coágulos de sangue. "Eu vou morrer", anunciara ao marido. Mas ele: "Não diga bobagens, a senhora está simplesmente se acostumando com o mar". Haveria ironia na voz dele? Antes haveria frieza. E ela, por que o seguiu nessa viagem? George Maclean tinha se mostrado irritado quando ela pediu – quando ela exigiu – partir com ele. "Eu não me casei para ficar sozinha em Londres com todas essas mulheres choronas que de mês em mês vivem à espreita da chegada do correio!" Ele tentou dissuadi-la: "Espere um pouco, deixe-me preparar sua vinda, dois, três meses...". Ela insistiu: "Não, quero partir com você, eu não poderia esperar, tenho pressa de conhecer meu novo país, Londres, sem a sua presença, para mim é um horror!". Ela não disse: "Ah, eu morreria!", mas George se deixara comover. Ainda estavam na euforia dos recém-casados, das carícias e beijos, das noites sem dormir, e havia muito tempo Letitia esperava por isso, alguém a quem ela pertenceria, que a viria tirar daquela sociedade egoísta e fútil, do turbilhão de fuxicos e perfídias, daquela hipocrisia.

O navio fundeou ao largo de Cape Coast ao cair da noite. Letitia se arrastou até a amurada para ver a linha da costa, seu novo país, uma faixa já escura e imprecisa, mas que o brilho da espuma acentuava.

No centro, distinguiu uma espécie de pirâmide branca ainda iluminada pelo sol. Morgue, o imediato, lhe emprestou sua luneta: "Logo madame estará em seus domínios". No seu modo de dizer lentamente a palavra "domínios", percebeu um discreto tom de ironia. Vasculhando com a lente, notou, algo turvada pela oscilação do navio, uma construção toda branca, dominada por uma torre quadrada, que se erguia no meio de muralhas com poternas, um absurdo castelo medieval entre palmeiras. O ligeiro arrepio que então a percorreu ela não saberia a que atribuir, se à alegria de ter chegado ao fim daquela horrível viagem, se ao nervosismo ante a vida que a aguardava. Talvez tenha pensado no *Giaour*, em Missolonghi.[3] O castelo era parecido com tudo o que havia imaginado em sonhos, um lugar perdido no fim do mundo, misterioso e assustador, um lugar para esquecer os fracassos do passado e recomeçar a escrever. "Que maravilha!", exclamou, numa voz aguda de menina que deixou o imediato espantado. A noite caía, em alguns instantes a fortaleza branca se apagou para confundir-se com a linha escura da terra.

O vento, nessa noite, soprou forte. Letitia, atraída pelo barulho, saiu da sua cabine. Uma piroga acabara de se afastar do navio, e nela, na frente, à luz de um lampião, ela reconheceu a figura de George Maclean, envolvido na sua capa. Por que ele iria à terra em plena noite? O imediato respondeu de modo evasivo: "O governador tem assuntos urgentes a resolver no Forte". Que assuntos urgentes poderiam ser esses, assim no meio da noite? A lua subia por trás das nuvens e, ao luar, ora Letitia olhava para a costa, ora para as ondas que passavam pelo navio, a ouvir os silvos do vento na mastreação. Sentia-se febril, impaciente. Vinte vezes ela foi para a cama, mas logo, enrolada no seu xale e com os cabelos desfeitos, voltava para o convés. Acabou por adormecer na poltrona, sentada com a cabeça entre os braços. Só no

3 A cidade grega onde Byron morreu, vivendo até o fim seu projeto de libertar a Grécia dos invasores turcos. [N.T.]

dia seguinte, ao meio-dia, George veio buscá-la, mas nem saiu da piroga. Transposta a barra, Letitia pôde desembarcar na praia. A água do mar era deliciosa, e tal foi sua alegria, ao contato dos pés descalços com a areia, que sentiu uma vertigem. A George, não fez nem mesmo uma pergunta. Mas talvez tenha sentido no olhar dele algo de vagamente hostil.

Eu, Adumissa, filha de Adjassa, sobrinha-neta de Adumissa, celebrada nos cantos dos griôs,[4] *da linhagem de Adoo, o último rei de Braffoo, cujo povo foi vendido em escravidão, eu também, despojada das minhas riquezas e reduzida à mendicância, testemunho sobre o meu passado e tomo a palavra para que a minha filha Aweeabil, o Meio do Dia, batizada com o nome de Laure na igreja do reverendo Quaqua em Cape Coast, saiba de sua posição e destino. Será que nós, que somos do povo de Akim, de Affetoo, de Dwabin, valemos menos que os que hoje são nossos senhores, que nos trouxeram a palavra do verdadeiro Deus sobre a dos nossos espíritos protetores, o sol, a lua, a terra, e os animais dos quais somos servidores, a serpente, a formiga e os abutres? Será que, porque os nossos antepassados traíram e foram banidos para longe, nós temos de desaparecer da terra? Adumissa, minha tia-avó materna, está viva em mim, na cor vermelha da minha pele, na água do rio Seennee, à beira do qual minha mãe me deu à luz e lavou, o rio que os brancos chamaram de Ankobra porque tem corpo de serpente. Sinto em mim o orgulho e a coragem dela, que se deu à morte para reparar a do homem que se matou por ela, quando ela se recusou a ceder-lhe e respeitou seu pai, pondo seu fuzil sobre o próprio coração*

4 Na África negra, poetas e músicos ambulantes, ligados à tradição oral, aos quais são atribuídos poderes paranormais. [N.T.]

para morrer também. Ficamos sim, nós, que nem mendigos, mas não imploramos a caridade alheia, não devemos a nossa comida de cachorro a ninguém, não devemos a ninguém a nossa choça de palha e os nossos andrajos! Hoje eu sei o que são a desonra e a solidão, porque o homem que eu dizia ser o mukun, o meu marido, ele que eu tinha apelidado de Betchee, o Vermelho, devido à cor da sua pele, me deixou por outra mulher que ele mesmo foi buscar do outro lado do mar. Quando partiu, já faz agora mais de um ano, eu chorava na praia, segurando Aweeabil nos meus braços, porque ele tinha prometido que ia voltar, que nunca nos abandonaria, e acreditei nisso. Passaram-se os dias, os meses, passaram-se as estações, as chuvas, o vento, a seca, os incêndios. Todo dia eu ia até a praia e olhava para o horizonte, e Cudjo, o mulato, o escravo alforriado do forte, vivia me dizendo: não espere mais, eu sei como os homens são, eles prometem mas não mantêm a promessa. Ele dizia isso porque queria que eu virasse mulher dele, mas Adumissa não pode ser mulher de um escravo. Fomos malditos por causa da traição dos nossos antepassados e fomos condenados a vagar sem bens e sem posses, sem casa e sem terra, fomos condenados a viver mendigando nossa comida na feira, mas jamais seremos escravos. O homem branco veio para essa terra e, quando teve necessidade de mulher, aceitei ser a mulher dele, mas não sua escrava. Quero que minha filha cresça livre, quero que ela tenha o meu nome e o nome do seu pai, que seja Laure e Aweeabil, das linhagens de Adoo e de Maclean. Maldita seja a mulher que nos expulsou do Forte, maldita a sua filha. Já era noite, quando ela veio com Maclean. Eu esperava o mukun, o meu marido, o pai de Aweeabil, e ele chegou pelo mar, com a roupa toda molhada de chuva, e nos mandou embora. Os soldados entraram no nosso quarto, juntaram minhas roupas, meus colares, e nos puseram para fora em plena noite, como se fôssemos ladras ou assassinas. Eu olhei para o rosto do mukun, mas já não era o rosto dele. Essa mulher mudou sua aparência, mudou o olhar, a voz, os cabelos, as roupas dele. E nós andamos durante dias, levando um pouco de mandioca e de óleo de palma, e comemos raízes pelo caminho, para enganar a fome, comemos ervas e até mesmo terra. Fomos andando até a casa do meu tio, o filho de Adookoo, porque não tínhamos outro lugar para onde ir. E a mulher do meu tio nos recebeu mal, tratou-nos como mendigas, porque não tínhamos nada. Mas eu quero que a minha filha conheça a honra da sua linhagem, a da sua mãe e a do seu pai, e que ela saiba que, apesar de já não termos roupas nem víveres, apesar de termos de trabalhar socando milho e colhendo frutas no mato, nós não perdemos nossa honra, nem nosso nome, e ela sempre se chamará assim, Laure Aweeabil Maclean, da linhagem do rei Adoo dos Braffoos, e que ao nascer ela foi banhada nas águas do rio Seennee, que dão a cor vermelha à pele das filhas de Adumissa.

A vida no Castelo (era assim que todos falavam do forte) era monótona, uma repetição cotidiana, o som azedo do sino que marcava as horas, o apito para a revista da manhã, o toque de clarim para as refeições, o toque de recolher. Era com o extraordinário, as aventuras, os perigos vindos da floresta, a magia, que Letitia havia contado. Tendo lido com paixão as narrativas de Sarah Bowdich,[5] imaginara toda uma vida na África, os combates contra os insurgentes ashantis, a missão para civilizar os selvagens. Acreditara que George Maclean era um herói, capaz de sozinho enfrentar cem, forte como um leão e doce como um anjo. Mas dia a dia a realidade se impôs. No tocante a combates heroicos, contentava-se a guarnição com o exercício feito a cada manhã, as manobras de uns cinquenta homens de cor, no pátio, sob o comando de um suboficial escocês e um sol de chumbo derretido. Suas fardas eram, no mínimo, fantasistas, grandes demais em uns, ridiculamente curtas em outros, havia soldados em farrapos, cheios de poeira, e seus sapatos incomodavam tanto que eles preferiam pendurá-los pelo cadarço ao pescoço. Ao olhar crítico de Letitia, nem mesmo o governador escapava: no seu uniforme vermelho, sob o capacete alto e branco, ele transpirava abundantemente, e havia

5 Autora inglesa (1791-1856) de livros de viagens e de ciências naturais que, em sua época, fizeram muito sucesso. [N.T.]

posto a seu serviço um rapazinho que carregava um grande guarda-sol de lona por toda parte aonde seu mestre ia. Letitia não pôde deixar de comentar: "Com o seu guarda-sol e o seu Sexta-Feira, George, você fica muito parecido com o Robinson Crusoé". George não apreciou o gracejo. Desde que se separaram, mostrava-se injusto com Letitia. Tudo o que o tinha seduzido nessa mulher na Inglaterra, sua vivacidade, sua argúcia nas respostas, sua imaginação fantástica, parecia-lhe aqui de uma futilidade e arrogância insuportáveis. Numa tarde em que ele recebia o governador holandês de Elmina para jantar, Letitia apareceu no seu vestido de musselina rosa, de inspiração oriental, e com a cabeleira negra penteada num coque com uma flor de jasmim-manga espetada, o que suscitou pouco mais tarde uma censura amarga: "Seria para mim um prazer, querida", reclamou George Maclean, "se você não se esquecesse de que aqui não estamos num salão de Brompton e que o Castelo de Cape Coast não se destina a bailes a fantasia". Se ela bebeu mais que o aconselhável, ou não, do espumante levado pelo holandês, o fato é que a conversa, ao incidir sobre o restabelecimento do tráfico, gerou um grande embaraço quando, à reflexão de que "o mundo inteiro reclamava da falta de mão de obra e nem mesmo o rei dos ashantis entendia a lei da abolição", Letitia se exaltara: "É para isso que a Inglaterra está presente na África, para agradar a um bárbaro?". O silêncio que a isso se seguiu foi uma resposta eloquente. Letitia, o rosto tão rosa quanto o vestido que usava, teve de recolher-se ao seu quarto para esconder as lágrimas.

Com certeza foi por essa época que ela ouviu falar pela primeira vez das *wenches*. "Moças", assim eram chamadas na África as mulheres africanas que partilhavam a vida dos oficiais aquartelados nos fortes. Várias vezes a palavra apareceu em conversas, a propósito dos oficiais da Companhia ou de cirurgiões de passagem. Uma noite em que George Maclean jantava com o governador de Whydah, vindo do rio Lagos, o nome de Sally Abson foi mencionado e, a pedido de Letitia, o governador contou sua história. Uma história muito triste, que ela ouviu com tanta emoção que acabou em lágrimas. Sally era a filha que o ex-governador de Whydah, chamado Lionel Abson, havia tido com uma escrava do Daomé com a qual vivera maritalmente. A menina fora criada em seu forte e todos os que a conheceram dizem que se tornara uma jovem de grande beleza, com a pele negra brilhante, como a da mãe, e os traços regulares do pai. O verde dos seus olhos, claro, transparente, parecia banhar o rosto de luz. O governador Abson a amava muito e quis para ela a melhor educação. Fez com que tivesse aulas de música e canto, e ela ficou exímia, na capela do forte, em tocar espineta e órgão. Lia muito, sobretudo poesia, e foi talvez esse traço que arrancou lágrimas de Letitia.

Quis o destino que Lionel Abson morresse brutalmente de febre, e Sally e sua mãe se viram numa situação difícil, sem dinheiro e sem futuro. Um cirurgião de marinha chamado Macleod, amigo de Abson, decidiu ir em ajuda de Sally e a embarcou em seu navio com destino a Cape Coast. Mas, na escala em Popo, um reizinho do Daomé, que tinha ouvido falar da beleza de Sally, mandou seus homens a raptarem e a trancou em seu harém. Todos os esforços de Macleod para tentar libertar Sally foram inúteis, e a pobre menina, feita escrava do tirano, começou sem demora a enfraquecer para acabar morrendo de tristeza, longe da mãe e de sua terra natal. Com essa história trágica, Letitia se encheu de melancolia, e decidiu transformá-la num romance que poria em evidência a crueldade da escravidão.

A partir desse relato, Letitia começou a fazer perguntas sobre as *wenches*. Não custou muito para entender que a aventura de Sally Abson não era nada excepcional e que todos os homens da Companhia, fosse qual fosse o posto, tinham uma mulher africana com a qual constituíam família, às vezes sem deixar de estar casados e de ter seus filhos legítimos na Inglaterra. Essa revelação, para Letitia, foi um verdadeiro choque, dando-lhe a súbita impressão de que seus olhos se abriam, de que ela enxergava a realidade. A hipocrisia masculina, que havia experimentado em Londres, lhe apareceu em toda sua monstruosa baixeza. Sua indignação foi tanta que ela não resistiu à necessidade de falar disso ao marido: “Você sabe que há homens honrados, enviados pela Inglaterra à África para que sirvam de exemplo aos nativos e lhes mostrem a verdadeira fé, que não só se comportam como tiranos, mas também vivem em familiaridade com mulheres negras, moças infelizes que eles seduziram ou, pior ainda, que fizeram de escravas, e com as quais têm filhos bastardos que eles covardemente abandonam quando o governo os chama de volta à pátria?”. George olhou para ela e nada respondeu. Letitia se deixara levar pelo ódio, pela emoção. Mas que esperava? Todos os homens não eram cúmplices? Talvez ela tivesse se lembrado, naquele instante, de sua própria desonra, ao ser abandonada por um homem, estando grávida na época, tendo de se esconder no exterior para dar à luz seu bebê. Depois, o cúmulo da desonra, quando aquele homem se negara a desmentir o boato e a abandonara uma segunda vez à execração pública, que incluíra aquela nota publicada na *Wasp*, dizendo que ela havia tido um filho em Paris e o pusera para ser criado no interior da França. Em seguida a calúnia orquestrada pelo infame Alaric Watts, que fazia de Letitia uma aventureira, uma devoradora de homens, e o rompimento com John Forster, o homem que ela acreditara ser seu único amigo – o homem com quem ela tinha querido se casar e que se entregara a uma manobra ignóbil, armando uma sindicância policial a seu respeito, como se ela fosse uma criminosa, uma perdida. Era nessas lembranças humilhantes que afundava agora, era essa desonra que ela lia, mesmo que não quisesse, no olhar frio de George Maclean. A vergonha então a tomou de repente, o coração batendo forte, o rosto em fogo, e para esconder seus soluços, como outrora, quando era uma menininha, ela fugiu para o quarto. Esperava que ele viesse, atenta, por entre as lágrimas, ao barulho de seus passos na escada, esperava que ele a tomasse nos braços para a consolar e animar. Mas ele, em vez disso, fechou com muita brutalidade a porta de seus aposentos. Letitia ouviu claramente o rangido da lingueta na fechadura, sentindo como era imensa a solidão em que estava.

Todas as noites, era Laura que voltava do além. Seu rostinho lá longe, no outro extremo do mar, na França. Mais forte do que nunca sua ausência, um pedaço dela mesma que lhe fora arrancado por fraqueza, por covardia. "Laura... Laura." Eram as sílabas de seu nome que ela escutava batendo. Tinha pensado, tinha esperado. Contra toda lógica, contra toda evidência. Tinha imaginado que Laura viesse ficar com ela aqui, no forte da costa, acompanhada de sua ama de leite, e que ela a instalaria num quarto ao lado do seu, arranjaria uma preceptora. Teria sido uma bela vingança contra William, o pai de Laura, que se negara até mesmo a ouvir falar da filha, que a traiu, que a relegou ao esquecimento. Aqui ela teria tido uma verdadeira família, encheria com seus risos os corredores e os pátios, aprenderia canto e música, iria à escola do forte com os pequenos africanos. Letitia pensava em tudo isso como se estivesse escrevendo um novo final para o romance *Paul et Virginie*, ou para *Ourika*. Um final feliz, que anunciaria o começo de uma nova era. Mas tudo, é claro, não passava de um sonho. Laura tinha morrido havia um tempão, levada por uma pneumonia aos dois anos de idade, e Letitia só conseguira chegar a Honfleur para se recolher sobre seu túmulo, sem a ter revisto.

Naquela noite, Letitia foi até a extremidade do forte, ao lugar de que gostava, onde as ondas estouram nos rochedos. Debruçada na muralha, ela olhou para o vazio à sua frente, tomado pelo vento e o movimento do mar, e imaginou que se jogava, braços colados no corpo para o peso da cabeça arrastá-la, o instante infinito da queda, antes de espatifar-se nas pedras e o mar puxá-la para as profundezas, tragando-a.

As sentinelas a viam passar pela porta da poterna, subir pela escada que leva à plataforma dos canhões, mas não se moviam. Talvez George tivesse dado instruções para que a deixassem passar – ou então eram os próprios soldados que haviam resolvido não dizer mais nada, talvez eles tivessem respeito por essa mulher que vagava pela noite, no chuvisco das ondas, com jeito de sonâmbula. A não ser que se tratasse de um complô para se livrar dela – Letitia, em seu delírio, imaginava uma vingança da *wench* de Maclean. Uma noite, enquanto Letitia, pendurada sobre o vazio, bebia vento, uma voz solitária e doce se dirigiu a ela. Pegando-a pelo braço, uma mulher a puxou para trás: "Venha, Mame, está muito frio, não convém ficar aí...". Letitia reconheceu Meriama, a ajudante da cozinheira. Era uma jovem africana de corpo avantajado, mas com um rosto bonito e sorridente, em quem Letitia se apoiou para voltar aos aposentos. Na cozinha deserta, engoliu e se queimou, olhos cheios de lágrimas, o caldo que Meriama esquentou para ela. De todas as pessoas que viviam no forte, George, o médico Shepard, Miss Tardy, a costureira, ou os viajantes de passagem da célula maçônica da Torridzonian, essa servente era a única que demonstrava alguma consideração a seu respeito, que se preocupava com ela. Foi isso, e a quentura do caldo, que pôs lágrimas em seus olhos.

A partir de então, Letitia pegou o hábito de todas as noites ir até a cozinha conversar com Meriama. A africana falava um inglês misturado com pidgin e língua fanti que tornava engraçado e ingênuo tudo o que ela contava. Contou sua vida, como fora raptada na aldeia, quando criança, e vendida para um soldado de Elmina, e após a morte deste tinha ficado no forte com seus dois filhos, um garoto e uma menina pequena, para enfim voltar a se casar com um pescador. Letitia lhe falou sobre Sally Abson, de quem Meriama porém nada sabia. E um belo dia Letitia lhe fez a pergunta que tinha atravessada na garganta: "Master George havia tido uma *wench* com ele, antes de eu chegar ao forte?". Meriama, amedrontada, escondeu o rosto entre as mãos e, como Letitia insistisse, defendeu-se: "Ah, Mame, não se deve falar disso, é proibido, é proibido!".

Tornando-se isso, para ela, uma obsessão, Letitia já não podia pensar em outra coisa, agora que tinha alguém capaz de lhe revelar a verdade. Um dia, decidida a enfrentar George, ela se encaminhou ao gabinete dele, fora de si, mas ao transpor o limiar as suas pernas tremeram. Não conseguindo mais respirar, ela sentou-se num degrau da escada. Chamado por George, o dr. Shepard prescreveu algumas gotas suplementares de láudano, para tomar todas as noites. Durante uma ou duas semanas, o medicamento fez efeito, e Letitia dormiu profundamente, não saindo de seu torpor senão no meio da tarde. Estava pálida, com os cabelos embaraçados, sem brilho. Ao se olhar no espelho, deu com um rosto envelhecido, de olheiras fundas, rugas de amargura em torno da boca. Descobriu até mesmo, entre seus cabelos negros, alguns fios já grisalhos.

George Maclean começou a falar em mandá-la de volta para a Inglaterra. Havia lugar para ela na casa de seu irmão em Keith, na Escócia, onde poderia se tratar e recuperar a saúde. Mas dessa ideia de retorno Letitia nem quis saber: "Eu não estou doente!". E acrescentou, com a voz transtornada pela raiva: "Não é com a minha saúde que você se preocupa, é com a sua – a sua tranquilidade!". Ela procurava a palavra, queria dizer, gritar: "A sua *wench*, a sua amante negra!". Mas palavras tão vulgares e humilhantes não conseguiam se articular na garganta para passar por seus lábios.

Agora ela já sabia de tudo. Tamanha fora sua insistência que obtivera de Meriama a verdade. Uma mulher, uma *wench*, vivera antes dela no forte, no apartamento do governador. Partira com a chegada de Letitia, sendo essa justamente a razão que fizera George Maclean sair do navio em plena noite. A mulher tinha tido filhos? Meriama sabia por ouvir dizer que tivera uma filha que vivia longe, em Axim, no cabo das Três Pontas. E como se chamava a criança? Meriama sabia que tinha um nome pagão, mas que o governador mandara batizá-la no forte e que o nome oficial era Laure. Ao ouvir isso, Letitia começou a rir, de escárnio, de ridículo, um riso rangido. O destino zombara dela, dando àquela filha mestiça do marido o mesmo nome que ela dera à própria filha!

Era como acordar de um longo sono. Tudo parecia diferente para Letitia agora. O forte – que ela havia imaginado, sem o conhecer, um castelo romântico, uma espécie de navio de pedra imobilizado acima do oceano, cercado de lendas e do rumor da floresta, onde homens da antiga nobreza, solitários e intrépidos, viviam na exaltação da aventura para realizar seu ideal cristão, sacrificando até mesmo a própria vida –, o forte se tornara uma prisão abjeta e tenebrosa, tomada por febres e melancolias, habitada por monstros lascivos e avarentos que se valiam de seu poder para sujeitar os negros, reduzi-los à escravidão, violar suas filhas e roubar seu ouro. Ao sabor das conversas ela percebia o mal que a cercava: tal governador de Accra tinha desviado milhões, do dinheiro enviado pela Companhia, por meio de faturas falsas, inventando campanhas militares ou presentes para reis africanos. Um outro mandou chicotear até a morte um serviçal, por causa de uma resposta atrevida, por ter quebrado louças ou roubado mantimentos. Em Christianborg, em Elmina, em Chamah, quer os senhores fossem ingleses, holandeses ou dinamarqueses, era sempre a mesma coisa. Um dia ela descobriu a prisão subterrânea, sob a praça de armas. Quis ver as celas e, para isso, mentiu para os soldados, valendo-se da ausência do governador, em visita a um navio mercante fundeado ao largo. Desceu por uma estreita passagem e foi dar numa grade de ferro enferrujado, por trás da qual se encontrava uma grande sala abobadada, iluminada por dois poços de ventilação. As colunas de luz que daí vinham lembravam o olhar de olhos a transbordar de tristeza.

Só uma das grandes salas subterrâneas ainda estava ocupada por prisioneiros. Rebeldes ashantis, alguns soldados surpreendidos em estado de embriaguez, uns ladrões muito fuleiros e um assassino. À exceção desse último, amarrado a uma pesada corrente chumbada na parede, os presos estavam sentados no chão de terra batida, o mesmo onde se aconchegavam, dez anos antes, os escravos de partida para as Américas. Aparentemente afetados pela febre e a escassez de luz, aqueles homens nada diziam, mas ouvia-se o gemido persistente de um velho, mais uma canção que lamento. O que mais horrorizou Letitia foi o fedor que vinha das celas, mesmo das que estavam vazias, emanando do chão e das paredes. Agarrada na grade, ela usou uma ponta do seu xale para cobrir o rosto e assim se proteger do cheiro de morte. À medida que seus olhos se habituavam à escuridão, foi distinguindo os rostos dos prisioneiros, a expressão selvagem, feroz, em alguns, ou digna de pena, nos demais. "Quanto tempo eles vão ficar aí?" O carcereiro procurava uma resposta. "Muito tempo, Mame, muito mesmo, para ele, aquele, matar gente, Mame, tempo à beça, dois anos, três anos..." Letitia apontou para o velho encarquilhado contra a parede. "E este, quanto tempo?" O risinho do soldado foi de desprezo: "Este aí, desde o tempo da escravidão, dez anos, agora ir para o inferno". Letitia quis prosseguir na exploração das galerias subterrâneas. "E as mulheres? Onde estão as mulheres?" O carcereiro a acompanhou até as celas mais afastadas, junto à muralha que contorna o forte. No centro das celas, e por baixo da caserna, um pátio pavimentado. "Muita, muita mulher aqui." O soldado tinha cara de quem se lembrava bem. Também aqui o cheiro era repugnante, um odor inumano, mais ácido, pensou Letitia, o cheiro de sangue dos mênstruos que havia impregnado o chão. Um odor animal. As paredes estavam cobertas, a não ser em certas partes, de um musgo preto no qual ainda se via a marca das unhadas que tinham arranhado as pedras. Letitia se arrepiava de horror, mas não conseguia desviar o olhar das celas. Fez questão de entrar nelas, tocou nas paredes do interior, tentou sentir o sofrimento das mulheres que foram encarceradas ali. No meio do pátio, uma fonte de pedra, cheia de água estagnada. O soldado, fingindo que se lavava, se dobrou sobre a fonte. E apontou para as janelas da caserna, acima do pátio. "Mulher bonita, homem ver lá de cima, dizer vem, vem se divertir." Letitia, injuriada, exclamou: "Se divertir? Elas se divertiam com os homens lá em cima?". O soldado fez que sim com a cabeça. "Sim, se divertir, as mulheres com os homens, de noite, uma escada para as mulheres." Letitia não ousou falar sobre o governador. Será que ele também chegava à sacada para escolher uma mulher, uma menina que se lavava na fonte e os soldados levariam para ele, toda trêmula, olhos amedrontados como os de uma corça oferecida a um lobo?

Desde a visita às celas subterrâneas, Letitia não podia se impedir de pensar nos prisioneiros encarcerados sob o pátio de honra antes de serem empurrados aos tapas para as chalupas que os levariam aos navios negreiros. Toda vez que saía, olhava horripilada para os buracos de ventilação que se abriam de cada lado do pátio, como poços sem fundo. Durante o dia, o zunzunzum da vida encobria tudo, mas de noite, no fundo do seu quarto, Letitia supunha ouvir os queixumes do velho louco na cela. Tapava os ouvidos, mas aquilo persistia, vindo com o rumor do mar e do vento. Ela acreditava ouvir outros prisioneiros também, o grito de ódio do assassino que esperava para ser enforcado, e as vozes de escravos, rosnados de raiva e medo, sobretudo das mulheres, e rangidos de unhadas nas paredes. Houve vezes em que, acordando bem no meio da noite, o coração disparado, na garganta um aperto, ela ouviu claramente a voz de Laura a chamá-la. "Ah, meu amor, você veio, está aí!" Quando tentava se erguer na cama, o sangue batendo nas têmporas, as costas cheias de suor, a solidão a amortalhava na frieza de um véu. "Oh, meu Deus! Que foi que eu fiz? Que foi que eu fiz da minha vida?" E ela então se deixava cair para trás, olhos abertos para o vazio.

Quando Letitia deixava a luz acesa, Meriama vinha bater na sua porta. "É Meriama, Mame, a Meriama da cozinha." Trazia-lhe um caldo quente e ia sentar-se no chão, do lado da cama, enquanto Letitia ainda soprava as beiradas. Era um momento de doçura, graças à voz cantante de Meriama, suas expressões infantis, seu modo de rir de tudo, como se nada tivesse mesmo importância. "Fale-me dos seus filhos, Meriama, como se chamam eles e onde eles estão agora?" E Meriama contava sua vida na aldeia, falava do marido pescador, das crianças que frequentariam a escola do forte no ano seguinte, graças ao governador, fora ele que abrira a escola para os filhos dos serviçais, todo mundo gostava muito de Master Maclean, que era justo e bom, nunca mandava chicotear os domésticos como faziam outros governadores, em Anomabu, em Elmina. Ouvindo a falação de Meriama, cuja mão segurava às vezes, mão grande e rugosa como a de um homem, que lhe inspirava confiança, Letitia acabava dormindo. Nada, para a outra, era realmente trágico, as coisas mais horríveis ela contava rindo. Do homem que a violentara no forte, quando de sua chegada, um soldado bêbado, que o governador expulsou, ela falou mostrando seu traseiro: "É um problema, Mame, ter um rabo bonito!", porque não era de medir as palavras.

Foi de tanto ouvir Meriama que Letitia teve a ideia de fazer uma viagem. Ela iria até lá, a Axim. Deixaria a prisão do Forte, para ir ver os filhos de Meriama, e talvez encontrasse aquela outra mulher, talvez visse ainda a filha mestiça de George Maclean, Laure. Era uma ideia meio louca, mas tudo ela fez para obter a autorização do marido. Falou-lhe sobre Sarah Bowdich, disse que ela também partiria numa expedição, escreveria um relato de suas aventuras para a Torridzonian, que publicaria em Londres, na *Literary Gazette*, e todo mundo saberia assim na Inglaterra que ela ainda estava viva, que continuava a ser uma romancista, decerto africana, mas tão popular quanto na sua juventude, e todos em sua terra voltariam a adorá-la, compreenderiam sua presença nesse mundo novo! Tal foi sua exaltação que ela resolveu falar de imediato a George, logo pela manhã. Ele esperava seu barbeiro, ainda por se vestir, e a ouviu de bom grado.

"Você vai ver", prometeu Letitia. "Será um romance, ou talvez um poema longo, como nunca ninguém fez sobre a África."

George ficou surpreso. Reencontrava a mulher de que ele tanto gostava, que se lançara na aventura, que não tinha hesitado em embarcar a bordo do *Endeavour* para acompanhá-lo ao litoral dos ashantis. O brilho dos olhos negros de Letitia, a vivacidade dos seus gestos, o timbre quente e grave da sua voz, o jeito tão jovem, tão entusiasta, algo de oriental que havia no seu modo de ser. Quando ela sentou aos pés dele, tal qual uma criança, envolvendo-lhe as pernas com os braços, para melhor falar do seu desejo, George tentou dizer: mais tarde então veremos isso, mas ela não o deixou pronunciar a frase, exclamou de pronto: "Oh, George, consinta, por favor!". E ele não pôde senão comprometer-se: "Quando você pretende partir?". Ela estava disposta a partir na hora, se desse tempo de reunir carregadores e víveres, naquela mesma manhã. Ele a acalmou: "Não, assim não dá, é preciso preparar as coisas, tenho de avisar Dixcove, o governador de Elmina, de Axim. O doutor Shepard lhe fará companhia, e também uma dezena de soldados, não quero que você corra o menor risco". A partida foi marcada para o começo da semana seguinte.

Foi a semana mais longa já vivida por Letitia. A cada manhã, desde a madrugada, em vez de subir na plataforma para contemplar o mar, ela ia para o extremo leste, para ver o sol nascer sobre a terra, iluminar os telhados das casas dos pescadores e brilhar sobre as folhagens das árvores e a linha da floresta.

Finalmente a viagem começou. Letitia se instalou numa rede levada por quatro homens. Durante dias, submeteu-se ao balanço da caminhada por dentro da floresta, da manhã ao fim da tarde, com as paradas que lhe permitiam desentorpecer as pernas enquanto os carregadores descansavam. De noite, dormiam em choças improvisadas com folhas. Usando sua luz com protetor (uma vela dentro de uma lanterna de latão com malacacheta nas laterais), Letitia escrevia a lápis, em folhas de papel muito úmidas, os fragmentos de um diário da expedição. Antes de adormecer, lia poesia, de Shelley, Byron, Keats. Copiara à mão, num caderno, passagens do poema "O santuário da floresta", de Felicia Dorothea Hemans. Era isso que ela iria escrever quando voltasse para o forte, um poema em que narraria a fuga de um escravo e seu amor por uma mulher livre da costa... Depois, deitada num colchonete de algodão, ela se enrolava no tule que lhe servia de mosquiteiro. As noites, tal como havia imaginado, se enchiam de gritos estranhos, de insetos estridentes, de inquietantes atritos. Não dormia senão de madrugada, quando o sereno já pingava no teto. E se espantava de não ter medo. Sentia-se arrastada por um turbilhão, não havia mais fronteira entre a realidade e os sonhos.

Passando por Elmina e Jago, a tropa parou no forte de San Sebastian de Chamah, onde o único militar inglês da guarnição lhes deu asilo por uns dias, para que aproveitassem a água, a melhor de toda a costa, pelo que se dizia. Mas Letitia estava tão impaciente para prosseguir que logo no dia seguinte, antes do nascer do sol, deu o sinal de partida. Depois de Segondi e Fort Orange, a trilha se embrenhava para o interior, atravessando uma floresta densa. Quando enjoava do balanço dos carregadores, Letitia ia a pé pelo caminho estreito. Usava botas de cano curto e, para dobrar a proteção, polainas de lona que lhe recobriam as pernas. Sua roupa, no mais, era bem leve, um vestido comprido de algodão, de mangas largas, que ela cosera no meio para fazer uma espécie de calção, à moda das mulheres orientais. O chapelão de palha, comprado de mulheres missionárias, protegia sua nuca do sol. Apesar disso, sentia-se encharcada de suor, com mechas de cabelo colando pelo rosto e nos ombros. Tinha pensado que ia ver feras selvagens, macacos, aves de todas as cores. Mas tudo o que encontrou foram as nuvens de mosquitos, que se lançavam sobre a tropa ao cair da noite, e os carrapatos negros que pulavam para o seu corpo quando ela roçava nas folhas. Já as plantas eram magníficas, árvores gigantescas de galhos e raízes tentaculares, palmeiras, cipós avermelhados que esganavam troncos, pálidas flores que cresciam no ar, uma poderosa e imóvel natureza que punha seu coração em festa.

Chegaram a Axim no meio da segunda semana. Letitia esperava encontrar uma cidade com comércio em casas de pedra, muralhas, um porto. Na realidade, o que havia era um pobre aglomerado de cabanas de palha, e o forte holandês estava em mau estado, paredes esverdeadas pela umidade do mar. O governador de Axim os recebeu friamente, fingindo não falar inglês. Limitou-se a oferecer aos viajantes uma coberta de folhas de coqueiro, aberta ao vento e além dos muros do forte. Havia algo de hostil naquele promontório cinzento que se alteava da praia maculada pelos escolhos negros.

Os carregadores, mandados à cata de notícias, voltaram sem nenhum resultado. Ninguém conhecia uma mulher que teria tido uma filha mestiça chamada Laure ou Laura. Mas Letitia se via às voltas com uma obsessão invencível. Ia de um a outro, sempre com a mesma pergunta, dominada pela impressão de ser a própria filha que ela havia perdido. O dr. Shepard, apesar das objeções que fez, foi obrigado a acompanhá-la, com intérpretes de língua fanti. Resumia-se o lugarejo a uma rua comprida, de terra vermelha, flanqueada por casebres de barro e de madeira, entulhada de animais e crianças. Letitia andava na frente, trajando um vestido claro e abrigada embaixo de uma sombrinha, e dessa vez foi ela quem teve de admitir que devia se parecer com Robinson na sua ilha! Os negros, de cara fechada, de aspecto selvagem com suas incisões tribais, se mantiveram ao longe. Shepard sentiu-se pouco à vontade. “Não devíamos ficar nem mais um dia aqui”, disse ele a Letitia. “O holandês não mexeria um dedo, se esse pessoal resolvesse nos cortar a garganta.” Embora já se tivessem passado quase dez anos desde a batalha de Nsamankow, voltava-lhe ao espírito a lembrança da sina do governador Macarthy, que, morto pelos ashantis, teve o crânio transformado em taça para o vinho do rei Osei Bonsu. Mas Letitia, quando ouvia isso, não dava a menor importância. "A guerra acabou, fique tranquilo! Estamos num país amigo."

Em dado momento, uma mulher saiu da multidão, atraída por Letitia, para nela começar a tocar, na sua roupa, nos cabelos. Mulher enorme, de beleza escultural, e quase totalmente nua, a não ser por seu tapa-sexo de ráfia. Letitia pôde admirar a qualidade da pele, o negro brilhante que fazia a reputação das mulheres de Ankobra. A curiosa pegou as mãos de Letitia, como se fosse beijá-las, e Letitia tentou se retrair, não de medo, antes de surpresa diante daquele gesto de submissão. Mas a mulher de Ankobra continuou a agarrá-la pelas mãos, falando-lhe em sua língua, misturada com palavras inglesas. Pelo menos foi essa a impressão de Letitia, que chamou o intérprete: "O que é que ela está dizendo?". E o homem, depois de ouvi-la: "Ela não fala fanti, mas quer saber se a senhora tem filhos, se tem marido". Não fazia portanto uma pergunta, pensou Letitia, era pura tagarelice, pois ao mesmo tempo a mulher ia passando as mãos no seu vestido, no cabelo, puxava a penugem negra dos seus braços, tocava nas suas joias, nos braceletes, na aliança de ouro. Outras foram se achegando, instigadas pela cena, e no instante seguinte Letitia já estava totalmente cercada por mulheres e crianças que a separavam do grupo do dr. Shepard com os carregadores. Cada uma empurrava mais que a outra, querendo chegar bem perto, falando, berrando, mãos esticadas para tocar em Letitia, tomando-lhe a sombrinha e o chapéu, dando puxões em seu vestido até arrancar pedaços. A princípio ela as deixou agir à vontade, dispensando os carregadores a postos para distribuir cacetadas, mas logo se sentiu agredida, sufocando, tropeçando nas pernas, e começou a gritar numa voz estrangulada, pois afundava no assédio. Os carregadores vieram, gritaram ordens, deram boas pauladas nas mulheres, mas crianças ainda se agarravam, aos berros, nas pernas de Letitia, que só não caiu de vez ao chão porque Shepard a amparou e a arrastou para longe.

“A senhora cometeu uma imprudência”, disse ele com severidade. Letitia, soluçando, tentava recobrar fôlego. “Desculpe-me, eu não sabia que...” Seu vestido estava rasgado no ombro, o chapéu pisoteado não era mais que um molambo e a sombrinha tinha desaparecido. “Não se pode ter confiança nessa gente: em lobos ferozes ninguém confia”, disse ainda sentenciosamente Shepard. Depois, até voltarem para o abrigo perto do forte, ele ficou em silêncio.

Isso mesmo, maldita a estrangeira que veio tomar o meu marido, o mukun que eu chamava de Betchee, o Vermelho, George Maclean, o pai de Aweeabil Laure Maclean, da descendência de Adoo e de Adookoo, que ela seja maldita e com ela toda a sua corja! Ela se atreveu a vir até aqui, a essa aldeia de Axim onde eu me escondo desde a vergonha do meu banimento, desde que recaí nesse estado de mendicância em que todos me tratam como escrava, sendo eu descendente de Adumissa, que meteu uma bala no coração para salvar a honra do pai.

Ela veio cheia de orgulho, no seu vestido mais bonito, com um chapéu de princesa e uma sombrinha, para preservar a brancura da sua pele, e eu estava nua em pelo, despenteada, sem joias, sem serviçais, sem protetor.

Veio cercada dos seus soldados, dos seus asseclas, que, quando eu quis me aproximar, me sentaram pauladas, e, se eu não a protegesse nos meus braços, teriam batido também em Aweeabil, a filha do chefe deles. A estrangeira olhou para mim, quando eu quis me aproximar, e no seu olhar eu senti raiva pela minha raça, pelo meu povo. Maldita ela seja, a mulher branca de olhar de feiticeira. Que o rio Seennee a arraste no seu turbilhão, que os abutres, que nos protegem, pulem sobre ela e devorem seus olhos. Eu cheguei bem perto, toquei sua pele, sua roupa, seus cabelos, e maldigo esse corpo que se enfiou na cama do meu marido, que recebeu o esperma do mukun, maldigo essa alma que devorou a do mukun, do meu marido

George Maclean, governador deste país, nosso chefe. Cheguei perto da estrangeira e as minhas pernas tremiam, meus olhos ficaram turvos, o ar não me chegava à garganta, estive à morte. Aweeabil estava atrás de mim, mas as outras mulheres da aldeia se meteram no meio e fomos separadas. A estrangeira ainda mandou seus serviçais distribuírem uns doces de farinha com açúcar que proibi Aweeabil de comer, porque eu pensava que estavam envenenados, que continham a maldição dessa mulher, a mentira do seu coração, amalaloo. Dessa comida foi que ela fez o meu marido, o mukun, comer para o afastar de mim. Depois, quando ela voltou para o forte, eu segui a estrangeira de longe, me escondendo atrás das árvores, e na noite seguinte fiquei ao lado do forte, para vigiar. Olhei para ela sem baixar os olhos, para que sentisse o meu olhar e recebesse a minha maldição, sobre ela e os seus filhos. No dia seguinte, fui com Aweeabil até a pedra aggry, pus as mãos sobre a pedra, para ela identificar o cheiro da pele e dos cabelos da mulher que eu odeio, da estrangeira que roubou meu marido. Derramei vinho de palmeira por cima e pude ver que a cobra azul que se enrola dentro da pedra estava com um brilho forte. Pensei então que essa mulher estrangeira havia de morrer em breve.

A volta, longa e penosa, foi para Letitia como uma febre cuja dor se propaga pelo corpo até o centro dos ossos, até a ponta dos nervos. Ao procurar um remédio na maleta do médico, água de quinina, láudano, ela encontrou apenas um pequeno frasco contendo um líquido azulado de que Shepard se servia para envenenar os ratos que pululavam nas provisões. Quase maquinalmente, sem dizer nada ao médico, pôs esse frasco na bolsa.

Em Dixcove seu estado se agravou tanto que o governador local decidiu fretar uma piroga à vela para levá-la por mar, em companhia de Shepard e de três soldados. O resto da tropa continuaria a pé pela floresta. Deitada no fundo da piroga, sob uma lona que a protegia do sol, Letitia passou dois dias sem comer, bebendo somente uns goles de água salobra que logo a faziam vomitar. De noite, acamparam numa praia, ao abrigo do vento. O delírio era tanto que ela ouviu com clareza um dos marinheiros dizer, depois de a olhar sob a lona: "Missus morrer". Sentia-se estranhamente indiferente, como se seu espírito já estivesse desligado do corpo, e até pôde achar a cena risível. No terceiro dia, a piroga cruzou a barra e atracou na praia de Cape Coast, de onde Letitia foi carregada em maca para seu quarto no forte.

No dia seguinte, ela constatou que George estava ausente. Onde andaria ele? Letitia mandou chamar Meriama, tão só para ficar sabendo que a mulher tinha ido embora – que fora banida, compreendeu ela, por ter falado demais. Em seu delírio, Letitia se persuadiu de que George havia se aproveitado de sua ausência para ir ver a outra, a mulher africana, e a mulata que era filha dos dois. Mas ninguém respondia às suas perguntas. Shepard lhe pedia para acalmar-se e fez-lhe uma sangria que a enfraqueceu muito, a tal ponto que ela nem pôde mais sair da cama.

Letitia pensou então no homem de Missolonghi, que deu sua vida pela liberdade da Grécia e que ela havia amado mais que qualquer outro no mundo. Ele tinha exatamente a idade dela, trinta e seis anos, quando o dr. Polidori lhe cortou a veia e de um golpe de lanceta o mandou para a morte. Estendida na cama, Letitia se sentiu assaltada, nessa noite, por ideias fúnebres. Retornavam-lhe todos os momentos de sua vida, desde os anos brilhantes em Chelsea, quando era convidada por toda a sociedade literária de Londres, quando lia seus poemas em voz alta e os jovens sentavam-se a seus pés para melhor ouvi-la. Perto dela estava William, revisto tal como lhe aparecia na época, na redação da *Literary Gazette*, alto, muito moreno, enfiado num terno preto igual a roupa de padre e dizendo para ela na sua voz grave e doce: "Você é a nossa poetisa, a nossa Laure de Noves". [6] Ele se apaixonara por ela quando Letitia estava com apenas dezesseis anos e ia a passeio pela Oxford Street, levando na mão direita um arco de mocinha e, na esquerda, um livro de Byron aberto! Ela sabia muito bem que ele era casado, mas se deixou arrastar pela paixão, sentia-se livre graças à poesia, livre e orgulhosa, não podia se enganar nem ser enganada. Ela seria mais forte que seu destino, viveria a emancipação das mulheres, militaria pela emancipação dos escravos na África. As imagens de sua glória passada se sucediam diante dela, mas eram antes figuras espectrais que retornavam ao nada.

6 Laure de Noves (1310-48), musa do poeta Petrarca. [N.T.]

A pedra me disse que o momento da minha vitória estava próximo, que eu ia reencontrar o mukun, o meu marido. Todo dia, depois que a estrangeira esteve em nossa aldeia de Axim, eu ia ver a pedra. Levei oferendas, vinho de palmeira, frutas, bolo de mandioca, peixes pescados no rio Seennee. E lá ficava até a noite cair, até que eu ouvisse as passadas das hienas no mato. Não tenho medo de nenhum animal, e as cobras são minhas protetoras. Às vezes Aweeabil chorava um pouco, mas eu a fazia calar. Você não deve chorar, você é filha de Adumissa, da linhagem daquela que apontou um fuzil para o próprio coração para salvar a honra do pai. Você foi banhada na água do rio Seennee, que te deu essa cor vermelha de naja. A pedra azul, brilhando de noite sob a chuva, lançava uma luz suave e fresca que me livrava da solidão e da infelicidade. Falei com o espírito da pedra, o espírito da floresta, todas as noites, até a hora em que os animais ferozes saem para caçar. Contei a história de minha família, a desonra e o banimento do meu pai e meus tios, contei como estive casada com George Maclean, como carreguei no ventre, até nascer, a filha dele, como fui a mulher do governador de Cape Coast durante anos, quando ele me dava criadas, vestindo-me de seda amarela, e como ele mandou batizar Koomba Aweeabil na água da igreja de Quaqua, como dera a ela seu nome na religião do rei Jesus, seu nome de Laure Aweeabil.

Finalmente, no último dia de novembro, quando começa entre nós, em Mankasim, a festa do inhame, fui com Aweeabil até o vale profundo onde vivem os Anciãos. Paguei dez onças de pó de ouro, que o filho de Cudjo me emprestou, para fazer mandinga contra a estrangeira. Os velhos cantaram na língua deles, ooframma, oosoraba, para que o temporal viesse, e eu cantei a única coisa que eu sei, a canção de ninar ashanti com a qual eu fazia Aweeabil dormir quando ela era bebê, a velha canção do órfão: ó órfão Aganka, que chora de noite, tudo fica tão triste, esse choro na noite, me perdoe mas é triste, muito triste, triste... E o céu se cobria de nuvens espessas, enquanto os velhos cantavam, e o vento começou a soprar no vale fechado, um vento que levantava poeira e arrancava folhas das árvores. No meio das nuvens, sem barulho, sem chuva, os relâmpagos desenhavam serpentes. Depois ouvi o barulho do mar, como eu o ouvia no forte, e esse barulho fez medo a Aweeabil, que escondeu o rosto numa ponta da minha tanga. Os velhos cantavam, naquela língua que ninguém mais sabe falar, e eu repetia a canção do órfão Aganka, que eu antes cantava para embalar Aweeabil, na língua ashanti, a língua dos nossos inimigos. E o vento soprou por muito tempo, até a noite baixar no vale. Quando os velhos se deitaram para dormir, um deles me deu a corda em que dera vários nós para eu usar na cintura. Com a chegada da noite, tudo se acalmou, as nuvens se afastaram e eu vi a lua e as estrelas, tal como as via antes no forte, e o barulho do mar se tornou muito agradável e Aweeabil dormiu nos meus braços. Pegamos então o caminho para o forte, durante dias andamos pela floresta, nos escondendo dos inimigos, dormindo em árvores ocas para nos proteger das hienas. Foram dias e dias sem comer, bebendo água de charco, e Aweeabil ficou tão fraca que achei que fosse morrer. E contei para ela a história de Adumissa, que atravessara a floresta para escapar do homem que a queria para esposa, e como ela se defendera dos animais. Depois, quando esse homem se matara, como, de volta à aldeia, ela pegara o mesmo fuzil e o apontara para o próprio coração, para que a vingança não se voltasse contra seu pai. Após dias e noites na floresta, chegamos a Anamaboo, o Ninho, onde o povo fanti foi detido em cativeiro e vendido aos estrangeiros do outro lado do mar. Fomos recebidas por uma velha do povo de Axim, que eu chamo de Minna, e ela nos fez comer das suas provisões e deu a Aweeabil uma poção amarga para passar a febre. E todo dia eu ia até os rochedos negros diante do mar e olhava, na direção do pôr do sol, para a grande torre branca do forte onde o mukun, meu marido, vive com a estrangeira, e esperava ver o navio que levaria essa mulher para a sua terra, para não mais voltar. E toda noite eu sonhava com ela, como a tinha visto em Axim, usando um vestido claro, coberta por um chapéu de princesa e a carregar uma sombrinha, os olhos negros, o rosto muito branco, a pele dos seus braços e a cor dos cabelos, compridos como capim. Tinha o rosto muito encovado, uma grande mancha escura se formara em torno dos lábios, e senti que havia um bafo de morte, um cheiro frio que ela soltava pela boca e pelo nariz, e vi sua pele murchar e o corpo sumindo aos poucos e ela transformada em fantasma. E era o medo que entrava em mim, eu apertava Aweeabil contra o peito até ela gritar de dor. Ela não compreendia o meu sonho, dizia: vamos voltar para a casa de Axim, não quero mais ficar aqui, tenho muito medo do que pode acontecer. Mas eu tinha de ficar até que se desfizessem todos os nós da corda, até que tudo voltasse a ser como antes, quando nós estávamos com George Maclean, o Betchee, o mukun, o governador do forte. E eu respondia para Aweeabil que é preciso acabar sem queixa o que já foi começado. E certa manhã, quando eu estava sobre os rochedos negros de Anamaboo, ouvi o canhão do forte de Cape Coast. Primeiro vi as nuvenzinhas brancas flutuando no ar, só depois ouvi os tiros. E no meu próprio coração senti um golpe de vento que me libertava, porque eu sabia que tudo estava acabado. Eu tremia e chorava, nem conseguia mais andar, mas Aweeabil me enlaçou e juntas percorremos o caminho até a casa da velha Minna e, quando lá cheguei, tirei minha tanga e vi que a corda dos velhos estava lisa, sem nenhum nó. Meu cansaço era tal, depois de tantos dias e noites sem dormir, que deitei no chão ali mesmo, diante da casa de Minna, e logo caí no sono.

Naquela noite o temporal estrondou sobre o rochedo negro. O barulho das ondas era ensurdecedor, o vento sacudia as vidraças, penetrava pelas frestas e fazia as portinholas da janela bater. Como nas primeiras noites, logo após sua chegada ao forte, Letitia ouvia no vento as lamentações dos prisioneiros nas celas sob a praça de armas, uma voz monótona, ora grave, ora aguda, que balbuciava uma prece. Que dizia ela? A voz gemia, tanto podia ser a do velho louco encarquilhado junto à parede do cárcere quanto uma voz de menininha que soava dentro do quarto, bem perto de Letitia, uma voz que fazia irromper por suas costas um longo calafrio de horror: "Mamãe! Mamãe!". Laura, fechada numa casa na França, em Honfleur, à beira do mar verde, e eram as mesmas ondas que traziam seu grito, ela estava doente, já à morte, com certeza, e gritava pela mãe. William obrigara Letitia a separar-se da filha que tiveram. Não com ameaças, mas com a brandura de sua voz persuasiva, sabendo ele tão bem o que fazer quando dizia: "Você é uma poetisa, Letitia, é o seu destino, não deixe que a vida lhe tire isso...". E acrescentara: "Depois do nascimento, cuidarei de tudo, já encontrei uma boa casa, nada faltará para ela...". Nunca ele pronunciava o nome, dizia simplesmente "ela" ou "a criança". Como se ela fosse uma desconhecida.

A onda chamava por Letitia, música pesada e sombria na qual ela escutava o apelo do nada. Pensou em ir até a ponta do forte, seu lugar preferido, mas o vento empurrava a porta com mãos de muito vigor, para impedir que ela saísse. Mãos que a trancavam no seu cárcere. Nunca ninguém poderia libertá-la. "Ó meus amigos, onde estão vocês, meus amigos?" Seu lamento remetia à carta-poema que Letitia havia escrito ao desembarcar do *Endeavour*: "Pensarão vocês em mim, ó meus amigos, como estou pensando em vocês?" Tentou pronunciar seus nomes, como se fossem palavras de uma prece, mas ao espírito aterrorizado não lhe veio um nome sequer. Somente o nome de Laura, tal como ela ainda a via, uma criança luminosa e frágil, antes de ser levada pela morte no frio inverno da Normandia. Sobre a mesa, tremia o lampião a querosene, e a chuva batia nas portinholas em rajadas contínuas, com aquele som arranhado de areia jogada a esmo. Letitia ainda tentou escrever, mas apenas fragmentos incoerentes fluíram de sua pena, escritos numa tinta invisível. Uma última vez, debruçada na escrivaninha, ela mergulhou a pena de ganso no pequeno frasco opaco trazido da viagem a Axim. Um cheiro de amêndoas se espalhou pelo quarto, que ao mesmo tempo era adocicado e assustava, tal como um doce da infância. Depois, sem tremer, sem hesitar, ela virou a ponta da pena para seus próprios lábios.

De manhã, a criada de quarto (uma nova, muito jovem, criança ainda, Letitia nem sequer tivera tempo de lhe perguntar seu nome) foi entrando, abriu as portinholas, olhos arregalados para se entender na penumbra, interrompeu-se no ato de afastar as cortinas de cada lado da porta e soltou um grito terrível. O corpo da patroa, despencando nos ladrilhos avermelhados do piso, ainda em parte repousava na cadeira, com um braço apoiado na beirada da mesa que apontava bem para cima, como se mostrasse alguma coisa no céu.

Foi Shepard quem constatou a morte. Logo ele descobriu sobre a mesa seu frasco de ácido prússico, que pensou por um instante em trocar rapidamente por um vidro de láudano. Mas o medo de ser surpreendido pela criada de quarto o fez mudar de ideia. Ele mandou um soldado ir avisar o governador Maclean, que chegou pouco antes do meio-dia. No atestado de óbito, Shepard já havia posto por escrito e em detalhes sua constatação: "A morte foi consecutiva a uma absorção de ácido prússico que a vítima pensou ser o láudano prescrito pelo médico do forte para tratar de suas crises nervosas".

O enterro ocorreu no mesmo dia, na parte da tarde, oficiando o próprio governador, no pátio de honra, em substituição ao pastor, que havia pouco retornara à Inglaterra – o veneno já começara a corroer a carne, em torno dos lábios e no interior da boca, e o cheiro era insuportável. George Maclean parecia curiosamente afetado – foi o que pensou o médico Shepard, que no entanto logo se absteve de fazer qualquer comentário. O governador leu uma passagem da Bíblia, do Livro de Jó, onde está escrito: "Tuas mãos me deram forma, me criaram, me fizeram por completo, e tu me destruirás. Lembra-te que me modelaste em barro, haverias de querer me reduzir a poeira?". O caixão forrado de chumbo em seguida foi baixado por cordas a uma cova aberta bem fundo, dentro dos muros do Castelo, na extremidade do pátio de manobras, não muito longe da escada pela qual Letitia subia todas as noites para respirar o vento do mar. A lápide foi um simples retângulo de cimento pintado a cal, onde George Maclean mandou gravar as iniciais L.E.L. e as datas do nascimento e da morte, 1801-1837 – em memória do modo como Letitia assinava seus primeiros poemas.

Na mesma noite, apesar do temporal que ameaçava recomeçar, George Maclean embarcou com seus soldados para Anomabu, com risco de naufragar no mar revolto. Em seu coração, sentia a deliciosa inquietação do desejo que estava para preencher o vazio da morte, como um sol que nasceria nos braços de Adumissa, que o esperava lá, e nos beijos da pequena Laure, com sua falação cativante e a cara de reprovação que ela não deixaria de fazer para o pai, por ter estado tanto tempo ausente.

Eu sou Adumissa, filha de Adjassa, da linhagem do rei Adoo de Menkassim, dos Braffoos, que foi vendido como escravo aos estrangeiros por seus próprios irmãos. Somos nós inferiores aos nossos inimigos, somos iguais aos animais que mudam de dono e são levados como gado à matança? Os velhos do vale secreto tornaram a corda dos meus impedimentos tão lisa e pura como no meu primeiro dia de vida. E é assim que eu hoje dou essa corda a Laure Aweeabil, a filha de George Maclean, para que ela se mantenha livre e pura, tal como a lavei eu mesma, no dia em que ela nasceu, na água do rio Seennee. A estrangeira se foi, o rosto dela murchou e o corpo se tornou negro, impregnado do veneno. Todas as noites sonhei com ela, deitada na areia diante da casa da velha Minna, tendo Aweeabil apertada contra mim. Sonhei que a estrangeira fugia para longe, para o norte, que a sua alma flutuou por cima do mar para a terra dos seus antepassados. Quando os soldados vieram me pegar, com Aweeabil, para me levar para o forte, onde o governador me esperava, eu os insultei. Quem são vocês, o que querem de mim? Serei eu um animal que se enxota e que depois se recolhe, e que obedece às ordens do seu dono? Eu prefiro morrer, como outrora a minha tia-avó Adumissa, que encontrou a honra ao apoiar o fuzil do amado sobre o seu coração. Os soldados sentaram-se no chão, diante da casa da velha Minna, comeram bolo de mandioca e beberam água de coco oferecidos por ela. São estrangeiros em sua pró-

pria terra, esses soldados. São um rebanho, e nem todos falam a mesma língua. Eles se vestem de vermelho, usam botinas de couro preto e chapéus. Portam os fuzis e os sabres com os quais matam pessoas do meu povo. Eles traíram seus antepassados, tornaram-se estrangeiros nesta terra, órfãos. Venderam seus próprios irmãos e irmãs como escravos para os navios que vêm do outro lado do mar e os levam para o inferno. Eles não receberam a água do batismo, não sabem ler o livro dos cristãos, não conhecem o rei Jesus. Aweeabil ficou atrás de mim, agarrada à minha tanga, na minha sombra. E ao cair da tarde os soldados voltaram para o forte de Cape Coast, pude vê-los se afastando através da floresta. Eu tinha ficado na ponta do caminho e Aweeabil se enlaçava no meu corpo como um cipó no tronco de uma árvore. Ninguém poderá tomá-la de mim, ninguém será capaz de pegá-la e fazê-la escrava. A corda se livrou de todos os nós, os velhos me tornaram livre. A estrangeira partiu para o país dos seus antepassados, e nunca mais tornarei a ver George Maclean, Betchee, o Vermelho, aquele que é o governador no seu castelo à beira-mar. Logo ele também voltará para o seu país, o país do frio e do nevoeiro do qual ele antes me falava, a terra onde o sol não se levanta. Vou andar pelo caminho da floresta, sem medo dos leopardos e hienas, para reencontrar o lugar em que vivia Adumissa, minha tia-avó materna. Foi ela que apareceu nos meus sonhos, tal como a cantam os griôs. Trajando sua tanga amarela, de seda, seus braceletes de ouro engastados nos pulsos, e a pele vermelha, lisa, brilhante, os olhos alongados por um traço de khol. *É para ela que estou indo, em companhia de Aweeabil, para que ela nos ensine a vida das mulheres livres.*

NOSSAS VIDAS DE ARANHAS

À flor da terra, por onde passa o vento que levanta pequenas nuvens de poeira. É ali que vivemos, sem fazer barulho, quase sem nos mexer, quase sem fazer nada. Lá no alto, por cima da terra, por cima das grandes árvores, no céu nu, no cume das montanhas, são tantos os dias, tantas são as noites!

Moramos no vale, não longe do rio, que sempre ouvimos, mas nunca vemos. Os barulhos são imensos: o barulho da água, o barulho do vento nos galhos secos, o barulho da terra que desliza do alto das ribanceiras. Aqui não acontece nada, não temos muito o que contar. Estamos por trás de vidros grossos, no fundo de uma comprida sala vazia. Todos os dias o céu se mantém branco, por cima das árvores tão altas, e à noite vemos as Plêiades imóveis. Quem sabe elas são os nossos olhos. Os olhos que talvez estejam por toda parte, na comissura dos galhos, nas pedras, no musgo, na ponta das hastes na corola das flores. Não há palavras para descrever todo o espaço que não conheceremos. Não há meio de estar ao mesmo tempo aqui e em outro lugar, no dia branco e na noite preta, e nunca sabemos se nos empenhamos agora em continuar o sonho que começou antes de nós, o sonho que deve terminar depois que tivermos sonhado.

Hoje é hoje. Às vezes dormimos de olhos abertos, e o espaço do vale entra e nos tornamos enormes, o vento e a luz inflam nossos ventres, e nós trememos, nós vibramos. O que seria preciso era comer sem parar, devorar tudo o que vive no ar, engolir o que vive sob as nossas patas e ser como um gargalo atravessado num rio, enquanto a vida passa através de nós.

Também queremos devorar os barulhos, que vêm de toda parte, os barulhos formidáveis que explodem, que avançam envolvendo em suas espirais, eia! eia!, os corpos enrolados como serpentinas, e que fazem pressão nos nossos ventres, sobre o ponto mais sensível. É lá que está o centro da terra e do céu, e até do mar e dos astros, porque nós somos, sobre o mundo, os animais estrelados. É um pouco difícil de explicar, e isso aliás não tem de ser explicado. Simplesmente, de uma vez por todas: as Plêiades, em cima, a Grande Ursa e os Gêmeos, embaixo, e nós. O sol nós não vemos. Bem que o amamos, todas nós, e é talvez tudo o que amamos. Mas nunca olhamos para ele. Pode ser que ele seja como uma pálpebra ardente que recobre o alto dos nossos olhos, e faz mal querer olhar para ela, faz mal e queima. Eis aí a razão de não o olharmos. Mas gostamos muito dele, todas, quando assoma nos píncaros do céu vazio, por cima dos galhos das grandes árvores negras. Mais ou menos de cinco em cinco minutos pensamos nele. Agrada-nos escutar seus barulhos. O sol estala, o sol se esfrega, faz uns ruídos engraçados de insetos, entende?, uns rangidos de carapaças de insetos, ou então de vidro rachando. Quando escutamos esses barulhos, tornamo-nos um pouco mais planas, ficamos atentas ao mais leve roçar, aos menores estalidos. E é então que nos encontramos no centro de uma rede de pequenas ranhuras, tornamo-nos talvez, por nossa vez, pequenos sóis ocultos entre as plantas, ocultos e quentes, mínimas centelhas crepitantes, bolinhas de fogo. Desenhamos, dançamos, refazemos aqui, nas nossas reentrâncias entre as plantas e as pedras, tudo o que se passa no espaço. Nunca estamos sozinhas, sempre juntas, e nunca longe umas das outras, por certo não podemos nos ver, mas sabemos que há outras por aí, nossas amigas, nossas inimigas, bem próximas, ocultas nas reentrâncias entre as plantas e as pedras.

Em cada fissura há uma. Miúda, enrodilhada, enterrada sob as sementes de árvores, ao abrigo do vento, da luz, sendo nós tão tenras e frágeis. Lá no alto, muito alto no céu eternamente branco, voam grandes pássaros silenciosos cujas sombras correm por terra. Eles traçam seus círculos, mas não temos medo. Estamos seguras nos nossos esconderijos entre as sarças, nos nossos ninhos, nas nossas gretas. Por toda parte à nossa volta estão os muros que contêm o vento, que freiam o espaço.

Mas não nos mexemos. As horas passam sobre nós, as horas, essa poeirada que despenca do céu. Lentamente os dias vão escorrendo, sem deixar marcas, por nossos dorsos peludos. Toda manhã, há milhares de gotinhas grudadas nas paredes brancas, e é aí que bebemos. O rio com ruído de trovão corrói a terra e se agita e vibra, mas nunca vamos na sua direção. Depois o sol queima as gotas. Há cortinas brancas e cortinas cinzentas ondulando ao vento. Estamos em todos os pontos sensíveis da terra, e cada onda que percorre os rochedos, as árvores, as plantas, vai até nossas patas e nos entra pelo corpo. É assim que nós ouvimos o mundo.

Não são histórias complicadas, nada querem dizer. São lendas que se sucedem, ondas após ondas, que se amontoam como os tufos de juncos. Não são tortuosos os nossos caminhos, vão diretamente de um bloco de pedra a um galho, daí a outro, daí a uma planta no chão, daí a um seixo pontudo e daí a uma raiz para voltar ao bloco de pedra. Tudo o que se passa à flor da terra, nós sabemos. Os mosquitos que voam, as rãs que pulam, as formigas em legiões, as investidas dos besouros e cárabos, o lento serrilhar dos carunchos, as colônias meladas dos pulgões, as danças das borboletas amarelas e das libélulas azuis. Sabemos muitas outras histórias, histórias insólitas e secretas, sobre as pétalas de flores que se debruam, os temores das sensitivas, os pelos envenenados das urtigas. Coisas, coisas imóveis e pontudas, os espinhos das sarças, as agulhas dos agaves. Coisas distantes, folhas que fazem barulho ao vento, no topo das árvores, frutas que incham, coisas mortas que lentamente apodrecem, odor de mel, fedor de urina, odor de incenso; por toda parte há tantas coisas, quando estamos enfiadas nos nossos troncos de árvores, nos nossos esconderijos, e é por isso que não podemos mexer, nem falar, nem pensar, somente ouvir, respirar, fremir.

Sim, é verdade, acontecem muitas coisas. Não podemos porém dizê-las todas, somos de um tipo que tende mais à mudez, somos sem língua, temos a boca enfiada nas patas e o dorso redondo, não gostamos de explicar as coisas. A quem poderíamos, de todo modo, dizê-las? Nossa linguagem ninguém fala, nem todas essas pessoas que se mexem, dançam, voam, nunca ficam no lugar, nem mesmo todas essas coisas imóveis como as pedras e os galhos. Nós, nós preferimos ouvir e sentir, mesmo sem ver. Já aprendemos segredos de toda espécie, por nós ouvidos no lugar em que estamos, nas nossas reentrâncias entre as plantas e as pedras. Os barulhos correm pela terra mole, batem de encontro às pedras duras, despencam nos lanosos orifícios que fabricamos. Os segredos, os segredos se encontram na poeira. São coisas que vêm tombando e se agarram, tornando-se logo após indistintas. Que se transformam em fumaça, que desaparecem. Mas que nós capturamos, nas tênues cortinas e muralhas que tecemos.

Sabemos bem o que se passa na noite. Quando, suave e lenta, a luz declina. Quando tudo se torna transparente e leve, envolto em fumaça gris, e os barulhos diminuem, batem fracamente como pulsos adormecidos, quando não há mais nada, quase mais nada, e o frio chega com as sombras, escorrendo pelos interstícios, se enfiando nos buracos adentro, lentamente, lentamente, enquanto o mundo se enrola em bola, recolhe suas antenas & patas, se faz pequeno para dormir, e nós velamos, a postos, o tempo todo vigilantes. Nós não dormimos. Não, não, nós escutamos intensamente, sentimos de um modo muito forte o que acontece. Por sinal nada de mais, porque o crepúsculo é uma bebida que embriaga e adormece a terra e o céu e, no momento em que o sol descai do outro lado do horizonte, por trás do mar e das montanhas, ouve-se como que um grito, ou uma espécie de onda de silêncio branco que avança a toda a velocidade. As nossas patas tremem quando passa o grito, quando passa essa onda, e é arrepiadas então que nos encolhemos nas tocas. Vocês sabem como é, toda vez que o sol desaparece e a noite avança sobre a terra, sempre é meio terrível.

Todos os animaizinhos param então de se mexer, escondem-se e se transformam em seixos, em compactas bolas frias, bem lisas. Parece-nos não haver mais ninguém sobre a terra e o céu, exceto os morcegos. O céu é gris, e é como se nós estendêssemos nossas próprias muralhas, nossas leves tessituras que flutuam de uma pedra a outra. O que existe é o silêncio. O silêncio e o frio no nosso vale. O primeiro vem do oeste, o segundo do leste, e é por cima do vale que os dois se encontram. Tudo se imobiliza depois.

Imóveis permanecemos, contendo a respiração, porque essa é a coisa mais importante do mundo, quando a luz acaba. É como se tirássemos um peso do ar e de súbito o vazio do espaço ficasse próximo, o vazio gélido do fundo do céu, onde as Plêiades brilham.

Não é por medo, mas não nos mexemos mais, não respiramos mais, não pensamos mais. Os animaizinhos fracos fecham os olhos e as orelhas, enrolam-se em bola nas folhas mortas. Um cheiro de guardado sobe dos nossos esconderijos, um cheirinho meio ácido que deve ser o do sono. Mas é um odor imaginário, porque não estamos dormindo, porque jamais dormimos. De tocaia na penugem dos esconderijos, mas de patas abertas, espreitamos a noite.

Quando tudo está escuro, muito escuro no vale, distinguimos pontos de luz que brilham furtivamente, que piscam. Chegam os insetos da noite, as aves da noite, os carnívoros da noite. Quando eles passam, nós ficamos à escuta. As asas que se esfregam, as asas que batem no ar escuro e, às vezes, o barulho de passos ágeis atravessando o capim alto, insinuando-se entre os galhos baixos, os frêmitos, a respiração ofegante dos caçadores da noite.

Nos seus ninhos sobre a terra, os animaizinhos medrosos estremecem, longe, bem no fundo do sono. Não convém que acordem. Os que abrissem os olhos veriam o horror e logo após morreriam.

Nós somos as guardiãs do sono, é esse o nosso papel na terra. O ar vibra nas teias invisíveis e, como vibra até os nossos ventres, conhecemos a história que se desdobra.

Quando as sombras, no nosso vale, se assentam por toda parte, é como se o ar fosse ocupado por minúsculas fibras, por um entrelaçado de fios e malhas, cor de poeira, que flutuam levemente entre os galhos das árvores e as pedras, entre as colinas, que fazem pontes até o fim do mundo. E é assim que nós somos senhoras do tempo. O ar, que mantemos com a boca, que prendemos com as patas, nos pertence, é nosso. Nós esperamos, esperamos. Os animaizinhos frágeis dormem ao abrigo dos nossos casulos, cada segundo da noite os tece com os nossos fios. Nós tecemos sem parar, nós tecemos a noite. O céu está coberto pelas nossas laçadas, é uma floresta, uma cabeleira ruça que absorve vida. Nós tecemos o silêncio. E aí, enfiados nos buracos das suas tocas, os animaizinhos dormem enrolados sobre si mesmos, com a cabeça ao contrário, no envoltório do próprio bafo. Mal sonham, mal chegam a tanto, apenas alguns tremores, uns lampejos na noite. Suas patas se agitam, os bigodes tremem, os olhos, sob as pálpebras fechadas, rolam. Nós velamos, porque somos as guardiãs. Nem de dia nem de noite nos mexemos, todas as teias cinzas estão ligadas à terra e flutuam ao vento. Nós apenas esperamos. O tempo passa e sempre nos traz algumas moscas, algumas borboletas perdidas. Mas não é só por isso que estamos aqui. Se os animaizinhos fracos e nus dormem tranquilamente nas tocas, é graças a nós. Para nós a noite não é assim tão terrível. Ela deixa de ser vazia. Não é mais tão fria, tão distante. Há por aí todos esses olhos que espreitam, entre as plantas, na comissura dos galhos e até no firmamento onde estão as Plêiades. Em breve raia o dia, o sol sai da água e retoma o seu curso em torno do vale. Nós estaremos aqui até o fim do mundo.

AMOR SECRETO

para Sarojini

No abafamento do quarto, sob o telhado de chapas metálicas superaquecido pelo sol, Andréa se lembra. Está na sua cadeira. Sentou-se com as costas bem retas, apoiando-as numa almofada para esquecer a dor nos rins. A noite cai, a sarabanda dos mosquitos já começou. Além da sebe de bambus que cerca o convento, os engarrafamentos do fim da tarde chegam ao auge. É desnecessário que Andréa os veja: as intermináveis filas de carros, os caminhões, os ônibus lotados que vão pela faixa esquerda da pista, ao longo da estrada de Saint-Paul, tentando alcançar o acesso para a estrada de Vacoas ou descer para o mar, para Flic-en-Flac. Ela escuta a zoeira dos motores, as buzinadas, eventuais interjeições, gritos de raiva dos motoristas. E é nessa hora que o cardeal bate na sua janela. Andréa, quando fala a respeito, diz "ela", porque o passarinho tem olhos desenhados a finos traços de *khol* e vem se olhar na vidraça quando o reflexo do crepúsculo a transforma em espelho. A cardeala dá bicadas no vidro, e para ela Andréa espalhou no peitoril da janela umas migalhas de pão que guardou da hora do chá. Andréa a espera todas as tardes, deu-lhe até mesmo um nome, Payal, por achá-la parecida com as meninas internas no convento, quando essas dançam juntas no pátio, fazendo tilintar os braceletes de cobre que usam nos tornozelos. As outras, as moças da prisão, seriam antes passarinhos perdidos, martins insolentes, melros de Maurício,[1] canários ladrões de açúcar. Mas são esses passarinhos que mais lhe fazem falta, é para as moças perdidas da prisão das mulheres que Andréa tem vontade de escrever as suas histórias.

É uma história vivida, história desse mundo que passa e arrasta, nas suas dobras, nas suas ondulações e reentrâncias, tanto todas as pessoas que choram como todas as pessoas que riem. A história de Maya, a velha indiana que chora o tempo perdido, os dias que lá se foram. Órfã, ela não conheceu senão um céu turvo. Nas matas, não conheceu senão o trabalho. Casada ainda em menina, Maya cresceu junto com os próprios filhos, já trabalhava numa idade em que preferiria ficar brincando com eles. Antes do nascer do dia, saía para pegar na enxada, capinar os canaviais. Um saco de juta na cintura e, quando chovia, outro na cabeça, ela fazia o trabalho de um homem. O pai dos seus filhos a largou por outra mulher. E ela, dobrada sobre a terra, raspava, cavava, trabalhava sem ter tempo de olhar para o céu. Vez por outra, quando a noite baixava, envolvendo a terra nas suas sombras repousantes, Maya ia estar com os caçadores clandestinos que lhe davam um pedaço de carne de veado para ela levar na cabeça – e a que preço o havia pago? Suas mãos ficavam livres, para poder jogar areia ou cascalho, que no próprio sári ela também levava, na cara do primeiro guarda-caça que ameaçasse lhe tomar a carne. Com sangue escorrendo pelos ombros, Maya acordava as crianças, que ainda não tinham comido nada, punha a carne para grelhar na fogueira e, feito o jantar, todo mundo ia dormir, apertados uns contra os outros, na única cama existente. As crianças não iam à escola. Cresceram tomando conta de cabritos e, quando a noite chegava, Maya as reencontrava na cabana. Geralmente comiam apenas um

1 A espécie (*Pycnonotus jacosus*), também chamada de *condé*, em francês, e de bulbul, em português, tornou-se malvista por atacar plantações. Além disso, como os nossos chupins, os melros de Maurício costumam parasitar ninhos alheios. [N.T.]

pouco de arroz cozido num fogo de gravetos. Depois, era esticar-se sobre o monte de trapos e pegar no sono, para recomeçar no dia seguinte a mesma vida...

Por volta das seis horas, as semi-internas da escola voltavam para o convento. Era o momento que Andréa esperava com impaciência. Era um pouco como a chegada do pássaro Payal, porém com mais movimentação e alarido. As meninas invadiam o pátio, seus risos agudos repercutiam nos quartos. E logo Andréa via chegar a bela Maryse, catorze anos de idade, vasta cabeleira ondulada e um ruidoso sorriso. Ela entrava no quarto sem bater, sempre cheia de alegria, beijava Andréa e a importunava com um monte de fuxicos e de conversa fiada a que Andréa fingia dar apenas respostas enviesadas. Era parte da cumplicidade entre as duas. Maryse trazia frutas que furtava a caminho, mangas bicadas, vagens de tamarindo, uma romã. E Andréa lhe dava em troca algumas rupias economizadas da sua pensão. Ela não era boba. Comprava assim o brilho da voz, os dentes brancos da menina, o direito de lhe passar a mão pelo pescoço e sentir sob os dedos a fina granulação da pele, úmida de suor. Após a partida de Maryse, outra vez vinha o silêncio, o negrume da noite. Andréa abria então o seu caderno azul de escolar, no qual se destacava a marca ATLAS, e deixava correr sua caligrafia regular e enérgica, cortando os *tt* com um grande traço firme e se esquecendo dos acentos.

Nada convencia Maya de que existisse uma outra vida e que no céu houvesse estrelas brilhantes. As estrelas se acendem todas as noites e olham para a terra quando os pobres dormem, mas ninguém nunca tinha lhe falado delas. O pobre vive para a sua barriga, como o rico vive para o dinheiro e o mundo – pessoas que vão, pessoas que vêm, pense em todas essas que você não vê, procure-as para lhes dizer que há estrelas no céu.

De noite Andréa escuta o muezim, que em voz alta chama para a prece, ao redor de Vacoas. Quando ela se instalou no convento de Bonne Terre, já deve fazer bem uns dez anos agora, uma prima veio visitá-la nessa mesma hora. Como você aguenta ouvir isso cinco vezes por dia? Andréa respondeu: "Será que é muito, ouvir falar de Deus cinco vezes por dia?". Os sarcasmos, as zombarias de Andréa afastaram dela a maioria das pessoas da sua família. Umas crianças mimadas, umas pestes. Sua família agora são as meninas da escola, as delinquentes da prisão de Beau Bassin, as moças perdidas. Seus risos, seus palavrões, seus ataques de raiva, seus pesares, tudo isso lhe interessa. Graças a elas, Andréa mudou sua própria história, ela entrou nos contos que se entretém escrevendo. Serão realmente contos? As meninas, quando os escutam, têm um brilho nos olhos, e a interrompem para sugerir uma réplica, um detalhe, pedem para acrescentar suas experiências, os nomes de pessoas que elas conhecem. Não sabem ler, ou só um pouco. Mas elas sabem ouvir.

O tempo passou, as crianças se tornaram uma mulher e um homem. A mãe os casou, como a tinham casado, e um dia se viu sozinha. Tornara-se velha, antes mesmo de ter sido jovem, e olhava ao seu redor. Sempre a miséria se estampava, o sol dos campos enegrecera seu rosto e as mãos, mas sua impressão era a de ter levantado uma muralha contra a pobreza. A casa lhe pertencia, tinha resistido ao vento dos ciclones. Bem ao lado, atrás de um saco de juta que servia de porta, uma choça de palha abrigava uma vaca, trancada na sombra por causa das moscas. Todas as manhãs um ambulante vinha comprar o leite. O estrume escorria em frente da porta, galinhas bicavam por ali, um cachorro famélico dormia na sombra. A casa de Maya não oferecia nenhum conforto, não tinha sequer uma latrina. Um saco de plástico rasgado, que jazia ao pé de uma acácia, recebera os excrementos que Maya iria jogar na beira do caminho, se as galinhas e o cachorro não os tivessem consumido antes. Era longe do céu, longe do mar, a terra em todo o seu horror. Só um pequeno bloco de cimento servia de altar, uma tigela de terracota posta por cima podia receber o espírito – mas por que esse altar? A velha não sabia de nada. Quando era bem pequena, o seu avô, sempre de cócoras sobre uma esteira, mascando de um rolo de bétele, lhe tinha dito que era necessário. Ela não rezava, nunca teve tempo para isso, mas sempre cuidou do altar, de quando em quando queimava um pouco de incenso ali, e no seu íntimo sentia que algo velava por ela – algo, alguma coisa indefinida a que nunca soube dar nome.

As moças ficam na prisão das mulheres, na estrada que desce para o mar, uma grande construção branca que um jardim largado contorna. São ladras, mentirosas, desavergonhadas ou, pior ainda, isso é o que dizem os boatos. Foram trancafiadas por uma decisão judicial, ou a pedido das próprias famílias. Cumprida a pena, o convento as acolhe para educá-las. A maior parte não acredita nem em Deus nem no Diabo, fato a que Andréa não dá nenhuma importância. Antes, quando ainda não sofria de artrose, duas vezes por semana ia até o presídio. Sua missão era ensinar as detentas a ler e a escrever, mas em vez disso ela lhes contava histórias. Thésia, Samia, Annette, Sibylle, Marie-Michelle, Maya, para cada uma das suas personagens tinha um nome. Quando ela entrava na sala de aula, as detentas gritavam: "Irmã Marie, irmã Puja, madame!". Falavam todas ao mesmo tempo, e Andréa jamais havia imaginado um auditório daqueles. Mas pouco a pouco a algazarra se acalmava e, sempre com a mesma fórmula, ela começava: "Pessoas que vão, pessoas que vêm, é uma história vivida, história desse mundo que passa e arrasta, nas suas dobras, nas suas ondulações e reentrâncias, tanto todas as pessoas que choram como todas as pessoas que riem...". As moças escutavam, Andréa não sabia ao certo se compreendiam, mas pelo menos se mantinham em silêncio. A magia impregnava o ambiente e a história começava, a mesma que Andréa escreve hoje no seu caderno Atlas, à luz da janela que o sol poente ainda aclara, à espera de que venha Payal, de que venha Maryse, ou qualquer um.

Alguma coisa que existe, e que a gente não vê, alguma coisa que faz ficar contente. Contra seu altar, a velha Maya tinha apoiado uma longa vara de bambu, em cuja extremidade tremulava um pano vermelho, e ela, ao ver essa bandeira agitar-se ao vento, sentia-se tranquilizada. O inferno no entanto já esperava por ela. Ao seu lado brincava um garotinho, o filho do seu filho. Todos na família de Maya tinham a pele cor de terracota, mas a do seu netinho era negra como uma noite sem lua. Teria sido por causa dessa diferença, ou por ele ser um testemunho incômodo para a sua mãe, que ninguém quis saber desse menino? Maya, que o recolheu, deu-lhe um nome, Bala, e criou-o como havia criado os próprios filhos. Com a velha, ele também corria pelos canaviais, de madrugada, em busca de forragem para a vaca. E a vida continuava, sem grandes alegrias, mas no contentamento que Maya sentia por estar com Bala. E um dia, um dia duro e nefasto, o pai do menino apareceu, cambaleou na entrada e caiu como um peso na choupana.

As moças tremeram, pensava Andréa, como se tivessem vivido aquilo, como se fossem testemunhas da cena. Ali, na prisão das mulheres, cada qual tinha a sua história, semelhante às que Andréa escrevia. Mariette, a crioulinha de Blue Bay, estuprada pelo padrasto, e pelo filho mais velho deste, e posta na cadeia para que não pudesse dar queixa. Lisa, Louisa, Adhara, Rani, Alia, todas arrastadas pela polícia na saída dos dancings de Grand Baie, aos catorze anos já drogadas, prostituídas, ladras, abandonadas pelas famílias. Entre elas as consideradas maus elementos, tidas por irrecuperáveis, que tinham se enfrentado a golpes de faca, tinham explorado famílias e fugido várias vezes, sendo sempre apanhadas de volta. Crystal de Bambous, forte como um homem, impunha a lei na prisão, obrigava as novatas a se fazerem de escravas, todas a odiavam. Mas era para ela também que Andréa escrevia as suas histórias. Um dia lhe dissera: "Como eu nunca fui mãe, você será o meu filho". Crystal não riu, não aceitou aquilo, mas pouco a pouco se deixou levar. As outras saíam da prisão, mas Crystal continuava lá, e era Maryse quem dava notícias dela a Andréa.

Como de hábito, ele tinha bebido. A mulher o expulsara de casa e, para ter certeza de livrar-se dele, arranjara outro homem. A velha Maya olhou para o bêbado e se disse: eu o tive e alimentei, não posso mandá-lo embora. E o homem ficou. Era um malvado, sobretudo nas suas bebedeiras. Batia no menino, tratava-o aos pontapés, Maya chorava, o menino fugia, trepava numa árvore para se esconder, ia passando de galho em galho e só voltava de noite. A madeira da porta estava podre, ele empurrava o trinco, entrava e se escondia embaixo da cama, o único móvel da casa, e era lá que ele dormia. E assim era – as estrelas brilham numa noite sem lua, mas quem as vê?

Na prisão, as moças ficam trancadas como os animais ferozes nas jaulas. Dão voltas e mais voltas, num movimento único, a cabeça caída para o chão, os olhos grudados no cimento. Outra luz não chega à sala além dos últimos reflexos do sol que se agarram nas grades das janelas, tão empoeiradas que os raios nem conseguem atravessá-las. Lá fora é o fim do dia, há ônibus amontoados na estrada, a barulheira dos motores que esquentam vem até a prisão, e com ela as buzinadas, os xingamentos, às vezes uma voz jovem que grita um nome ao acaso, Ravi! Ravi!, mas nenhuma das moças sequer levanta a cabeça. Dentro de instantes as vigias virão trazendo o rango, arroz grudento, *dal*,[2] *faratas*,[3] e as detentas se atirarão à comida sem dizer palavra. Todos os dias, três vezes por dia, é a mesma coisa. Depois da última briga, o talher se resume às colheres rosa de plástico. O carrinho já não entra na sala do refeitório, fica na entrada, e é Rosa quem distribui a comida, uma concha por prato. Cassetetes na mão, as guardas, ao lado de Rosa, se mantêm de pé. As moças apresentam o prato, afastam-se no maior silêncio e vão comer sentadas sobre os calcanhares, apoiando-se de costas nas paredes da sala. As vigias, sem tirar os olhos de Crystal, sempre de porrete em punho. Crystal de Bambous, que matou dois homens aos dezesseis anos para esvaziar-lhes os bolsos. É ela que faz a fila das meninas andar no refeitório, ela as obriga a despachar-se a poder de socos nas costas: "Anda! Anda!". As moças obedecem e, se não vão com a rapidez exigida, Crystal as empurra pela cabeça, com um soco no occipital, e elas galopam então como peruas.

Um dia, a filha também voltou com o filho que tinha tido – o marido arranjara outra mulher e lhe propusera viver a três. A filha de Maya se negou a isso e veio se asilar na casa da mãe. Todo mundo se embolava na choupana, dividindo a mesma cama, e para a velha muitas vezes não sobrava mais que um cantinho onde se acocorar, apoiada na parede. E assim prosseguia a vida, o homem enchia a cara, as mulheres trabalhavam e a vaca mugia, amarrada num pau no curralzinho. Por toda parte a sujeira se espalhava, e o garotinho cor de noite sem lua tomava conta do filho da mulher sem marido. As estrelas brilhavam, mas quem as via? Quem dizia que elas existiam? Pessoas que vão, pessoas que vêm, pense em todas aquelas que não sabem que há estrelas no céu.

2 Prato popular da Índia, com grãos (de ervilha, lentilha ou feijão) cozidos. [N.T.]
3 Espécie de pão aberto, grelhado como panqueca, típico de Maurício. [N.T.]

Hoje, por cima do convento e da prisão das mulheres, a tempestade se anuncia. O céu está cor de tinta. Advertida por um pressentimento, Andréa, inquieta, não para de se mexer. Saiu para o jardim, sufoca. Não estava conseguindo mais escrever. Ela pensa nas moças, trancadas na grande sala, no silêncio, na violência. Já faz meses que a dispensaram. Madame Sanbar, a diretora, acabou com as sessões de leitura. "É tempo perdido, de que adianta?" E ela acrescentou: "E depois, francamente, na sua idade...". Andréa tentou protestar: "Mas elas não saem nunca! Para elas é uma distração, faz com que pensem noutra coisa! Pergunte a elas se isso não serve de nada!". Mas as ordens vêm de cima. Não é Madame Sanbar quem as expede, são os notáveis, que querem punir as moças, dobrar-lhes a espinha. Foi então que Andréa decidiu escrever. Na loja chinesa, comprou cadernos de colegial, com setenta e quatro páginas, da marca Atlas, que trazem na capa o desenho que a teria feito sonhar quando criança, um mapa-múndi diante do qual se cruzam um avião e um navio. Numa escrita regular, com uma esferográfica, ela começou a redigir as suas histórias: "Yahvé", "Thésia ou a vida dos outros" e, agora, "Os sem estrelas", essa narrativa da velha Maya, da sua vaca e do menino cor de noite, para as meninas de lá, para Maryse, para Crystal. Quando tiver terminado, ela fará com que os cadernos passem de mão em mão na prisão, furtivamente, para que as prisioneiras vejam que não se esqueceu delas.

As cenas se multiplicavam. A filha reclamava com a mãe pela presença do bêbado grosseiro e obsceno. Um dia, o homem voltou mais malvado do que nunca. O menino cor de noite estava jogando pedrinhas no cachorro do vizinho, que latia furiosamente. O bêbado pegou então um phoukni, *esse pedaço de cano de ferro no qual as camponesas sopram para atiçar as brasas do fogo, e partiu para cima do menino, ameaçando-o. Maya correu para protegê-lo e, com um tição em punho, avançou sobre o filho. O homem, surpreso ante a raiva da velha, recuou vacilando. Em seguida, de um gesto quase maquinal, o pedaço de cano que ele tinha na mão caiu pesadamente na cabeça de Maya, que desabou, atingida de morte. A filha, que tratava da vaca, acudiu correndo, com insultos. O menino soltava gritos de horror, o cachorro latia sem parar e o bêbado, com grunhidos de animal, entrou pela cabana adentro, jogou-se na cama e ferrou no sono. Os vizinhos tinham se juntado. Ajeitaram Maya no chão, diante da casa, respiraram na sua boca, jogaram água na cabeça, mas ela não voltava a si. A noite caía, no céu apareceu uma estrela.*

Mas hoje tudo se precipita. É por causa do temporal, que rodeia e comprime a cidade, no calor sufocante do fim da tarde. Maryse veio ao convento, esbaforida de tanto que correu, e foi direto a Andréa, sem bater na porta: "Venha, madame, venha. Eles vão matá ela". Diz "matar" em crioulo, mas o seu rosto não faz rir. Andréa mal teve tempo de calçar os sapatos e, com Maryse, sai correndo pela estrada. A menina repete uma história incoerente, diz que Crystal se trancou na sala do refeitório, com um galão de gasolina, e ameaça atear fogo na prisão, que a polícia veio, que eles chegaram com fuzis e não deixam ninguém passar. A estrada está sempre engarrafada de tarde, Andréa poderia ter tomado um táxi, mas ela achou que chegaria mais rápido indo a pé. Diante do portão, para um instante para se acalmar e enxugar o rosto coberto de suor. É preciso mostrar-se calma, não ceder ao pânico. Mas, quando ela entra no jardim, seu coração dispara. Há um monte de gente à espera, na frente da porta da prisão, e Andréa reconhece a figura rechonchuda de Madame Sanbar, à qual logo se dirige: "Deixe-me entrar que eu vou falar com a Crystal". Pronuncia essas palavras com total segurança, Madame Sanbar nem tem como protestar. Caminha do modo mais aprumado que pode, apesar da dor nos joelhos. Os policiais estão aglomerados na entrada do refeitório, mas se afastam espontaneamente à chegada de Andréa. Talvez pensem que ela é a diretora da prisão, ou uma enviada do governo, sem dúvida por ser tão alta e seca, impondo-se no seu costume cinzento, os sapatos de couro preto. Maryse ficou para trás, não se atreveu a acompanhá-la. Andréa entra no salão completamente vazio, pisca os olhos devido à escuridão, penumbra gris que envolve tudo num mesmo nevoeiro. No meio do recinto, mantém-se imóvel, afastando um pouco os braços do corpo como se esperasse algum movimento, como cega antes de atravessar a rua. Logo depois ela distingue uma coisa, uma forma encolhida contra a parede do fundo, perto das janelas, uma forma embolada, os braços em volta dos joelhos, a cabeça enfiada entre os ombros. Tão pequena, tão socada ali no canto, que Andréa não consegue acreditar que seja Crystal. Pronuncia seu nome com doçura, devagar, quase em voz baixa: "Crystal... Crystal?". A moça, agarrada ao galão de gasolina, que ela aperta contra a barriga como o corpo de uma companheira, olha para Andréa sem dizer nada, e Andréa lê nos olhos dela o ódio e o medo, pensa nos personagens dos seus contos, em Maya, no menino cor de noite sem lua, em todos aqueles que foram privados da própria infância, espancados, violentados. Devagar e com doçura ela se aproxima de Crystal e, sem saber como, reencontra a agilidade da sua juventude para sentar-se ao lado, de costas contra a parede. Murmurando palavras ternas, passa o braço pelo pescoço da moça, sente-lhe o cheiro, não um cheiro de adulto, mas sim de criança, um cheiro delicado e doce, e diz: "Não posso deixar meu filho sozinho". E isso deve fazer Crystal rir, a seu modo de rir tão típico, um ligeiro grunhido irônico vindo do fundo da garganta. Para Crystal, apenas para ela, Andréa lê lentamente o final da história:

A noite caía, no céu apareceu uma estrela. Maya abriu os olhos, por um breve instante, e percebeu a estrela. Sua boca não chegava a sorrir, mas num supremo esforço ela esticou as mãos para o astro e algumas palavras esca-

param dos seus lábios em bhojpuri, sua língua materna, ist aspara kota sari, tohre raasta taakat rahli, *era o que eu esperava, e devagar e com doçura a sua alma voou para o infinito, do qual ninguém jamais lhe tinha falado.*

As pessoas vão, as pessoas vêm. Na estrada que desce para o mar, os comboios de viaturas e ônibus conduzem os passageiros para as suas casas, para as suas famílias, para o jantar e uma noite de sono. No cruzamento, todos se encontram e engarrafam, buzinam, a atmosfera se enche da fumaça dos escapes, que faz pesar sobre a cidade uma nuvem amarela, poder-se-ia até pensar que eram as cores do crepúsculo. O apelo do muezim se arrasta por cima dos telhados, afasta-se, retorna, Andréa o ouve no seu quarto e recita a sua prece.

Pelas últimas notícias dadas por Maryse, na prisão das mulheres tudo voltou ao normal. Os policiais foram embora e Crystal, como castigo, pegou três dias de solitária. Para distrair as outras, Madame Sanbar, pela primeira vez, autorizou-as a sair para o jardim, plantar flores e regar os canteiros. Através das grades que o contornam, elas puderam respirar o odor da vida, os gases dos carros, o delicioso perfume das lantanas, talvez até alguns rapazes, num sinal amoroso, tenham jogado para elas, por cima da cerca, goiabas marrons.

Maryse vai regularmente à prisão, para ver a irmã mais velha, e Andréa lhe deu o famoso caderno que contém a história dos sem estrelas. Não sabe ao certo se Maryse a lerá para as outras, nem mesmo se ela vai guardar o caderno. Talvez ele acabe como tudo o que é efêmero, molhado pela chuva, manchado de comida, devorado por traças. Isso não tem tanta importância, pensa Andréa. Os escritores não escrevem para que seus livros sejam guardados. Mesmo que não restem senão algumas palavras, um pedaço de frase, um nome, mesmo que restem apenas as palavras em bhojpuri que Maya murmurou antes de morrer, *ist aspara kota sari, tohre raasta taakat rahli,* há motivo para esperança. No jardim do convento os martins já estão tagarelando, como a cada tarde. Andréa espera a chegada de Payal, com as suas bicadas na vidraça e os círculos de *khol* nos olhos. Sentada bem reta na cadeira, com as mãos no colo, sempre vestida de cinza, ela espera. A única diferença é que calçou os sapatos pretos, quer estar pronta para tudo, nunca se sabe. Os mosquitos dançam no céu amarelo. O mundo é uno, pensa Andréa, e surpreende-se sorrindo, como se essa evidência quase sem vaidade significasse realmente alguma coisa.

FELICIDADE

The child ever dwells in the mystery of
ageless time, unobscured by the dust of history.[1]

RABINDRANATH TAGORE
Fireflies

1 A criança sempre habita o mistério do tempo sem idade, sem a mácula do pó da história. [N.T.]

A cidade cinzenta, tão cinzenta, não distante do mar. Um grande rio que a divide em metades, o norte e o sul. Pontes de ferro, algumas antigas, pintadas contra a corrosão, outras modernas, de concreto, arcos gigantescos, tabuleiros suspensos por cabos de aço. Os gritos das aves por cima da cidade, aves marinhas, aves de rapina, gritos lamurientos, rangidos de dobradiças enferrujadas. O rumor monótono das viaturas que rolam pelas pontes, pelo cais ao longo do rio, e de vez em quando um grito de animal, um navio que chama seu piloto, um trem rápido que atravessa as estações sem parar, indo para o norte...

É dentro de algum tempo, nas dobras do tempo, talvez, que isso vai acontecer, quando restará pouca coisa do que chegamos a conhecer. As guerras terão modificado a superfície do mundo, as cidades serão espelhos partidos.

A palavra felicidade, nesse tempo, desapareceu. Em alguma parte ainda existe, sem dúvida, mas foi proibida e mais ninguém a emprega. É palavra cujo sentido se esgotou, como uma vida se dissolve. Talvez ela se tenha gastado, de tanto ter servido a todo mundo, aos negociantes de bens e aos agentes de seguros, aos vendedores de automóveis e aos políticos.

Alguma coisa mudou na minha cidade. Nunca ela foi assim tão cinzenta, tão vazia, muralhas de concreto com janelas idênticas, faixas de rodovias que tomam a forma de um trevo de quatro folhas, esplanadas, pontes, vias férreas que perfuram a terra. Essa cidade outrora luxuosa não pode mais escapar da desolação das margens do mar. E o mar não é mais uma aventura. Grandes lençóis irisados derivam nas embocaduras, o vento carrega nuvens de cimento. Até mesmo para as bandas do sul já deixou de haver liberdade. Uma angústia incompreensível, irreprimível, jorra do azul do céu. O sol, a beleza das palmeiras, a suavidade da água represada entre pedras, ao crepúsculo, trazem uma dor lancinante.

Nós somos os Imperfeitos. Costumam nos chamar de "Mezclillas" por causa de nossas roupas ordinárias, de pano azul, por causa dos tênis brancos que usamos e dos bonés com viseiras que não deixam ver nossos olhos – bonés que antigamente os padres tinham proibido, pois como poderia Deus ler nos nossos olhos? Mas nós hoje estamos livres dessas superstições.

Rapazes e moças, jovens e velhos, guardando alguma semelhança entre si para que de longe não possam nos reconhecer – mas as moças são mais altas, pois usam escarpins de salto agulha, e também se distinguem pelo barulho que fazem quando correm pelos subterrâneos, plac, plac, plac, a toda a velocidade.

E os velhos de outrora, os velhos que sobreviveram às guerras fratricidas, aos expurgos, às revoluções culturais e às lavagens de cérebro, aos autos de fé e às confissões em público. Esses se lembram da luz do dia, do tempo em que recolhiam nos trigais as últimas espigas, do tempo em que punham feixes de arroz para secar à beira das estradas. Mas eles nunca falam sobre isso. A quem poderiam contar as ninharias de um tempo já tão distante, de um tempo morto e esquecido? No tempo deles, por certo, não havia Divididos, nem Enterrados, mas será que isso tornaria os Imperfeitos mais perfeitos, será que isso apagaria os erros, os crimes?

Os velhos se escondem, se encolhem nos corredores. Os que têm meios, os que conservaram alguns dos privilégios de antigamente, dispõem de banquinhos de madeira de caixote, bancos que parecem fabricados pelos antediluvianos, sem pregos, sem cola, apenas com chanfrados e encaixes. Os demais estão por terra. Agachados, ajoelhados. Alguns se prosternam encostando a testa no chão, ao nível dos passos dos passantes. Esperam por alguma coisa, uma moedinha, um doce, uma lata de refrigerante, não importa o quê, para continuar vivendo.

Imperfeitos. Passaram a nos chamar assim porque nós esquecemos tudo. Nós nascemos, nós vivemos, nós morremos. Entende-se que não devemos deixar nenhum vestígio. Ocupamos todos esses grandes, antigos, suntuosos monumentos, torres de igreja, templos com peristilo, jardins suspensos, bibliotecas imperiais, salões com pisos de mármore, galerias, teatros de outras épocas, hipódromos romanos, arenas, claustros, mas a história desses lugares nós ignoramos, não temos nome, nem linhagem, nem antepassados. Vivemos e desaparecemos sem que ninguém se dê conta disso. Diz-se: fulano, Sonalal ou Chitrakout, já faz um tempo que ninguém mais vê, Sonraj e Minta também não. Ah, é? Pois é, é verdade mesmo, já faz um bom tempo. E é tudo.

Mas as crianças. Isso aqui é outra coisa. Quando elas começaram a desaparecer, a princípio (mas falo de um tempo muito afastado, que já se acabou de todo, anterior ao meu nascimento), seus retratos eram afixados nos locais de passagem, as agências de correio, as agências de empregos temporários, as salas de vídeo. Mas depois já eram tantas, e tão crescente seu número, que as fotos iam sendo postas umas sobre as outras, espetadas com tachas ou grudadas com fita. Alguém viu?... E seguia-se a lista dos nomes, com os endereços e os números de telefone, tão cansativa quanto as páginas dos anuários. Saadi, Malard, Sénan, Gorbio, Hidéo, Manant, Bélard, Avalon, Fina, Fadé, Gina, Antonin, Jean-Étiennne, Rhodes, Yacoub, Liliana, Abada, Jelloul, Ruth, Zinna, Zoé. E os rostos das crianças, que, percorridos velozmente os muros, se animavam, tremiam, as bocas, grandes, pequenas, os olhos, globulosos, colados, fundos, e os traços se tornando tão indistintos, garanto, que não havia mais senão um rosto só e cinzento, esfumado, imperfeito, já desaparecido.

Depois, pouco a pouco, no correr dos meses e dos anos, os retratos foram sendo rasgados, esquecidos, lacerados pelo vento dos corredores, corroídos pelo gotejar da água da chuva, o ar acre, a acidez do tempo. Ninguém mais parou para ler os nomes, para procurar um rosto.

O rumor, ainda agora o ouço. Torna-se cada vez mais obsedante, ensurdecedor, incompreensível. Dizem que nos bairros periféricos de nossa cidade, todas as noites, um estranho animal rapace sai de seu antro e parte à caça. Tal coisa não tem nome nem forma. Ninguém nunca a viu, pela simples razão de que qualquer um que a tenha visto desaparece em seguida. Não somente as crianças. Sabe-se agora que adultos também, e até velhos, foram raptados. Um dia, uma certa manhã, os que dormem embolados nos saguões das estações, ou nas galerias, constatam que um velho falta à chamada. Sua caixa de papelão, seus trapos estão ali, mas percebe-se um buraco na fila, como um dente caído. E os outros já não se lembram muito bem do nome dele, nem como era ele ou ela. Tio Grandin, tia Sheila, ou então um apelido, como o Nariz Vermelho, que adorava beber, a Bolo de Lã, que tinha uma imensa juba embaraçada cheia de pulgas, ou o Canal, que fedia.

E depois os vizinhos dividiam entre si os andrajos, as cobertas, os saquinhos de pontas de cigarros.

O rumor, a propósito dos Xavantes. Por que são chamados assim? Não tinha nada a ver com a América do Sul, com tribos indígenas. Era trabalho de um jornalista, sem dúvida alguma, desses que fazem seus resumos, seus encontros inesperados e insensatos, porque isso instiga a imaginação do público e ajuda a vender jornais. No tempo em que ainda havia jornais e jornalistas. Os últimos jornais, lembro-me vagamente de vê-los rolando pelas ruas, o vento os arrastava e colava contra as grades dos parques, junto com os sacos de plástico. Até nos espinhos das acácias eles se penduravam.

Os jornais desapareceram, mas as palavras dos jornalistas ficaram – algumas palavras. Diz-se kamikazes para os autores de atentados suicidas (entre os quais se acham no entanto poucos japoneses), diz-se ator social, *empowerment*, saúde pública, celebridade, objetividade, sociedade de entretenimento, soberania, opção de vida, multiculturalismo, Estado-previdência, quociente intelectual, recursos humanos. Mas a palavra felicidade já não existe. Posta no índex, riscada dos léxicos, esvaziada, abolida. Terá a ver com o sumiço de todas essas crianças? Os Xavantes proibiram pronunciar, escrever e até mesmo pensar em tal palavra. Punem com a morte qualquer pessoa que a faça aflorar, que a diga em voz baixa. E não lhes faltam meios para isso. Eles cortam as cabeças!

Ninguém nunca os vê. Eles vivem no mesmo mundo, mas num patamar acima. Não circulam pelas galerias, pelos túneis, não moram nos imóveis de mil janelas idênticas, nunca tomam o metrô nem os ônibus onde as pencas humanas se aglutinam, não andam a pé pelas ruas noturnas, e nas zonas vermelhas jamais são vistos. São desconhecidos, sem corpo, sem rosto. O rumor, o mesmo rumor os acusa pelo desaparecimento de crianças e velhos. Eles não agem diretamente. Diz-se que têm milícias, homens e mulheres parecidos com todo mundo, mas aos quais se dá o direito de deter os cidadãos, de levá-los nas suas viaturas, seus camburões, de amordaçá-los, drogá-los, apagá-los. Há um vento furioso que percorre as ruas e as avenidas, bem como as esplanadas vazias de nossa cidade, sem que saibamos de onde vem, nem o que o ocasionou, mas depois que ele passa contam-se os mortos e os desaparecidos.

Sei também de um animal misterioso, perigoso, que sai todas as noites, que se esconde nos cantos escuros, à procura de suas vítimas. É uma espécie de lobisomem, de licaonte, de hiena, do tempo em que se contavam tais coisas para fazer medo às crianças. Não posso, ninguém o viu, dizer ao certo o que seja. A fera vagueia em silêncio, prefere os bairros mais pobres, onde as pessoas vivem em casebres sem janelas, de onde as meninas fogem para se embebedar. A fera segue pistas invisíveis, fantasmáticas. Ela não tem nome, mas já ouvi os apelativos, cada qual mais insensato que o outro, que lhe são dados. Chamam-na de maledição, de pavor e, na maioria das vezes, dizem a Sombra – o Olhar sem olhos. Será realmente uma história contada por mulher simplória, dessas que às vezes dizem: dorme, neném, dorme, porque senão o Diabo vem te comer essa noite? Mas então como explicar esses rapazes e moças que saíram ao crepúsculo, para ir à cata do que comer, ou para tomar um banho no rio, e que nunca mais voltaram? Como explicar esses rapazes que desafiam os riscos (pois a juventude tem uma atração natural pelo perigo) e que se juntam na margem, para beber cerveja e fazer música, e que percebem bruscamente que um, ou dois, ou três dentre eles desapareceram? Quem terá se apossado deles, no maior silêncio, sem um grito, sem um pio que fosse? Certamente a Sombra. Os que voltam para casa contam isso à sua maneira, pretendem ter visto, ter ouvido alguma coisa por lá, que saiu da água, uma forma irreal, meio peixe meio pássaro, que avançou sobre eles, e foi tudo tão rápido, tão estranho, que eles achavam estar vivendo um sonho. Uma quimera. O Olhar sem olhos.

Eu gostaria de lhe falar também da Casa Branca. Essa, todo mundo conhece, construída no alto de um morro, não distante do mar, é visível de qualquer ponto da cidade. Pintada, na verdade, de cinza, construção imponente e sem enfeites, com janelas regulares identicamente ocultas pelas grades de ferro, coberta por grandes telhas de encaixe e tendo apenas árvores austeras no seu jardim, ciprestes, teixos, tuias, e alguns castanheiros-da-índia. Dizem-na branca porque, sobre o cinza do morro e contra o verde-escuro das árvores, ela brilha à luz do sol, e o clarão ofusca. Ela é temida, inacessível.

E ela sempre existiu. Até os velhos mais velhos, os que não perderam a memória e passam os dias sentados em seus tamboretes nos corredores sob a terra, conheceram na infância a Casa Branca. Já era o lugar em que prendiam pessoas. Quando desobedeciam aos pais, dizem eles, havia uma caminhonete que passava pelas ruas com uma sirene estridente (ou talvez fosse um sino, eles já não tinham muita certeza), e aos que eram rebeldes, insolentes, os pais diziam: um dia vão te levar para a Casa Branca. Um lugar do qual ninguém volta. Não uma prisão, nem uma casa de correção, nem um pritaneu. Um lugar onde se perde o próprio nome, onde a gente se esquece de si mesma. Se transforma em fantasma.

Viram.

Como ele chegou à nossa cidade? Totalmente impossível, se bem que...

Viram, que nome estranho, pensei eu, para um rapaz vindo de longe, vindo do outro extremo do mundo. Difícil calcular sua idade. Os que o puderam ver a essa altura falavam do que mais surpreendia em Viram, seu jeito de andar, seus olhos colados, rasgados, estreitos, a testa alta e o brilho de aço azul de seu olhar. Ou então suas mãos, longas e finas, com as unhas cortadas em quadrado. Mas sobretudo seu cabelo. Uns disseram branco, outros, cinza-azulado, e outros ainda falam do reflexo verde que se vê às vezes sobre um cabelo louro.

O certo é que ele não tinha medo. Pôs-se a andar pelas ruas de nossa cidade, nas galerias, como se nunca tivesse havido guerra, nem nada ficasse destruído.

Desde que tomei conhecimento de sua existência, gostei dele. Todos nós, os Imperfeitos, gostamos dele. A notícia corria pelos corredores, espalhava-se nos dormitórios e nos saguões de estações. "Você o viu?" "Você esteve com ele, falou com ele?" "De onde será que é, já que de um homem como ele nunca ouvimos falar?" "Mas ele realmente existe? Não será mais uma invenção dos Doutos, dos Xavantes, dessa máfia, dessa corja?" "E se fosse um espião enviado do alto para nos fazer mal?" Os boatos mais absurdos, mais inacreditáveis. Dizia-se que havia certas pessoas, uns super-homens, de uma milícia que portava facas nos ossos dos antebraços, os Zokerrés.

Mas ele, Viram, não acreditava nisso. Quando a gente não acredita numa coisa, ela deixa de existir? Nós, por exemplo, os Imperfeitos, os Mezclillas, nós deixamos de acreditar na palavra felicidade, e ela desapareceu. Ele, Viram, a tomava por verdadeira. Era o que ele dizia, o que as pessoas acreditaram ter ouvido, as que dele se aproximaram. É o boato, que entrou em mim como se eu tivesse sido testemunha de tudo aquilo. Contra os Zokerrés, contra as Amazonas e os Xavantes, e todos esses nomes que erram pelas ruas da cidade, esses nomes sem corpos e esses corpos sem nomes, contra os pequenos turbilhões do vazio que dançam nas esplanadas, os tempos de espera infinita que dobram as costas dos velhos e os prosternam de testa no chão, contra o medo atroz, contra a ignorância que escarnece... Porque, em tal momento, pode-se crer, pode-se imaginar que esse rapaz de cabelos brancos seja o enviado do futuro, que ele veio para nos transformar, para mudar tudo. Porque é agora que temos necessidade de acreditar nisso. Quando não existe mais nada, exceto essa paisagem de guerra, do pós-guerra, esses campos de ruínas, esses ziguezagues nos leitos dos rios e, em nível inferior ao das rodovias, entre as pernas das pontes, os solos perdidos que urtigas e sarças invadiram, essa zona desmilitarizada, essa *no man's land, terra nullius,* nosso único espaço livre. Quando um muro foi construído para nos separar, para dividir uma terra outrora comum, para impedir de ver do outro lado, de atravessar, de ser alguém diferente.

Terra de ninguém, terra de silêncio. Foi por isso que eu gostei do rumor sobre Viram. Sua vinda, sua chegada a nossa cidade, após anos ou séculos de espera, esse rumor que se propagou por meu corpo e acendeu rastilhos de pólvora. Mesmo que ninguém queira acreditar em mim. Mesmo que nem An-Nee, a menina que eu amo, queira acreditar em mim, mesmo que ela me encare com inquietude nos olhos. Alguém como ele, que não há quem tenha visto, ouvido, encontrado, diz ela. Até mesmo em sonho, digo-lhe eu, é impossível imaginar Viram, porque alguém como ele nós nunca vimos, nem nunca ouvimos falar a seu respeito...

Por que ele veio?

O que foi que o expulsou de sua terra natal, ou melhor, Viram terá mesmo sua terra natal? Antigamente, muito tempo antes da guerra, os homens e as mulheres eram livres para ir aonde bem quisessem. Partiam pelas estradas, tomavam os caminhos da aventura. Parando em clareiras, dormiam ao relento. As mulheres cantavam. E era minha avó, quando eu era criança, quem me contava isso. Antes da guerra, por toda parte se cantava nas ruas, se assoviava, barulhos variados tomavam conta das ruas, sinetas, címbalos. As margens do rio ficavam cheias de gente, pescadores, estivadores, carregadores, vendedores ambulantes. E pela água vagarosa desciam grandes jangadas, habitadas por viajantes eternos sob seus tetos de folhas de palmeira, longas embarcações manobradas por uma vara ao crepúsculo.

Viram vem desse tempo, mas é um milagre porque é criança, a única criança que sobreviveu, ou o único adulto que permaneceu igual a uma criança. Sorri, pelo que me disseram, e tenho certeza disso, não com um sorriso estudado, um desses, tão sibilantes, como há tantos por aí hoje em dia, mas com um sorriso verdadeiro, doce, confiante, um sorriso de anjo (pois nós ainda conhecemos essas efígies, esses rostos emparedados nos velhos templos, essas remotas imagens enfurnadas na poeira dos museus). Ele está em pé, dentro de um vagão do metrô, usando uma camiseta na qual está escrito ABITBOL OU ABITIBI, sua calça jeans desbotada, igual às nossas, e uns tênis arrebentados, com sua cabeleira muito comprida, muito emaranhada, e as mãos nos bolsos, olhando todos sem olhar ninguém.

É assim que o vejo. Foi em busca da felicidade, na qual ninguém acreditava mais, que ele veio à nossa cidade. An-Nee, quando eu lhe disse isso, deu um ligeiro sorriso e me beijou, por um instante a distância entre nós deixou de existir.

O que foi que mudou?

Nós, os Imperfeitos, nós pegamos o hábito de não mais permanecer em nossos palácios, nossas catedrais, nossas universidades herdadas de ancestrais magníficos. Somos os bernardos-eremitas desta cidade. Soprou aqui um vento forte, rude, dessecante, ao mesmo tempo glacial e ardente, um vento do espaço, vento do vazio. Tudo continuou no lugar, menos a alma, que aí já não está. Jovens jogam bola nos pátios, mas nem sequer vão mais olhar quando uma vidraça é quebrada. Crianças galopam entre as colinas dos estacionamentos, fazem emboscadas nos elevadores vazios. Quanto tempo já faz que nada mais funciona, nada mais tem sentido! E, hoje, essa esperança ínfima, uma ligeira pulsação, uma fraca intermitência, no meu espírito, na minha garganta, porque Viram está aqui, na nossa cidade, ao mesmo tempo que nós.

Isso é o que nós dizemos, isso é o que nós pensamos. As palavras, os farrapos de frases, entre nós, num murmúrio, um rumor. Ele vem aí, ele chega, ele anda bem no meio de nós, nas nossas ruas, e não tem medo de nada. Ele está no norte, ao lado das colinas carregadas de nuvens, e vai de porta em porta, bate, mas nada pede.

Num pátio, foi até a bomba-d'água, onde bebeu, na própria mão em concha, de uma água que nunca foi tão clara. Uma menina lhe deu frutas, uma fatia de melancia tinha gosto de mel.

Para estar no sul, do outro lado do rio, ele atravessou pela ponte de ferro, ele andou sobre um cabo, qual um equilibrista.

Sua voz doce é a de uma criança, ele cantou uma cantiga de ninar para um bebê com medo da noite. Fala-se, nessa sua cantiga, de crianças penduradas em galhos de árvores, como frutas, que o vento faz cair quando elas estão prontas para nascer. Entre nós, até mesmo os mais insensíveis param para escutá-lo.

Ele fala línguas estrangeiras, as de Abitibi, de Mingan, de Riga, de Andalsnaes, de San Pedro da Costa do Marfim, conhece o ibo e o ibibio, fala línguas extintas há séculos, como se o anjo tivesse posto um dedo entre seus lábios.

A cor de seus olhos, azul da noite, violeta.

A pegada de seus passos na lama, tão bela quanto a areia loura dos atóis. A pegada de seus passos no tapete de folhas mortas.

Sua palavra então, seu silêncio, é a mesma coisa.

Quando ele fala, algo se enrola e te pega pelos cabelos, mas não se trata de um laço de armadilha, é antes uma carícia, um suspiro.

O que foi que nos aconteceu?

Rumor contra rumor. O barulho, a obsessão, nós os sentimos a cada dia, crescentes, onipresentes, irreprimíveis. Era preciso que houvesse um culpado. Aquelas crianças tinham desaparecido, suas próprias imagens se apagaram, como esses cartazes rasgados que despencam dos muros, das pilastras, e que o vento varre sob os passos indiferentes dos pedestres.

O que os Xavantes fizeram de nossas crianças? Como eles são impotentes, e suas mulheres estéreis, roubaram o que havia em nós de mais precioso, a carne de nossa carne, nossa esperança, nosso futuro. A sombra sem nome, o Olhar sem olhos, o rosto sem traços, rondando pelas ruas, pelos corredores, à procura de presas, e tão aterrorizados ficamos que, sem um movimento, sem luta, permitimos esses crimes.

Uma brasa de cólera, de quando em quando, se avermelha e incandesce. Nas salas em subsolo, ou nos cantos isolados dos parques, nos brejos à beira-rio, lá onde não existe senão o canto dos mosquitos e o rumor atenuado da rodovia, certos encontros secretos têm lugar. Notícias são recebidas, transmitidas.

"Abigail, a filha de Matias, foi vista nas altas esferas, acompanhada por soldados da guarda, e exibe-se num vestido indescritível, coroada de jasmim como uma jovem casada..."

"Ela é tão nova! Levada ao sacrifício..."

"... ou como se fosse. Talvez uma mulher de soldados, uma puta."

"Ela que ainda ontem brincava de boneca com o irmãozinho, que cozinhava para ele com sumo de madressilva."

"Mas e a mãe dela, o que diz?"

"Os Xavantes sabem comprar o silêncio. Para o pai, deram uma medalha e bônus do tesouro, e, para a mãe, uma imagem, dizem que se trata de uma Vestal."

"Estamos na capital do crime, sem ter a quem recorrer."

"Vamos desaparecer."

"Tudo vai desaparecer."

Mas a balbúrdia das vãs palavras não pode modificar em nada a realidade. O contágio desse mal é tão evidente, tão inevitável, que as pessoas se sentem atingidas antes mesmo de conhecer seus sintomas. A mancha cinzenta, grande, longa, que penetra nas sinuosidades, rola pelas valas, se esparrama e se infunde em nossas vidas, nossa cidade. Com tremores e arrepios, nos enroscamos então nessas nossas cavernas, nas nossas pequenas celas, em todos os alvéolos dos velhos palácios que deixamos de habitar.

Foi assim que apareceu Viram, o importante.

Eu o vi no começo do inverno.

E isso ocorreu na linha circular que une o norte ao sul e atravessa duas vezes o rio sobre pontes de ferro (e é a rara ocasião que os Imperfeitos têm de perceber essa cidade, sua extraordinária arquitetura moderna, que é dominada pelas torres de cem andares contornadas por espirais de estradas e caminhos de ferro). Esses vagões costumam ficar repletos de uma multidão heterogênea, compacta, uma humanidade precária e odorífera que causa náuseas e ao mesmo tempo dá alegria (uma espécie de prazer suspeito que se aproxima do desprezo, como quando nos surpreendemos desfrutando um sofrimento). Eu ia para o trabalho, ou estava voltando, já nem sei mais. Primeiro ouvi a música, mas sem prestar muita atenção. Convém dizer que nessa linha é frequente encontrarmos velhos meio enfermos ou totalmente cegos que, de vagão em vagão, vão empurrando um carrinho de três rodas no qual há um toca-discos montado que propaga uma música arranhada e horrorosa. Mas a música, quando a multidão se mexeu, se tornou mais clara, soando estranha e envolvente, como uma espécie de valsa antiga, ritmada por batidas de saltos no piso do vagão, e tentei entender de onde vinha. Logo minha atenção se voltou para o acordeonista, um homem de seus cinquenta anos, muito alto e forte, grisalho e mal barbeado. Metido num casaco preto, imitação de couro, ele tocava olhando à esquerda e à direita, com a expressão de contentamento e segurança típica de alguém que tenta agradar, que ganha a vida com os sons do instrumento e das batidas que vão marcando o ritmo. Atravessei o vagão, empurrando um pouco os passageiros, e vi Viram. Estava certo de que era ele, desde a primeira olhada. Parecia bem novo, pelo tamanho achei que teria doze anos, mas sem demora entendi que deveria ser mais velho, talvez até já estivesse com quase vinte. Pequeno, portanto, mas esbelto e bem talhado, ombros redondos, um pescoço sem exagero, o peito estreito, mas os braços e as pernas se mostrando tão sólidos como os de um grumete (não sei por que pensei num grumete, se não estamos numa cidade à beira-mar e as únicas embarcações que circulam pelo rio são barcos de passeio ou dos serviços da brigada fluvial que fiscaliza o estuário). Ele estava em pé diante do velho que tocava, não com as mãos nos bolsos e ar desenvolto, mas como se estivesse um pouco acanhado e, ao mesmo tempo, encantasse por seu contentamento, marcando o compasso com a ponta do pé. Foi a expressão de seu rosto que me garantiu de imediato ser ele, Viram, aquele de quem todos falavam no mundo do subsolo, aquele que tinha vindo para mudar nossas vidas, para abrir o invólucro, para romper a crosta que encerrava o rolinho de papel no qual a felicidade está escrita.

Seu olhar cruzou com o meu.

Por cima dos rostos e dos ombros, de um lado ao outro do vagão. A música algo anasalada do velho preenchia o ambiente, anulava a barulheira dos troles, os ruídos dos eixos e até mesmo aquela voz automática que anuncia as estações, precedida de um ridículo pio de passarinho que é a marca registrada da companhia de transportes urbanos, o qual nos exaspera mas também nos faz falta, quando estamos longe... Piu-piu, piu-piu, estação Candos, desembarque pela esquerda, atenção ao degrau... Deixei de saltar onde pretendia para escutar o acordeonista e olhar Viram. Um pouco depois o garoto rodou pelo vagão, com uma tigelinha na mão. Procurei no bolso, não achei mais que umas moedinhas de nada, que nem davam para comprar um chiclete, e tentei me desculpar, mas Viram foi passando com seu sorriso tão doce, roçou em mim e continuou sem dizer nada, e eu senti, nesse momento em que passava, em que ele roçava meu corpo, uma onda de calor, que na realidade porém era outra coisa, já que no vagão estava mesmo muito quente, e seria antes um sopro, alguma coisa que dava paz, que desatava os nervos repuxados como cordas secas.

Ele passou, voltou até o músico, as portas do vagão se abriram e Viram desceu, perdeu-se na noite. Perdeu-se na multidão, porque eu também desci e procurei encontrá-lo na plataforma. A linha circular é a mais movimentada da cidade, a chance de eu dar com ele era nula, mas nesse dia e nos dias seguintes, apesar disso, viajei pela mesma linha na esperança de rever Viram e o acordeonista, fiz a travessia de ida e volta do rio vinte vezes, em vão. Por fim, com a minha presença sendo notada pelos guardas, compreendi que eles me tomavam por uma dessas pessoas que passam a vida sob a terra, um maníaco sexual, um maníaco depressivo com ideias de suicídio, e desisti da linha circular.

A partir desse dia, tudo se tornou mais claro, mais evidente. A face oculta das coisas se revelava. Seria eu o único a vê-la? Deixei de ir ao meu trabalho, sem dar nenhuma explicação. Com An-Nee, minha amiguinha, a situação se deteriorou rapidamente. O amor com ela se tornava impossível. Lembro-me de uma tarde em sua casa (ela mora num pequeno estúdio no centro da cidade, no qual ecoam os barulhos da rua). Apesar do frio do inverno, estávamos cobertos de suor sobre os lençóis em desalinho. Havia no ar um cheiro azedo, ouvia-se a zoeira dos bondes e, no teto, pelas frestas da janela, projetava-se a imagem inversa da circulação, manchas vermelhas e azuis que corriam de um lado ao outro e, às vezes, sombras de pedestres semelhantes a minúsculos insetos.

Falei-lhe do meu encontro com Viram, mas em meias palavras, por não ter mais confiança nela – quem sabe também estivesse sendo manipulada pelo insidioso poder dos Xavantes, quem sabe foi contatada pelas Amazonas, nessa luta pelo poder que condiciona a vida dos Imperfeitos? An-Nee, moça naturalmente sarcástica, zombou de mim. Sendo a caçula, numa família com quatro irmãos e irmãs mais velhos, ela aprendeu a se defender a golpes de troça e birra.

"A cena que você me descreve se assemelha estranhamente a amor à primeira vista", disse ela.

Eu não soube o que responder. Ela me apertou nos braços, a fim de anular minha decepção, e o cheiro da sua pele, dos cabelos, por um breve instante me livrou da obsessão. Mas a expressão "à primeira vista" logo repercutiu em meu espírito. Havia ali uma verdade. Alguma coisa súbita e irresistível, sem nenhum fundamento lógico, e no caos das nossas vidas tinha surgido uma luz, um sinal deslumbrante de liberdade e amor. Foi a partir desse dia que An-Nee se afastou, que minha própria vida de outrora se afastou de mim para passar a ser uma outra margem.

O inverno transcorreu nessa incerteza. Minhas economias me permitiam sobreviver a duras penas, mas eu já antevia o momento em que perderia tudo e, sem pagar mais o aluguel e as contas, logo seria posto na rua. Agora, à medida que me aproximo do verão, as coisas se precipitam. Isso talvez se deva às tempestades elétricas que se apoderaram do céu por cima da cidade – vejo-as em particular sobre a Casa Branca, esparsas descargas, silenciosas entre as nuvens, e às vezes uma árvore flamejante que une a terra ao céu, bate no alto dos prédios, jorra dos mastros e guindastes das balsas imóveis no rio.

Tudo parece se apressar para uma encenação do fim – mas que fim será esse?

An-Nee se recusa a ver-me. Estávamos do lado de fora, num terraço do qual se descortina o sul da cidade, e olhávamos a tempestade. Nem sei como foi que Viram entrou em questão. Na realidade, há vários dias que eu me nego a tocar nisso com ela, não pronuncio mais o nome daquele que há de vir. Talvez por vertigem, recuso-me até a pensar nele. An-Nee fez troça: "O tal rapaz que você viu no metrô, lembra, com o músico no vagão? Pois bem, tenho certeza de que ele é alugado pelo tocador de acordeom". Eu, não entendendo, estive perto de gritar: "Como assim, alugado? O que é que você está querendo dizer?". An-Nee fumava tranquilamente: "Você sabe muito bem. Alugado, pela família dele, para pedir esmola, para despertar a compaixão dos tolos".

O curioso é que minha raiva cessou de todo. Senti foi uma imensa tristeza, ou melhor, um imenso cansaço. Olhava para esta cidade, da qual conheço cada esquina, cada cúpula e todos os meandros, porque nunca vivi em outro lugar, e parecia ao mesmo tempo que sua realidade me escapava. Em alguma parte, nessas ruas, nesses subterrâneos, em meio a nós, vivia o garoto de cabelos brancos, que nos visitava, com seu sorriso meio irônico, seu olhar claro, e nos via, embora nós não o víssemos.

Pensei em dizer a An-Nee: vem, vamos esquecer tudo e partir para o outro lado da terra, fiquemos de mãos dadas para sairmos juntos daqui!

Lembro-me desse instante final com An-Nee, a mulher que eu amei mais que ninguém no mundo. Ela já estava longe de mim, ela já me deixara e me olhava com desconfiança. Disse simplesmente, mas sua voz soou abafada por causa da emoção que ela controlava: "Acho – penso que você devia procurar um médico". Como An-Nee faz estágio em hospitais, sobre tudo ela deve ter um olhar clínico. Respondi bruscamente: "Eu sei o que devo fazer". E isso foi o fim da nossa relação.

É isso o que se espera de mim? Que eu me torne um Imperfeito até o fim, até a loucura, até a morte? Para nós não há nada escrito, nada nos foi estipulado. Nós nascemos, nós vivemos, nós morremos, e isso não deixa vestígio algum, nem a sombra de uma cicatriz na pele de quem vive. Talvez até mereçamos o que acontece conosco, porque somos covardes, abaixamos a cabeça. Mas e ele? Viram não é assim não. Ele veio de longe, largou sua família e seu mundo, lançou-se pelas estradas para nos libertar de nosso medo, curar-nos de nossa submissão, para partilhar conosco seu saber e sua liberdade. Tomou esta forma, a de um garoto sem idade, vestido à nossa moda de Mezclilla, de tênis, com uma camiseta largona que sobra muito nos ombros e na qual está escrito um nome esquisito, um nome mágico, Abitibi, Abitbol, já não sei mais, e ele acompanha o acordeonista que repete seus foxtrotes e mazurcas, ele passa pelo corredor central dos vagões, com um estranho capacete de escafandrista na mão, à cata de algumas moedinhas, sem dizer uma palavra, simplesmente sorrindo, e de seu rosto e de seus lábios jorra uma onda de alegria como nunca sentimos nem de que nunca, antes dele, ouvimos falar.

Quem é quem? Esta cidade, outrora livre, se tornou o local de permanência das forças que nos subjugam, que nos deitam por terra, porque mais ninguém resiste a elas. Tudo, por toda parte, é complô. A começar pelos homens de ação, que não param de se mexer, fingindo estar muito atarefados, e que são apenas figurantes representando seu papel diante dos antros escuros dos restaurantes, como sombras à entrada de uma caverna. Eu disse isso a An-Nee, mas ela não queria mais me escutar. Por que cedeu? Por que ela me traiu com eles? Nada mais me resta, senão interpelar desconhecidos. Um dia desses, na beira da calçada, num ponto de ônibus desativado. “Olhe só”, disse eu. Um homem de seus cinquenta anos, com jeito de desocupado, já atingido pela mendicância. Talvez um bebum. “Olhe só essas pessoas, que parecem tão cheias de afazeres, mas olhe-as bem, que são engodos, estão ali, correm, vão depressa, mas não vão a parte alguma, passam diante de nós apenas para que nos sintamos culpados.” O homem fez caçoada, com ar de quem entendia. E me falou de sua vida, de um romance que tinha decidido escrever para mudar o destino. Mas na realidade ele também já afundou na mentira. Perde a vida num banco, ou sentado no terraço de um café, vendo o mundo passar. Para me agradar, ele acrescenta isto: “É, é bem assim, e aliás as pessoas são sempre as mesmas, veja esse banqueiro de azul, é a terceira vez que ele passa, e essa mulher de mochila nas costas, como se fosse viajar!". A vontade dele, de fato, é que eu o convide para tomar alguma coisa no café da esquina. É lamentável, mas me sinto tão sozinho que concordo, para poder falar um instante.

"Você já ouviu falar das Amazonas?" Longe de me tranquilizar, sua pergunta me aperta o coração. Sob o ar de zombaria, ele talvez também se sinta assim.

Ele aproveita a ocasião. Não há nada que lhe dê mais prazer do que fantasiar. Ele abaixa a voz: "Sei que você está a par desse movimento das Amazonas". E enceta com impaciência uma descrição, longa e confusa, das mulheres que decidiram tomar o poder, não ter mais filhos, sequestrar os filhos dos outros para constituir seu exército e dominar os Imperfeitos. É consternador. Uma salada que mistura verdadeiro e falso, sarcasmo e sinceridade, uma anedota grandiosa na escala de nossas vidas, na medida dessa cidade que desaparece. Creio reconhecer fragmentos do que eu devo ter mencionado a An-Nee e bruscamente recuo, como se esse desconhecido tivesse sido posto aqui para me atrair à cilada, me extorquir nomes, fatos, datas.

Talvez já seja muito tarde. A loucura se apossou de An-Nee, que se tornou, por minha culpa, o elo fraco, inútil. Esse homem, sem que o saiba, é o mensageiro dela. Uma ruína humana que se arrasta, de bar em bar, de um salão de conferências para uma sala de cinema, e que nesse projeto se tornou o vagabundo de rosto macerado, metido no seu eterno pulôver cinza com nervuras, que se impregna do cheiro de ponta de cigarro apagada, esse grande tagarela que pratica a filosofia como quem vive de rendas, espelho das nossas incapacidades. Quando eu já saía fugindo, ouvi a voz estridente dele a me gritar pelas costas: "Presta atenção aos indícios! Presta atenção aos indícios!".

Até onde os velhos ficam, nas galerias subterrâneas, sentados nos seus tamboretes de madeira. Antigamente eu sentia compaixão por eles. Parava para dar uma esmola, ou então para trocar algumas palavras. Agora me parece que não é por acaso que eles estão lá, que fazem parte de um esquema geral, que nos envolvem na sua indigência e são fingidos. Uns que empurram carrinhos nos quais boiam trapos e caixas de papelão, outros que se prosternam de testa contra a terra, palmas das mãos viradas para o céu, como se o maná divino fosse cair em chuva! E aquela velha que se dobra, com as costas quase em ângulo reto, e avança, ou melhor, rasteja ao longo do cais, agarrada a uma cadeira de rodinhas, não um assento de enfermo, mas uma verdadeira cadeira de escritório em pelica preta, com braços tão grandes quanto braços humanos e o encosto lustroso, a velha que rema contra a corrente dos passantes e anda como um caranguejo, por causa das rodinhas frouxas que ainda por cima guincham com um barulho de rato. Como ainda sentir pena? E relembra o comentário de An-Nee sobre Viram, um rapaz alugado pela família àquele músico ambulante, a fim de mendigar nos vagões da linha circular. Sinto a mesma vertigem, a náusea, porque tudo é duplo e ressoa duas vezes, são golpes que se abatem sobre os perfis das construções, duas vezes reais, a primeira na superfície, a segunda no fundo, no mais profundo.

E depois aquela velha, no centro da cidade. Porque dessa já tinham se esquecido. Antes a conheciam, iam comer na velha. Sua espelunca fica no meio dos bairros nobres, dos grandes edifícios modernos, lá onde vivem os Superiores, os Presidentes, os Decisores. Os Perfeitos. Não os Xavantes, porque aqueles recebem ordens de cima. Eles, que não inventaram nada, à sua maneira também são vítimas. Com o tempo, as pessoas deixaram de frequentar a velha. Talvez tenham desconfiado dela, tenham feito circular rumores sobre seu passado, sobre seus maus costumes. Porque nos mesmos bairros nobres, outrora, ela foi prostituta. Até o filho se envergonha dela e não vem mais vê-la, apesar de ela ter pago todos os seus estudos para que ele se torne alguém importante, um advogado, um médico, um engenheiro.

É um antigo posto de gasolina abandonado. As bombas desapareceram, as garagens foram muradas. A velha instalou sua cozinha no subsolo. O lugar não tem nome, diz-se apenas "Na velha". Alguns, de gozação, ou por gostarem muito dela, costumavam chamá-la de "Mamãe".

Uma sala grande, onde a luz chega por uma nesga envidraçada e que tem ao fundo o fogão a gás onde a velha cozinha suas pratadas de risoto, de massas, e suas sopas apimentadas. Três mesas compridas, com tamboretes e bancos, constituem todo o mobiliário do restaurante. A velha é bem forte. Mulher não muito alta, quase sem pescoço, tem porém um rosto liso, sem idade, a pele negra e brilhante, o cabelo frisado de uma cor indefinível que puxa para o vermelho. Uma vez por semana, manda refazer o penteado, e é na água de cal que ela descolore o cabelo, como reza o costume da sua ilha.

O que mais nos caracteriza, a nós, os Imperfeitos, é que entre nós as notícias se espalham muito depressa. Seguindo por caminhos secretos e tortuosos, passam de boca em boca sem controle nem censura. Pode haver nisso um inconveniente, quando o que está em causa são boatos, ondas de terror, casos de crianças desaparecidas ou sobre os Zokerrés, com seus antebraços armados de facas, que vagueiam por nossas ruas à procura de vítimas. Nós, porém, nos acalmamos, voltando a ter esperança, quando soubemos que Viram tinha encontrado abrigo na velha. Ele portanto estava protegido, tinha o que comer e um lugar para dormir em segurança, onde as milícias que dão caça sem trégua aos estrangeiros não conseguiriam achá-lo. Do fundo do subsolo, Viram poderia continuar a nos mandar sua luz, sua alegria. Talvez ele até mesmo cantasse, em alguns dias, para distrair os fregueses de Mamãe. Ou talvez a ajudasse a lavar a louça, a guardar as vasilhas, a levar o cachorrinho para passear. De noite, depois de terminar seu trabalho, ela agora tinha alguém com quem falar. Afundando nas almofadas nas quais então se encostava, ela acendia um cigarro, para dormir melhor, tomava seu copo de bebida e podia sonhar com o tempo antigo, com sua terra natal, do outro lado do oceano, com a música do vento e das ondas, enquanto junto dela Viram estava sempre em silêncio e, num canto do restaurante, numa velha televisão, uma canção sentimental piscava em cenas mudas.

É preciso imaginar todas as belas coisas que Viram nos trouxe, todas as tarefas que ele veio realizar. Teríamos realmente nos esquecido delas, ou será que essas coisas, essas ideias, essas maravilhas estavam trancadas no fundo de nós mesmos, prisioneiras, e esperavam pelo olhar de uma criança para se libertar? É então agora que essa cidade fria e cinzenta, destroçada pelos golpes das elites e de suas milícias, volta de súbito a ter um coração, o qual se encontra onde ninguém poderia imaginar, no subsolo escuro de um posto de gasolina em ruínas, na cozinha de uma mulata velha e gorda que noite após noite, finda sua jornada, bebe mais do que a razão aconselha e fuma muito à vontade, afundada no sofá que lhe serve de quarto de dormir, num restaurante aonde ninguém mais vai. E é daqui, dessa cozinha, que virá a palavra nova, a luz da aurora, o recomeço da nossa raça maldita, é aqui que será forjada a nova liberdade, a revolução que vai derrubar as estátuas dos nossos dominadores, as matilhas de cães, os espiões, os clubes das Amazonas, os exércitos secretos dos Xavantes e todas as suas pretensas sombras ameaçadoras, seus olhares sem olhos, seus relojoeiros noturnos!

Voltei portanto à colina, de onde são vistos os dois hemisférios da nossa cidade separados pelo grande rio cinzento. O lugar onde encontrei An-Nee antes de tudo soçobrar em delírio. Fazia anos, parece-me, que eu não tomava essa liberdade. Que eu não ousava, não queria tomá-la.

Está muito quente, o canto das cigarras é ensurdecedor aqui. Pessoas a passeio param de vez em quando no terrapleno em meia-lua, procuram distinguir os pontos em relevo na bruma, a Torre dos Espelhos, a Torre de Jade, o prédio de Kalinko, Malinké. Contam os campanários pontudos das igrejas, mostram com o dedo a antena das telecomunicações, tentam reconhecer as silhuetas dos prédios para locação, denteadas e imprecisas, semelhantes a muralhas de castelos em ruínas. Mais longe, as chaminés da usina de incineração, as fábricas de sabão, cuja fétida exalação envolve toda a cidade. Às vezes um casal de namorados se instala à sombra das oliveiras, a menina monta no homem e, com gritinhos e risos, eles fingem que estão fazendo amor. Alguma vez eu já fiz isso? Como esses dois podem ser tão indiferentes assim ao que se passa ao redor?

Não faz tanto tempo, eu teria desconfiado. Teria me esforçado para descobrir o complô, os espiões postos no meu caminho. Mas, graças a Viram, eu me livrei desse medo. Os indícios, os famosos indícios: os ruídos duplos, os gestos cortantes com a mão em gume, a música cigana, os cartazes "Alguém viu?", as mensagens cifradas na tela dos computadores, com estas palavras: morar, moradia, como se te ameaçassem com uma bala na cabeça, e os anúncios, todos os anúncios, no jornal, nos painéis publicitários, pelo telefone, na televisão, por toda parte, esse código secreto, essa linguagem de duplo sentido, e os sinais, por toda parte, na calçada, a giz nos muros, às pressas, lançados pelas crianças, mas é preciso remontar à fonte, encontrar a origem, decifrar o sentido, antes que seja tarde demais – eles não cessaram, estão sempre por aqui, ao meu redor, mas não me dão mais medo, e eu já não lhes faço o favor de me enganar sobre eles.

Um imenso cansaço do céu pesa sobre a cidade, na bruma rosada que afoga os castelos, na nuvem que se mostra embaixo, no fundo dos sulcos das vias, e ao longo do grande rio se agacha um tapete algodoado, cinzento.

Um cansaço de saber muito, de entender demais. Quem sabe eu queria ser parecido com esses namorados, indiferentes ao que se passa à sua volta, ocupados de todo a se olhar, a se ler nos olhos, a se dizer coisas minúsculas. Telefonei a An-Nee para que ela viesse me encontrar. Para não assustá-la, eu lhe disse que estava melhor, que tomara remédios. Fazia muitos meses que a gente não se via e, nos olhos dela, li tudo o que havia mudado na minha própria aparência. Minha magreza, minha palidez, as olheiras da insônia, talvez uns cabelos brancos. Como lhe dizer que eu não tinha sido derrotado? Que, muito pelo contrário, Viram me imbuíra de uma certeza. An-Nee sentou-se ao meu lado no banco. Seus olhos muito negros brilham, duas folhas de obsidiana que se alongam para as têmporas. Sempre, esses seus olhos parecem cheios de espanto. Fala do hospital, dos exames que se aproximam, no fim do verão. Diz que tem a intenção de partir para bem longe, a África, o Congo, para acompanhar uma equipe que opera hérnias. Ela me pergunta se já consegui um novo trabalho, quer saber que fim levou meu projeto de reportagem sobre os sindicatos do porto, sobre os *longshoremen* e suas assembleias. O sol afunda na bruma, tudo se banha numa claridade dourada. Eis aí o meu indício, o sinal que eu devo seguir. Sem mais nem menos pego a mão de An-Nee e a aperto com toda a força.

"Vem! Nós temos de dar no pé!"

Na primeira vez que saí com ela, corremos pelas ruelas, descemos pelas escadarias, passamos embaixo das pontes das rodovias para chegar ao rio. Ainda éramos crianças. E isso foi antes do complô, antes de essa cidade ser invadida pela sombra. Antes dos desaparecimentos de crianças e velhos, antes dos crimes e das devastações.

An-Nee desprende sua mão da minha.

"Não aguento mais, não devemos mais no ver."

A dor desse rompimento me abate. Não se trata de algo imaginário, é uma ferida que sangra. Eu não sabia que é possível sentir-se tão mal por ser traído.

An-Nee se afasta rapidamente, sem se virar. Ouço suas passadas, os saltos que batem na calçada. Um, dois. Eu, no meu banco, já não consigo me mexer. Estou igual àqueles velhos pregados no seu pedaço de cimento, nas galerias, de testa no chão e com as palmas das mãos viradas para o céu.

Até parece que a velha me esperou. Será que imaginei encontrar Viram com ela? Mas minhas forças se exaurem, e é apenas de um pouco de conforto que eu tenho necessidade. É o fim do dia, ao ar livre o calor e a umidade chegam ao máximo. Ao descer pela escada imunda que conduz a esse antro, sinto o benfazejo frescor da vida embaixo da terra. A velha acendeu a única lâmpada fluorescente, nos fundos da sala. Estou vindo aqui pela primeira vez, o lugar no entanto me parece familiar, como se eu reencontrasse um lugar da infância, repleto de delícias e mistérios, onde se misturam cheiros de fuligem, de serragem, de legumes cozidos, de frutas muito maduras. Um odor de vinho.

O que você veio fazer aqui? Ela me disse essas palavras, ou as terei sonhado?

Talvez tenha sido: O que é que quer comer?

Não sei por que eu vim até a casa de Mamãe. Como não há mais ninguém, não há então outro lugar. Foi aqui que Viram veio, para escapar dos esbirros que queriam prendê-lo, deportá-lo. Quando os amigos, os amores não significam mais nada, e você se acha à procura de uma quimera, de um garoto que saiu da história para mudar a vida, para dar palavras àqueles que não mais as têm.

Eu falo com a velha. Não vim para comer, há dias aliás que sinto na boca um gosto de sangue. Mesmo assim a velha me serve sua famosa sopa branca, tutano e umas massas espessas, grudentas, quentes, que engulo com voracidade, fazendo muito barulho. A velha, enquanto eu como, me espia fumando seu cigarro. Seus olhos se franzem em duas fendas estreitas, os lábios pintados de vermelho se arredondam para soltar um círculo de fumaça que se espalha, a cabeleira ruiva e desgrenhada brilha à luz do halo fluorescente acima do rosto muito negro. Ela é feia, quase repulsiva, mas é generosa. Ela, a filha de um soldado da última guerra americana, que cresceu nos bares e no meio da vida, teve um filho de pai tão desconhecido quanto o seu próprio. Parece-me que ela é minha única parente, minha única amiga. Que ela é a minha mãe, que finalmente reconheço.

Meio bêbada, sem dúvida. Ela cura minha tristeza com sua sopa que arde na boca, que me queima a garganta e o estômago como um caldo de bruxa. E começa a me falar do filho, seu filho único, chamado Michaël, que ela criou como um pequeno príncipe e que está noivo de uma moça da alta, uma moça perfeita, uma princesa cor-de-rosa, a quem ele diz que sua mãe já morreu faz tempo. Michaël nunca vai visitar a velha, contenta-se em telefonar pelos cheques que ela lhe manda todo mês para pagar seu quarto na cidade e seus estudos. Pois que ele vá para o inferno, ele e sua princesa perfeita!

A velha fala de Viram com cautela, como se o próprio Jesus Cristo lhe tivesse feito uma visita no seu boteco. Ele entrou, sentou-se aqui onde eu estou, tomou a sopa branca, bebeu seu refrigerante e lá se foi. Ela fala disso com brandura, depois faz troça. O que é que ele pensa, que por acaso é o enviado do céu, que veio estimar o valor da minha vida e anunciar minha morte próxima? Ela nem mesmo sabe o nome dele e, quando eu lhe digo, ela balança um pouco nas almofadas, de cigarro no bico, e repete com a voz meio embotada: "Viram... Viram".

No instante seguinte, ela pega em sua bolsa uma pequena foto emoldurada, colorida, que mostra um rapaz de cabelo preto bem liso, olhos amendoados langorosos, jeitão de meio janota, e é ele, é o meu Michaël, que é alto à beça, dois metros, e não é bem bonitão? Não é o meu deus?

Cada um na sua jaula, prisioneiro de si mesmo.

E eu imagino Viram sempre a andar por esta cidade, encontrando outros seres humanos. Andando pelas ruas molhadas pela chuva de agosto, caminhando ao crepúsculo, passando diante de todas estas janelas, seu reflexo deslizando sobre os córregos. Imagino os lugares em que ele vai dormir, abrigando-se numa entrada de prédio, sobre restos de papelão, ou numa boca de túnel que fede a urina e morte. Vejo as milícias que o procuram, as brigadas vestidas de branco, imagino os assassinos e os estupradores de crianças, os traficantes de escravos, os locatários de miséria com seus pequenos acordeons para encantar inocentes.

Digo para a velha: um crime será cometido hoje à noite, é preciso impedi-lo. Ela me olha sem entender e eu repito, quase com maldade: vai correr sangue, vai haver uma terrível sangria. Ela então disca um número no seu telefone. Eles virão te ajudar, não tenha medo, dentro de alguns minutos estarão aqui. Ela pôs de lado a foto de Michaël e afundou no sofá, com uma perna dobrada sobre a coxa. Acende agora um cigarro e franze os olhos por causa da fumaça, tem realmente o ar da prostituta que sempre foi. Eu poderia ir embora agora. Poderia sair fugindo às carreiras, me mandar pelas ruas desta cidade infinita, tão grande que jamais me encontrariam. Mas permaneço imóvel, à espera, para saber o fim dessa história, para seguir os passos de Viram até o extremo limite, até a Casa Branca.

Aqui reina uma espécie de paz.

É um lugar fora do mundo, empoleirado no alto das colinas, não muito longe do rio, ou talvez do mar, de uma extensão líquida, seja lá qual for, que à noite brilha entre as grades. Um grande jardim envolve o casarão, um parque de alamedas retilíneas, como num cemitério, cobertas de brita fina, com canteiros de cravinas e árvores, árvores muito altas e retas, como ciprestes e teixos.

Aqui não há mais Imperfeitos nem Perfeitos, nem mais Mezclillas, Xavantes ou Amazonas. Não que os indícios tenham desaparecido, pelo contrário. Nos corredores, ressoam os ruídos duplos, as portas que ficam batendo sem fechar, os saltos das enfermeiras, os rangidos das rodas dos carrinhos, das macas rolantes, os silvos de serras, os zumbidos elétricos, as lâmpadas fluorescentes que piscam sem conseguir acender, os borborigmos dos alto-falantes, já de manhã bem cedo, que dão ordens numa língua desconhecida. Tudo isso. E sobretudo as vozes humanas, os gritos, mas que poderiam ser gritos de animais, agudos, dolorosos, ameaçadores. Depois de novo o silêncio, uma plaga de imensa paz, onde há somente o barulho do vento e do mar, o barulho dos pneus nas rodovias ao longo das margens.

Ele está aqui. Viram. O garoto de cabelo grisalho. Trouxeram-no para cá um dia, entre dois guardas, de pulsos atados como um assassino. Ele não opôs resistência. Talvez até tenha mantido seu sorriso, seu olhar luminoso que não teme ninguém. Está nos fundos do dormitório, ocupa um leito perto da janela e tem o olhar sempre voltado para o retângulo de céu azul ou cinza entrecortado pelas grades. Por volta das três horas da tarde, um raio de sol o atinge, e ele fecha os olhos.

Ele não fala com ninguém. Não fala, aliás, nenhuma língua conhecida. Alguém disse que às vezes, dormindo, ou num sonho acordado, ele pronuncia algumas palavras – diz alguém que em corso. Ou talvez em curdo, ou então na língua de um país situado na outra extremidade do mundo. Mas ele não se dirige a ninguém em particular. É a sua língua, uma língua que se mistura com o mundo todo, com os barulhos da vida, a música matinal dos passarinhos, o canto das baleias, o roçar de élitros dos escaravelhos, o murmúrio que as plantas fazem ao desenrolar suas gavinhas, o indolente bocejar das flores nas tardes de verão. Eis a razão de Viram estar trancado na Casa Branca. O que ele anuncia é demais para os homens comuns, nós os homens que somos os sujeitos e os objetos do poder, que somos os agentes atuantes da ditadura, os objetos ordenados e possuídos pelos poderosos. Viram é livre, mesmo quando o prendem com correias a essa cama de ferro. Não tem medo de ninguém nem de nada, e é por isso que ele mete medo nos seus carrascos.

Lá fora, lá embaixo, na cidade, tudo voltou ao normal, e está normal até demais. Aqueles que tinham levantado a cabeça, os velhos das galerias subterrâneas, repousaram a testa sobre a pedra, abriram as palmas de suas mãos para pedir esmolas. Os homens de terno preto, as mulheres de terninho cinzento, usando sapatos de salto alto, cuja trajetória se interrompera um instante, retomaram seu caminho em grandes passadas, martelando o solo dos atalhos. E todas as noites, como antes, o medo se infiltra nos recantos sombrios, sobe pelas avenidas, e sua sombra líquida invade as praças. O rumor interrompido um instante recomeça seu trabalho de sapa. Aqueles que desapareceram. As crianças raptadas, vendidas para as Amazonas para substituir seus filhos abortados, suas filhas arrastadas, profanadas, os garotos transformados em serviçais, levados de madrugada em caminhão para colher frutas nas plantações, para carregar pedras para a construção de novas pirâmides. Já se fala novamente da sombra invisível, do olhar sem olhos, das milícias de demônios que escondem facas nos antebraços, dos Zokerrés cortadores de cabeças, arrancadores de palavras, de Poderosos a quem a simples ideia de felicidade faz lançar longos jatos de vômito.

Foi com braçadeiras de couro que o ataram aos dois lados da cama. Dizem que por causa de sua tentativa de suicídio, parece que ele quebrou uma garrafa na praia, que cortou as veias com um caco e que seu sangue fez uma grande mancha no mar. Dizem que, quando os policiais chegaram, ele se debateu e os insultou na sua língua, uma língua que ninguém no entanto era capaz de interpretar, mas alguém achou que ele falava em língua indiana, de perto do Rajastão, mas invertida, com as palavras reviradas na boca, à maneira dos ladrões.

Os homens brancos o trouxeram para cá e, numa salinha, uma mulher lhe injetou um líquido que queima nas veias, que paralisou seus braços e pernas e logo o fez dormir. Na manhã seguinte, os homens brancos o levaram de maca, porque ele não podia mais andar, como um recém-nascido, foi o que o doutor disse, para uma sala muito grande onde se encontra a pilha. Na verdade eles chamam de pilha o que é antes um condensador variável que envia eletricidade para o corpo e lava o cérebro. Lá, deitaram-no inteiramente nu sobre uma mesa, preso pelos pulsos e nos calcanhares com correias, e a mesma mulher fixou os eletrodos na sua pele, nos mamilos, nos pés e nas mãos, e também nos dois lados da cabeça, nas têmporas. Mas primeiro ela untou a pele com uma espécie de graxa, de vaselina. Ao mesmo tempo ela fala, diz coisas num tom representado de menina que está brincando de médico:

"Vai fazer um pouco de cócegas, espero que você não ligue."

"Vamos brincar os dois juntos?"

"Se arder muito, se doer, você levanta a mão – não, é claro que estou brincando, você não pode, mas se você disser *stop* já basta."

Viram a olha com seus olhos tão meigos, cercados de um halo escuro. Talvez já haja lágrimas que se penduram nos cílios. Ele a olha, ela entende que tem medo, no entanto o que ele sente não é medo, mas uma grande solidão.

"Bem. Vamos lá."

De início há um zumbido suave, um enxame de abelhas que acaricia seu corpo, que esvoaça pelos campos de urzes do verão. O olhar do garoto mal se altera, mas ele sente seu coração bater na goela, e no crânio, cada vez mais forte, cada vez mais rápido. O que acontece com ele acontece também comigo. Nesse instante eu sou Viram, estou acorrentado a essa cama, prometido à tortura. A mulher sorri, seu sorriso é interminável. Sua mão pressiona a alavanca de comando e meus músculos todos se enrijecem, tornam-se cordas de dor, e eu grito. Viram também grita? Ou saberá resistir à força que pretende destroçá-lo, que pretende vencê-lo? Solto um grito tão agudo que é como se algum outro em mim escapasse pela minha garganta, grito para viver, para voltar à luz do mundo.

Quando a mão da mulher empurra a alavanca, meu corpo cai, cai do alto de uma falésia, cai chapado de costas, e eu ouço o abafado som de um baque que ecoa em meu tórax e na coluna vertebral, minhas pernas e braços são percorridos por formigas, por centelhas. A mulher desloca o cursor para os eletrodos fixados nas têmporas. "Você então queria saber, queria muito, não é mesmo?" E o zumbido explode num rompante, transforma-se em sirene estridente, enquanto a luz também explode, transforma-se numa bola de fogo, em turbilhões, nada mais existe além desse buraco de luz que vara o cérebro, afunda os olhos nas órbitas, prega no chão, prega na terra, crava no fundo do coração sua estaca. Depois a noite. Perdi os sentidos.

Os interrogatórios começaram.

Os médicos, os sociólogos, os metafísicos. Os curiosos também, como sempre acontece nos processos, nas execuções públicas. Os presentes tomam notas, fazem fotos, registram tudo nos seus computadores portáteis.

Seu nome. Diga-o com toda a clareza.

Viram. Como se escreve isso? Que espécie de nome é esse? É seu nome verdadeiro, ou você o inventou?

Você sabe por que está aqui?

As Amazonas, os Xavantes. O que é que esses nomes significam? Foi você que os inventou?

E por que você diz que é um Imperfeito?

Você fala de uma velha, você diz Mamãe. Você sabe quem é a sua mãe e se ela ainda está viva?

Você sabe em que dia nós estamos? Em que ano? Sabe quem é o Presidente?

Sabe onde você está neste momento?

Viram partiu. Seu leito, na outra ponta do dormitório, está vazio. A janela com grades desenha um retângulo sobre o colchão coberto por um lençol branco, como que para um morto. Mas Viram não morreu. Disso eu estou seguro.

Há algum tempo ele recebeu visitas. Gente de fora, que se vestia de preto. Uma mulher idosa, talvez a mãe dele, de véu preto, como é costume entre as mulheres do campo. Homens rudes, de pele tostada, todos trajando ternos escuros e alguns usando um chapéu. Havia também crianças, lembro de uma menina que ficou no corredor, onde pulava uma corda imaginária. Sem falar muito, eles pronunciavam palavras, palavras invertidas, naquela estranha língua sibilante. Tentei várias vezes escutar com atenção. Pensei em escrever as palavras num caderno, pois me pareciam ser coisa da mais alta importância. Mas as palavras me escapavam. Creio que era uma língua de sonho.

Viram não estava mais amarrado. Seus pulsos porém continuavam enfaixados com gaze. O sangue continuara escorrendo das feridas e fizera duas manchas marrons nos pontos onde o caco de vidro mordera suas veias. Ele então já não olhava para a janela com grades. Tinha mudado. Olhou para mim como se não me reconhecesse.

Vivemos atados, todos nós, pelas medicações. Cordões invisíveis entravam nossos membros, nossos corpos, como os laços de Gulliver. Nós não sabemos mais andar. Para ir ao banheiro, no fim do corredor, vamos, trôpegos, nos agarrando nas paredes. Há quem chame um enfermeiro e lhe peça para trazer uma cadeira. Outros, os que desabam, têm de se arrastar pelo chão.

Viram não pedia nada. Imagino que de início lhe passassem o urinol, ou que então lhe pusessem fraldas, como nos velhos. O médico vinha três vezes por semana, às segundas, quartas e sextas, seguido por um monte de estudantes, e pontificava: “É preciso morrer para aprender a renascer!”. Eu o odiava com todas as minhas forças. O desalmado, o bastardo falava para os que tinham tentado dar fim à vida, como o garoto de cabelo grisalho. Simpatizei com uma loura ainda jovem, uma boneca arredondada e rósea que ingerira dezenas de pílulas azuis porque seu companheiro a deixara. Eu dizia para ela: “Não tome esses medicamentos, eles querem te envenenar”. E a ajudava a escondê-los nas dobras de seu colchão. Ela apertava a minha mão: “Você é tão gentil, você vai me curar, não vai?”.

Uma noite, um camarada que era um brutamontes saiu de seu leito levando nas mãos um cinto de lona que roubara do avental de um enfermeiro. Avançava devagar entre os leitos e de repente fazia o cinto estalar com um barulho de vértebras que se quebram. Como já ia se aproximando de Viram, pensei que fosse estrangulá-lo e gritei: "Sai daí, ô! Deixa ele em paz!". O brutamontes parou. À claridade da janela, parecia corpulento como um urso. Os homens brancos vieram e lá se foram com ele, que levou muitas pancadas nas pernas, penso eu, dos seus cassetetes de borracha. Era assim que as coisas se passavam na Casa Branca. O crime imperava, era preciso se defender para viver.

O que será de nós, desta cidade, agora que ele não está mais aqui? A palavra que ele buscava, que tinha aberto como uma concha, como um biscoito da sorte que se quebra para ler a mensagem que se dirige a todos e a ninguém, essa palavra felicidade há então de se extinguir para sempre, voltando a sombra a encher as ruas, chegar aos respiradouros, entrar no fundo dos corações, e novamente teríamos a era dos indiferentes, dos imperfeitos, um mar sem fim, um rumor inútil?

"Onde ele está, vocês sabem para onde ele foi?"

Diante de mim, as pessoas ficam mudas. Dão de ombros. Acham que estou irremediavelmente maluco. Um porteiro (um desses de camisa cinza, um ex-detento, creio, que passou para o outro lado para expiar seus crimes) acende um cigarro, debruçado na janela da cozinha – o único lugar em que se pode fumar aqui, porque a grade caiu –, e fala pelo canto da boca, em tom confidencial: "Era toda a cambada e eles partiram juntos, o garoto ainda não tinha sarado, mas deixaram que ele fosse com os outros, não havia talvez mais nada a fazer por ele aqui, lá no alto é que vão se ocupar dele, nas suas malditas montanhas". A estas palavras, se ocupar dele, eu estremeci. Talvez o condenado tenha feito o gesto, com a mão em gume, e eu olhei para o outro lado, para não ver, não compreender. Tudo é perigoso. Compreender é ficar aqui, é morrer.

Os interrogatórios prosseguem, dia após dia, semana após semana. O verão já deu lugar ao outono, um belo outono que faz flamejar as árvores. O vento frio e fustigante sopra sobre a cidade uma poeirada de cimento, ao longe o rio desaparece na fosforescência da bruma, as rodovias estão da cor do chumbo petrificado.

An-Nee apareceu. Olhei-a, enquanto ela me falava, sem me mexer. Falei da felicidade, de Viram que a buscava e queria dar. An-Nee me deu uma esferográfica, brinde de um restaurante chinês ou de uma agência de viagens. Posso, por um pequeno visor, ler uma história, e é An-Nee quem a comenta: "Um gato está na cadeira e o coelho quer derrubá-lo para tomar seu lugar. Ele empurra a cadeira, mas o gato se agarra bem. Por trás deles passa um macaco de bicicleta, que contempla a cena e se diverte com ela, e sua bicicleta faz um rangido, um barulho maroto de chacota".

Observo a cena, mas não entendo. An-Nee me diz: "Felicidade é isso, é ser esperto que chegue para tomar o lugar dos outros. Não precisamos de pessoas perfeitas, que são muito entediantes".

Ela diz que aparece há algum tempo, pois se esconde por trás dos bosquezinhos, quando eu faço minha caminhada diária pelas alamedas do parque. Ando a passos miúdos, pelo que parece, e inclinado para a frente. Sou igual ao gato que não quer cair da cadeira.

An-Nee fala com os diretores, com os médicos. Foi ela que conseguiu que trocassem as injeções de diazepam por cápsulas. Desconfiava, por certo, de que eu não as tomaria, que as esconderia embaixo do lençol ou jogaria na privada. Eu lhe disse que tinha persuadido alguns doentes a não mais tomar suas cápsulas, e isso a fez sorrir. É graças a ela que eu posso andar, que eu posso falar.

Agora, nos interrogatórios, nego tudo: as Amazonas, os Xavantes. Faço até com que os estudantes riam, quando falo do "bangue-bangue", do "tlac!", fazendo o gesto da mão em gume. De que maneira? Que palavra de ordem para a castração final? Clic-clac? Não, não, bangue-bangue, quando batemos a porta e a lingueta não entra na ranhura, salta repetidamente com o som dos batimentos cardíacos.

Mas não quero falar da história do gato, do coelho e do macaco de bicicleta. Se eu me exceder, se eu inventar muitos detalhes, nunca mais me deixarão, serei sua inesgotável cobaia, um informante a vida toda, para suas teses, suas memórias, seus relatórios de suprema importância. Um belo dia acabo com a conversa: minhas senhoras, meus senhores, eu lhes digo. Nada mais a dizer. Vocês sabem tudo.

An-Nee me espera no gabinete da Diretoria. Parece-me que foi há muitos anos que entrei aqui nesta casa. Antes eu ficava com An-Nee no alto da colina, eu lhe falava de Viram e lhe propunha fugir desta cidade comigo, sumir daqui para bem longe. Não esqueci de nada.

An-Nee me parece bem nova, quase uma adolescente, muito magra, o cabelo anelado cortado curto, envolta no seu informe casacão de colegial. "Você agora está usando óculos?" Ela sorri ligeiramente. Esses óculos finos, com armação de plástico negro, era uma ideia dela para ficar com uma aparência mais séria quando ia a uma entrevista de emprego.

Dessa vez o diretor-geral não pontifica. Ele se entedia. Falta-lhe público, e eu não lhe interesso mais. Ele carimba e assina os papéis quase sem olhar. É a minha liberdade o que ele carimba e assina. Sinto por ele um ódio desmedido, que me faz tremer. Vem a vontade de me mostrar subitamente irritado neste escritório de arquiteto onde tudo é perfeito. Vontade de lhe soltar na cara todos os meus "bangue-bangues", meus "clang-clanks", meus "tlacs!", de gritar a Sombra sem rosto e o Olhar sem olhos, de gritar o nome do garoto de cabelo grisalho que encontrou a felicidade e que ele não poderia jamais capturar, que faria surgir um ofuscante clarão que o queimaria como um covarde, a ele e seus estudantes e todos os serviçais das Amazonas e dos

Senhores!

Ele não olha para mim. Ele assina, isso é tudo o que ele sabe fazer.

Ele fala com An-Nee, faz-lhe, como pretensas delicadezas, umas perguntas ociosas – você quer realmente saber isso ou só pergunta por hábito?

Eu abaixo os olhos. O que pode passar por timidez, por humildade. Pouco se me dá, a porta está no fim do corredor. Ando pela alameda de brita fina, o portão se abre. An-Nee, com a minha mão na dela, a aperta com toda a força.

Já estamos fora. Estamos livres.

YO

Meu nome é Yo. Tenho quinze anos, pelo que me foi dito. Quando vêm ao restaurante, as pessoas perguntam: "Quantos anos você tem, Yo?". Eu conto nos dedos, um dois três, dez, quinze. Todo mundo ri disso, mas não ligo, porque depois me dão uma moeda, aliás me deixam escolher e sempre pego uma moeda amarela, porque são as mais bonitas, e bem sei que se pegasse uma nota não me deixariam mais escolher. Moro no contêiner, na beira da estrada, é lá que eu durmo. Mamãe mora na casa do restaurante com aquele homem do qual não gosto nada. Quando falo dele, nunca digo o nome, mas sempre: esse cara, ou então: o locatário. Digo para Mamãe: "Por que você dorme com esse cara?". Mamãe não responde, dá de ombros e, como se eu estivesse brincando, diz assim: "Trololó". É o seu jeito de me mandar calar a boca. Mas um dia eu bati nela. Perguntei: "Por que você deixa esse cara dormir na sua cama?". E, quando ela falou "trololó", avancei aos socos e pontapés, ela caiu e bateu no armário e sangrou. O homem chegou e disse: "O que foi que aconteceu?". Eu estava agachado no chão, nem conseguia respirar, por causa da raiva que sentia, e também porque Mamãe continuava sangrando e eu estava com medo. O homem gritou comigo: "Foi você que fez isso?". Pegou um pau para me bater, mas Mamãe não deixou, ela gritava dizendo o nome dele: "Para, Pady, para!". Depois disso o homem disse que eu tinha de morar separado e levou o meu colchão para o contêiner na beira da estrada, onde guardamos as mercadorias para o restaurante, os biscoitos salgados e as caixas de tomate. Assim então eu fui viver no contêiner. Lá no inverno faz frio e fica cheio de baratas, de ratos que não param de se mexer. Mas eu levei o gato, é o meu gato, que eu mesmo achei na beira da estrada, quando ainda era um filhotinho, e alimentei com pão molhado no leite. Quando ele fica comigo no contêiner, os ratos somem, não porque são caçados, mas simplesmente porque têm medo do gato. Detesto aquele homem, mas medo dele eu não tenho. Eu sou forte. Trabalhei nas obras da autoestrada, lá os operários me enchiam de cerveja e eu quebrava pedras no corpo, apertadas bem contra mim, ou então eles me passavam um cinto pelo peito e eu, estufando os músculos, era capaz de rebentar o cinto. No verão ainda trabalho no canteiro de obras, a pá mecânica joga as pedras na basculante e eu tenho de pôr as pedras em ordem para que a basculante não tombe. Mas meu verdadeiro ofício é ser massagista. Ninguém nunca me mostrou como fazer. Eu mesmo vim praticando, desde muito pequeno, com Mamãe e as minhas tias. Nessa época, Mamãe trabalhava de faxineira na cidade, tinha de lavar o chão de um bar e, quando voltava para casa, estava sempre se queixando: "Meu Deus, meu corpo todo está doendo, se eu continuar com essa vida de cachorro, vou acabar doente". E então eu lhe fazia leves massagens nas costas, nos braços, nas pernas, e dizia: "Ah, Mamãe, não fique doente não!". Eu caprichava nas massagens, até que ela pegasse no sono. Mas atualmente não posso mais massageá-la, por causa desse tal cara, do locatário. Ele não me deixa ir ao restaurante de noite, quando Mamãe vai se deitar. Eu, quando estou lá, fico num canto, olhando para ele. No começo isso o irritava, ele dizia a Mamãe: "Esse teu filho parece mais um cachorro". É verdade, eu o olho fixamente. E o que vejo nos olhos dele é ódio. É muito desagradável, sinto o meu coração bater mais rápido, o suor desce pelo meio das minhas costas e pinga na cueca. Lembro de um homem mau como ele, quando eu era pequeno, que quis me bater, e fiquei com tanto medo que mijei nas calças. Esse homem sumiu, minha mãe o expulsou de casa, e eu bem que gostaria que ela expulsasse o novo também. Mas agora eu não tenho mais medo, porque sou forte. Depois que ele quis me encher de porrada, fui até o quarto dele, quebrei em três pedaços o pau com o qual tinha me ameaçado, e ele nunca mais pegou outro. Mamãe, agora que é dona de restaurante, não precisa mais trabalhar lavando o chão, tem alguém para fazer isso todas as manhãs, Madame Helie, que vem com sua filha, Elaine. Mamãe agora trabalha na cozinha, prepara os frangos com cebolas e fritas, e quem mata os frangos sou eu. Sabe como? Eu ligo um aspirador de pó que eu tenho, enfio o bico do bicho no tubo e o aspirador chupa o ar do frango, que se esvazia todo. Ele nem tem tempo de se debater, não dá um grito, fica mole, aí eu corto o pescoço para tirar o sangue, depois abro a carcaça para tirar o pulmão, as tripas, e dou os miúdos para o gato e para o cachorrinho da Mamãe. É um bom trabalho. Melhor do que trabalhar no canteiro da autoestrada, e Mamãe se orgulha de mim, me apresenta aos fregueses, diz: "Esse é o Yo, o meu filho, é ele que mata os frangos". As pessoas comentam: "Ah, que bom, você então ajuda o papai e a mamãe". Nada disso, digo eu: "Esse aí não é o meu papai, é um cara que trabalha aqui". Os fregueses riem e me dão boas gorjetas. Pego as moedas, faço elas tilintarem no chão, para vê-las sair rolando e dançar. Sempre me dão uma moedona amarela e dizem: "Vamos lá, Yo, faz ela dançar no chão!". Eu fico olhando a moeda girar sobre si mesma e todo mundo se diverte, até mesmo o tal de Pady, mas eu acho que ele fica com ciúme porque as pessoas gostam de mim. Tem também uma história que eles gostam muito de ouvir, toda vez riem disso, e eu rio junto. Um dia, deve ter sido de propósito, o homem gritou para mim: "Tua mãe está precisando de um frango gordo, vai matar um frango gordo!". Lá fui eu então, peguei o mais gordo que achei, enfiei o bico do frango no aspirador, esvaziei ele e tudo e levei para cozinha, mas Mamãe me disse: "Por que você matou um frango, se não tem ninguém no restaurante?". E o cara se virou para mim: "E aí, tá esperando o quê? Leva esse bicho pra lá e faz ele reviver!". Saí corrrendo com o frango e, soprando no bico, tentei fazer ele viver de novo, mas seu corpo continuou todo mole e eu voltei à cozinha e disse para Mamãe: "Não consigo fazer ele reviver, ele não quer mais respirar". E o cara começou a rir muito alto e até Mamãe ficou rindo e eu também ri, mas ao mesmo tempo estava triste por estar com aquele frango nas mãos, mole e frio, que não queria mais respirar. O cara sempre conta essa história para distrair as pessoas. E as pessoas me perguntam: "É verdade que você é capaz de ressuscitar os frangos?". Finjo que rio, porque não acreditariam em mim, mas sei que, se eu quiser, posso sim restituir a vida deles, dar-lhes de novo o sopro que o aspirador tirou. Sei também ver as sombras. Sou capaz de ver as sombras, desde muito pequeno. Não é todo o tempo, só às vezes, quando alguém está ali, falando, quando está em pé no restaurante e veste o casacão para sair, fala com Mamãe, ou com a empregada, e acende um cigarro, e é então que eu vejo a sombra que está por trás dele, uma sombra grande, mais alta, que abre os braços para pegar a pessoa, e da qual eu não gosto, que me dá medo, me faz mal, sinto um arrepio nas costas e começo a tremer, tenho vontade de gritar, mas não devo, senão os fregueses vão pensar que estou maluco, não voltarão aqui, tenho vontade de gritar e às vezes, contra a minha vontade, o que eu quero dizer me escapa: "Atenção, a sombra está aí, atenção". Mas, se eu gritar, as pessoas não virão mais ao restaurante, foi o que Mamãe me disse: "Não fique falando dessas sombras, Yo, não fale disso, basta você fechar os olhos e contar até dez que a sombra logo irá embora". Bem que eu tentei, e muitas vezes as pessoas partem com a sombra e eu sei que elas vão morrer por causa da sombra, a sombra as come, come o coração das pessoas, mas eu não devo falar disso, nunca. Com a minha prima porém não é assim. De vez em quando ela vem da cidade para nos visitar aqui no restaurante. Ela trabalha na cidade, mexe com negócios, acho que é muito rica e muito inteligente, estudou bastante e trabalha com uns advogados. Sempre bonita, bem--vestida, anda sempre toda cheirosa, e é por isso que eu digo que ela é a minha prima "Perfume", é assim que a chamo e isso a faz rir, ela me deixa sentir o perfume em seu pescoço, tem o cabelo preto comprido muito liso, e seu cabelo também tem cheiro bom. Às vezes, quando ela já vai embora, depois da visita que nos fez, e está em pé perto da porta, eu vejo a sombra ali junto e corro então até ela e começo a lhe dar socos para fazer a sombra partir. Bato forte nas costas, aperto para valer seu braço, até que ela grita: "Pare com isso, Yo, você está me machucando!". Mas a essa altura a sombra já se foi, ficou com medo dos meus golpes e desapareceu. Deixo partir então a minha prima Perfume, que vai a pé até a rodoviária para voltar para a cidade. Ah, como eu gosto dela, não lhe digo isso, mas gosto mais dela que de qualquer outra coisa nesse mundo, mais até que de Mamãe, porque ela é a única alegria da minha vida, todo mundo é como o homem que dorme aqui, esse homem que eu odeio, todo mundo é feio e malvado. Não digo isso a ninguém, mas fico à espera das visitas dela e, sempre que eu posso, telefono para a Perfume, digito o número do seu celular e falo: "E aí, quando é que você vem me ver?". Ela diz: "Ah, não sei não, daqui a umas duas semanas, quando eu tiver tempo". E eu: "Tô ouvindo alguém aí contigo, você tá com um cara!". Ela diz que não, que está sozinha, mas tenho certeza de que está com um namorado. Digo então para ela: "Não esqueça o que prometeu". E ela: "O que foi que eu prometi?". Eu lhe digo: "Que ia me trazer cigarros". Ela ri no telefone e me garante: "Está bem, Yo, vou comprar cigarros para você, mas você tem de parar de tomar cerveja, lembra?". E eu lhe prometo que não vou mais beber. Costumo estar também com Elaine, a filha da faxineira, que vem com ela duas vezes por semana ao restaurante, no sábado e na quinta-feira depois da escola, ela é ainda muito nova, acho que só tem onze anos, um dia eu lhe perguntei e ela me respondeu mostrando os dedos: "Tenho onze anos". No começo tinha medo de mim, vivia se escondendo atrás da mãe, mas eu fui bonzinho com ela, dei-lhe bombons e biscoitos que eu apanho no contêiner, biscoitos de *marshmallow* e de chocolate, da marca Amour, que são os melhores, e ela agora vem me ver. Mostro-lhe o gatinho, que se esconde por trás das latas de biscoitos, e o gatinho não tem mais medo dela, vai se esfregar nas suas pernas quando ela chega. Elaine diz: "Bonitinho o teu gato, como se chama?". Como ele não tem nome, eu lhe digo: "Bem, ele se chama Sem-nome". E é assim que agora ele é chamado. Adoro quando ela vem de uniforme da escola, minissaia verde, quadriculada, e uma blusa branca, mais parecendo uma boneca, de tão bonita e limpinha. Ela senta no colchão para fazer carinho no gato, e eu, sentado ao lado, fico olhando para ela, que me disse um dia: "Tá me olhando por quê?". E eu disse: "Tô te olhando porque você é bonita". Ela disse: "Um garoto não deve olhar para as meninas assim, não fica bem". Eu, não sabendo o que dizer, disse: "Não é para você, é para a tua saia que estou olhando, que achei bonita". E toquei na barra da saia, toquei também na pele, tão suave, das pernas dela. E senti que o meu coração batia mais rápido, não como com as mulheres do bordel, mas de outro modo, como quando eu sinto o perfume no cabelo da minha prima bonita. Elaine continuava a acariciar o gato no colo, e eu, eu nem ousava mais me mexer, olhava aquelas pernas nuas, a barra da saia estava levantada, e ouvia o meu coração batendo. Depois ela se levantou, jogou o gato no chão e lá se foi alisando a saia, fula de raiva. Eu disse: "Não conta não, tá? Senão não vou mais poder te ver". Ela olhou para mim, seus olhos pareciam mais negros, maiores, estava com uma cara meio zangada, mas disse: "Não, não vou contar pra ninguém". E eu fiquei contente porque pensei que, de qualquer modo, bem que ela gosta de mim, mesmo que eu toque na saia dela. O cara cai na minha pele, diz que eu sou virgem, que eu não conheço mulher, mas não é verdade, eu conheço sim, quando eu trabalhava no canteiro da autoestrada, um dia os operários me disseram: "Vem com a gente, pra aprender como é a vida!". Não entendi o que queriam dizer, mas fui com eles até a cidade, lá onde há todos aqueles bares e os caraoquês. O lugar era bem legal, com muitas luzes e música, e eu adoro cantar, tenho uma boa voz, e também sou bom quando danço, e os operários, juntos em volta de mim, batiam palmas gritando: "É isso aí, Yo, dança, dança mais!", e eu continuava, e uma mulher se aproximou e logo começou a me agarrar, estava usando um vestido preto apertado e atraente, mas não era tão bonita como a minha prima Perfume, ela cantava muito alto, dava uns berros, e eu, que já tinha tomado muita cerveja e uns tragos de bebida, berrava e cantava, ainda mais alto do que ela, essa canção que eu amo à beça, sobretudo o refrão que diz: *Ave Maria, ave Maria*! Pois é, essa era a canção que eu cantava quando os operários disseram para a tal da mulher: "Vai lá, leva ele, é o teu marido!". E eu falei para ela: "Não é verdade, não sou teu marido não!". Mas assim mesmo ela me levou para um cômodo, no andar de cima do caraoquê, cheio de almofadas vermelhas pelo chão, e a mulher foi logo tirando a minha calça e também ficou nua, mas só embaixo, e se colou em mim e foi assim que eu fiz com ela, era a primeira vez, mas eu já sabia como tudo acontece porque no restaurante tinha visto filmes pornôs na televisão, já tinha visto um homem dormir com uma mulher e até mesmo, uma vez, vários homens com várias mulheres. Depois, vesti minha calça de novo e disse para a mulher: "Obrigado, senhora". Mas ela, com cara nada contente, reclamou: "O quê? Isso então é tudo que eu levo, obrigado, senhora?". E começou a me insultar, eu já sentia que ia gritar e me encher de raiva e lhe dar umas porradas, mas os operários chegaram, deram dinheiro para ela, notas, quanto foi, não sei, porque eu não pude contar, e depois nós saímos juntos e nessa noite eu dormi no barraco do canteiro de obras, porque estava muito bêbado para voltar para casa, e Mamãe não gosta que eu vá beber com os operários, tem medo que eu brigue e vá parar na polícia, como quando nós chegamos aqui no vale. Muitas vezes, depois disso, voltei a estar com as mulheres no bordel. Muitas vezes dormi de novo com aquela com a qual estive na primeira noite, que se chama Jenny, mas tem também a Mira, a Ava e uma outra mais nova, que se chama Louisa mas não é puta, é muito alta, muito bonita, é africana, eu acho, e só está lá para dançar no caraoquê, para dançar e beber com os homens, e várias vezes eu falei com ela, ofereci-lhe um cigarro e sentei do lado dela e ela não me expulsou, pelo contrário, falou com muita delicadeza, mas eu não entendia direito o que dizia, porque ela fala uma língua estrangeira e eu prestava mais atenção nos seus olhos, na sua boca, no seu corpo e nas pernas muito compridas. Ela mora do lado do caraoquê, vive com o dono do bar como se fosse sua esposa, mas esposa não creio que ela seja. Ela me perguntou o que eu fazia na vida, e eu, não querendo falar do restaurante e dos frangos, por temer que ela risse disso, falei que era massagista, o que parece que lhe agradou, porque ela disse: "Um dia vou te pagar para você me fazer uma massagem boa de verdade". Eu respondi que, se isso lhe desse prazer, eu faria sem ela ter de pagar nada, porque eu massageava Mamãe e as minhas tias de graça, e parece que ela gostou disso também, porque sorriu para mim. Durante o verão há trabalho à beça no restaurante e eu não posso sair muito, porém no inverno vou voltar ao caraoquê para ver a Louisa e fazer a massagem que prometi. Mas já não quero estar muito com as putas, porque tenho de beber muita cerveja, quando vou com elas, e depois fico bravo e tenho medo que me ponham na cadeia, Mamãe me disse que lá eles dão porrada na gente, todos os dias os policiais entram na cela, escolhem qualquer um ao acaso e enchem o cara de socos e pontapés, e também de cacetadas. Quando eu tenho uma folga, agora que estamos no verão, vou com Elaine até o rio. Lá nós ficamos descalços e andamos sobre as pedras para ver os peixes nadando, às vezes eles vêm mordiscar nossos pés por trás e Elaine começa a rir e diz: "Está me fazendo cócegas!". Ela adora cócegas, penso eu, e assim a gente senta na areia, num recanto do rio onde não há ninguém, e eu faço cócegas nela, para ouvir o riso dela. Ela está de short e de camiseta e eu passo a mão por toda parte, no pescoço, embaixo dos braços, na sola dos pés, e ela ri e me pede: "Para, Yo! Para!".

Mas eu continuo até ela ficar com soluços. Elaine é minha amiga. Gosto de fazer cócegas nela porque roço na sua pele tão fina, embaixo dos braços, no pescoço, e quando a camiseta escorrega posso ver seus peitinhos, que não são como os seios das mulheres, mas compactos e delicados, e ela me diz: "Para de olhar pra mim, você não tem esse direito, eu vou contar!". Eu então paro de fazer cócegas, peço perdão e digo: "Não diga nada pra Mamãe nem pra Madame Helie". Eu não poderei mais ir passear com Elaine, se ela contar. Mas ela promete que não vai falar e me diz: "Você não deve dizer Madame Helie, é a minha mãe". Depois nós voltamos pela beira do rio, no frio, de mãos dadas, e vamos andando até o restaurante, está na hora de Elaine ir, ela vai embora com Madame Helie, e eu, com o Sem-nome, vou para o contêiner. Eu adoro o verão, o calor, o céu sempre azul com essas nuvenzinhas brancas que atravessam o vale. Há muito trabalho no restaurante, mas, quando acabo de matar os frangos, Madame Helie chega com Elaine e eu já não tenho o que fazer, vou com Elaine para o rio e nós vamos bem longe, até lá onde não há ninguém porque é muito afastado da estrada. Caminhamos também pela floresta e, na escuridão embaixo das árvores, Elaine tem um pouco de medo, e então aperta a minha mão com toda a força e diz: "Tem animais ferozes aqui?". Eu pergunto: "Cobras?". Ela diz: "Sim, cobras, ou linces, ou raposas". Eu lhe digo: "Com certeza tem sim, mas comigo não precisa ter medo". Ela diz: "Você me protege bem?". Eu lhe digo: "Sou como teu irmão". Ela diz: "Como o meu pai". Ela diz: "Eu não tenho pai, o meu se foi, é por isso que a minha mãe tem de trabalhar". Eu lhe digo: "Eu também não tenho pai. Esse homem que está com a Mamãe é um cara que mora lá, só isso". Na floresta a gente senta nas pedras e não diz mais nada um para o outro. É silencioso e bonito na floresta, não convém falar muito. Às vezes, para descansar, ela deita no chão e dorme apoiada nos meus joelhos, e fico alisando seu cabelo, que é muito fino e de uma bela cor castanha com reflexos ruivos, nos seus olhos também vejo a cor do fogo. Mas só toco no cabelo com as pontas dos dedos, para não acordá-la, porque sei que ela não gosta que eu toque nela. E, enquanto dorme, sinto o cheiro que ela exala, um cheiro de flores e folhas, tão suave que me deixa arrepiado. Chego o nariz bem perto de seu pescoço e respiro de leve para não despertá-la. Estamos no verão, acho que nunca tive um verão assim tão feliz. Na floresta eu me esqueço de tudo, esqueço do cara da minha mãe e seu olhar maldoso, esqueço os gritos dos operários do canteiro e as putas do bordel, o álcool que me faz tremer de raiva e dá vontade de brigar, esqueço até as sombras que se levantam por trás dos homens e das mulheres no restaurante, depois que eles param de comer. Diante do restaurante, fico lá embaixo, na beira do rio, Elaine vai sozinha na frente e, quando atravessa a estrada correndo, tenho medo de que um caminhão do canteiro de obras a atropele. Que bom seria se o verão não acabasse, para que todos os dias, de tarde, eu pudesse ir com ela pela beira do rio, procurando lagostins entre as pedras, ou então caminhar pela grande floresta e na montanha, bem longe, onde não se ouça mais nada, nem a estrada, nem o motor da britadeira que faz cascalho, nem a buzinação dos carros. Um dia eu despertei de madrugada e, com o coração batendo a mil, saí do contêiner e gritei para Mamãe: "O rio encheu! O rio está transbordando!". O cara saiu de casa, deu uma olhada e disse: "Teu filho ficou maluco! Disse que o rio encheu!". E eu, que continuava gritando, fui até a ponta do terreno, de onde se avista o rio no outro lado da estrada, e de lá berrei de novo: "O rio está transbordando!". Mas Mamãe veio, me abraçou com toda a força e me disse: "Calma, Yo, não houve nada, o rio está fluindo". Chorei de vergonha quando vi que ninguém acreditava em mim e também porque sabia o que tinha visto dormindo, a água avançando pela terra, e estava com medo de que a enchente destruísse a estrada e Elaine fosse se afogar. O homem não parava de rir nem de caçoar de mim: "Teu filho diz qualquer coisa!". Mas não era verdade, aquilo eu tinha visto de noite. Por volta das três horas da tarde, o rio saiu de fato do leito e, ao que parece, alagou o canteiro e carregou papeladas e outras coisas. Nesse dia a faxineira não pôde vir, e Elaine também não, porque o rio cortou a estrada ao meio. A enchente continuou por dois dias e, para ir à cidade, tínhamos de ir descalços para atravessar a água espalhada. Mamãe não queria que se falasse da história, mas o homem comentou na cidade, e depois disso as pessoas vinham perguntar a Mamãe: "É verdade que o seu filho viu a enchente num sonho antes de o rio encher?". Mamãe dizia que não passara de um sonho, mas as pessoas acharam que eu podia prever o futuro, muitas vinham por isso ao restaurante para me fazer perguntas, mas eu não podia responder, nem mesmo quando via a sombra por cima delas, porque Mamãe não gostava disso, dizia que as pessoas iam pensar que era o Diabo quem tinha me enviado o tal sonho. Para Elaine porém eu contei tudo. Ela me ouviu sem me interromper porque acreditava em mim, e até disse: "Você sabe mais coisas do que os adultos". Queria dizer então que eu era como ela, que eu não era realmente um adulto, o que me deixou alegre, porque eu era de fato amigo dela, era o seu irmão maior. O verão passou rápido, com trabalho pela manhã e passeios pelo rio com Elaine de tarde, e minha vontade era que aquilo não acabasse nunca. Um dia, pouco antes da volta às aulas, Elaine me disse: "Agora eu tenho doze anos". Então eu disse para ela: "Bem, e eu tenho quinze". Elaine caçoou de mim: "Quinze anos o quê, você nem sabe a idade que tem, você é velho, tem pelo menos uns trinta". Achei que ela quisesse um presente e, como não tinha nada para dar, falei: "Você pode ficar com o Sem-nome, é o meu presente de aniversário". Ela me deu um beijo, foi a primeira vez, senti seus lábios roçando bem de leve no meu rosto, e isso causou um efeito estranho, como se eu estivesse caindo. Ela disse: "Não, não quero teu gato, ele é teu, e além disso ele caça os ratos, não é?". Ela me pegou pela mão, me olhou nos olhos, me disse: "Eu agora vou vir menos, mas você vai pensar em mim, não vai?". Depois a minha prima Perfume veio nos visitar, sempre muito atraente, veio num bonito vestido branco, o cabelo muito bem penteado, as pernas lindas e, quando a apertei nos meus braços, ela me disse: "Não quero que você fique incomodando a Elaine". Eu lhe disse: "Mas não é verdade, eu não incomodo a Elaine". Ela não parecia estar brincando, pois disse ainda: "Não quero, entendeu? Você não deve mais incomodar a Elaine, porque ela é nova, entende?". Tentei chamar Elaine para ela mesma dizer que não, que eu não a incomodava, que a gente só se fazia cócegas, nada mais, mas ela não quis vir, ficou por lá com Mamãe e Madame Helie. Quando estava indo embora, no fim do dia, vi a sombra por cima dela, pela primeira vez, e tremi e tive um medo medonho, a sombra era muito maior do que ela, era um homenzarrão preto se inclinando sobre seu corpo, e eu gritei e corri para ela, sua mãe estava lá e mantinha Elaine junto de si e eu tentava me aproximar para dar socos na sombra, mas a faxineira levantou a mão para mim e berrou: "Não se aproxime! Não se aproxime nunca mais da minha filha, fica lá na tua toca, você é um pobre maluco, um idiota, nunca mais chegue perto dela, entendeu?". E eu fiquei na beira da estrada, imóvel, vendo Elaine que ia embora com a mãe e, por cima dela, a sombra negra, chorei e fui então até a beira do rio para chorar sem que ninguém me ouvisse, porque não quero que as pessoas que vão ao restaurante pensem que sou maluco e idiota. Nos dias que se seguiram eu ia sozinho para o rio e a montanha, para os esconderijos aonde íamos Elaine e eu, e olhava a grama onde ela se sentava, olhava as pedras, a floresta, tudo, e sentia um vazio, chorava, ouvia os ecos na montanha e chorava ainda mais. Elaine voltou aqui, mais tarde, de vez em quando, mas muito mudada. Um dia ela se chegou de carro com o pai, que a deixou na frente do restaurante, e vi que usava um vestido muito bacana, um cinto, sapatos de salto alto, que tinha passado batom nos lábios e estava com jeito de mulher. Disse bom-dia para mim, mas quando eu quis beijá-la se afastou um pouco, nem parecia mais ser a mesma. Pude até ver que seus seios tinham crescido, realmente ela estava com um jeito de mulher agora, como Perfume, mas menos bonita. Não me atrevi mais a chamá-la para ir até o rio, achei que isso já não lhe interessaria, e ela foi sentar nas almofadas com a minha prima Perfume, no salão do restaurante, para ver televisão. Compreendi então que entre nós estava tudo acabado, mas, como ela havia mudado, isso não me deixava realmente triste. Quando eu quero falar com elas, as duas ficam bem juntas, se colam uma na outra, e Perfume diz: "Por que você fica aí, Yo, se é uma conversa entre mulheres?". E eu faço de conta que vou bater nelas, mas elas não têm medo de mim e jogam seus sapatos em mim, ou então gritam: "Vai embora!". Como se eu fosse o cachorrinho de Mamãe. A essa altura, já não havia tanto trabalho assim no restaurante, eu não tinha mais de enfiar frangos no aspirador e, de todo modo, era o homem que agora se encarregava disso. Voltei a trabalhar no canteiro de obras da autoestrada para ganhar dinheiro, para poder pagar pela cerveja e os cigarros e frequentar o bordel. Trabalho a tarde toda e, às vezes, fico para dormir no dormitório, porque não tenho nada que fazer no restaurante e detesto aquele homem de lá. A gente dorme num barracão de zinco, com camas umas em cima das outras, posso ficar numa no alto e eu gosto muito porque é como num barco, tal e qual se vê nos filmes. Sábado à tarde vou à cidade com os operários, posso beber e cantar no caraoquê e dançar com as mulheres. Quando vou falar com a Louisa, os outros logo me gozam, me gritam: "Vai falar com a Louisa, que é a tua mulher!". E eles dizem piadas grosseiras e caem na gargalhada. Gosto muito da Louisa, que é gentil comigo, tomamos cerveja juntos e ela acaricia meu cabelo. De vez em quando me deixa fazer ligeiras massagens no pescoço, nas costas, gosto muito de sentir sua pele, seus músculos, e ela fica bem à vontade, fazendo: "Hum! Hum!". Fala de um modo engraçado, na sua língua estrangeira, pois é africana, de Túnis, foi o que ela me disse, me contou como é lá no seu país, onde o céu é azul e há muitas palmeiras à beira-mar. Eu vou com ela para o quarto de almofadas vermelhas, no andar de cima, aonde já fui com a Jenny e outras putas, mas não é para tirar a minha calça e tudo, é só para conversar e fumar e beber cerveja. Todos os sábados eu vou ao caraoquê, e também aos domingos, e Mamãe me pergunta se eu não bebo, minto e digo que não, que só tomo café, ouvindo música. O inverno está começando, faz frio, já há neve no alto da montanha. Trabalho muito no canteiro e o patrão está contente comigo, disse que vai me contratar para outra obra no sul. Bem que me agrada ir para o sul, parece que por lá faz bom tempo e há palmeiras à beira-mar como na terra de Louisa. Penso que, se eu ganhar bastante dinheiro, poderei dar para Elaine um bonito colar, e ela voltará a me amar. E depois, um dia, vejam só como aconteceu: fui ao caraoquê num sábado à tarde, bebi cerveja demais, junto com bebidas fortes, e briguei com os operários, porque eles diziam que a Louisa não era mulher, que era homem, e isso os fazia chorar de tanto rir. Louisa reagiu com insultos, foi depois subindo para o quarto e eu corri para alcançá-la, porque queria saber toda a verdade. Quando a agarrei pelas pernas, ela caiu para trás na escada e morreu. Tentei fazê-la reviver, colei minha boca na dela e soprei ar, mas seu pescoço estava quebrado e a cabeça caía, ela não conseguia mais respirar. Os operários já se esgoelavam, diziam ter visto tudo, que eu tinha esmurrado a Louisa até que ela caísse e quebrasse o pescoço, mas não era verdade, foi um acidente, eu não queria que ela morresse, eu gostava muito dela. Depois os policiais chegaram e me puxaram para trás, porque eu continuava deitado sobre o corpo, e teve um que até me acertou com o cassetete. Fui parar na cadeia e, ao passar por um espelho e ver que havia uma sombra sobre mim, entendi que já era tarde demais. A sombra, que me fez matar Louisa, me mandava depois para a prisão. Tiraram minha roupa, me deram outra, toda amarela, e cortaram meu cabelo bem curto. Eu pedi: “Por favor, não me batam!”. Mas os policiais não me ouviram, só queriam saber de caçoar de mim, pensando que eu era um idiota e um pobre maluco. Disse aquilo porque Mamãe tinha me dito que na cadeia eles batiam todos os dias nas pessoas, pegando uma qualquer ao acaso para cobrir de socos e pontapés. Comigo porém não fizeram nada. Dias depois Mamãe veio me ver, ela esperou na sala de visitas e, quando eu cheguei e me tiraram as algemas, logo me joguei no chão diante de Mamãe e lhe pedi perdão. Prima Perfume também veio, lindíssima, no seu conjunto cinzento de escritório, e toda cheia da grana, porque trabalha com um advogado. Me deu vontade de sentir seu cheiro no pescoço, mas ela não me deixou tocar nela. Quando eu sair daqui, serei um velho. Lamento muito pelo que aconteceu com Louisa, que acabei sem saber se era mulher ou homem, mas que sempre foi gentil comigo. Tudo aquilo aconteceu por causa da sombra negra que estava em cima de mim. Pedi notícias do Sem-nome, Mamãe me disse que ele não quer saber de viver noutro lugar, só no contêiner, mas todo dia ela leva uns miúdos para ele e também um pouco de leite, que o gato adora. Uma boa notícia foi que o cara se foi, não dorme mais com Mamãe. Ela pediu que ele se mandasse porque ele estava roubando dinheiro dela. É ela então que agora faz tudo com Madame Helie, matar os frangos e cozinhar. Não me atrevo a pedir notícias de Elaine. Acho que agora ela deve ser uma moça, não vou reconhecê-la quando sair. Talvez tenha um namorado e nem tenha mais tempo de pensar em mim. Vou aprender a ler e a escrever aqui, poderei escrever uma carta para ela. Mas isso era tudo o que eu queria dizer, não tenho mais nada a declarar por enquanto.

NINGUÉM

sobre um pensamento de
Ludwig Wittgenstein

Uma estrada que atravessa o deserto, que liga o lugar do qual as pessoas fogem àquele para onde estão indo. No carro preto de janelas fechadas, apesar do calor, ela dirige em frente, sem olhar à direita nem à esquerda, nem muito rápido nem devagar demais, como as instruções recebidas. Imagino esse coração batendo, imagino a opressão nos seus pulmões, seu aperto na garganta, o suor que molha as palmas de suas mãos. Imagino o medo, mas talvez seja só pressa de que tudo acabe. De que tudo chegue ao fim, ao termo que ela se fixou há dez anos. Sua vontade deve ser uma arma de ferro no centro de seu corpo. Ela não pode hesitar, não pode voltar atrás. Os soldados vão querer deter você, mas você não olhará para eles, não os escutará, nem ligará para intimações, irá sempre em frente até a porta e ela se abrirá para você como a porta do paraíso. Ontem ela se entregou pela primeira vez ao rapaz que a ama, passaram um dia e uma noite juntos naquele quarto de hotel, sem abrir as cortinas, sem sair a não ser para o banheiro, a ducha morna. Na recepção, ela deu este nome: Aliyah. Não é o dela, é o nome de sua irmã, mas o rapaz não disse nada. Fizeram amor quase sem parar, sem pensar no tempo, sem pensar no amanhã. Toda vez que ela gozava, a estrela da minha vida se tornava mais cintilante, e eu acrescentava mais pedras à minha própria morada. E agora o que resta? Aonde eu fui?

Por que esse carro continuou seu trajeto para a porta, sabendo o que devia acontecer?

Vindo(a) do céu, sem dúvida. Não do céu que nós vemos, nós, os que estamos vivos, mas de outro espaço, que às vezes é chamado de Empíreo. Ilimitado, indeterminado, não assexuado, mas sim em formação, onde tudo seria duplo, onde tudo seria possível.

Antes da linguagem, mas onde preexistiria a linguagem, já que em nada há tudo, uma pessoa em pessoa alguma.

Tenho um desejo de nascer, de tomar forma, de me fechar. Os sufis (grandes poetas) diziam que Deus tinha necessidade de ser conhecido, e por isso criou o mundo. Mas o que vem agora não tem nome, nem origem, desejo tem menos ainda, e não existe senão como um chamado, um movimento do vazio. Pode ser um sonho, um sonho de mulher, que emana dela que já deixou de existir e é pois uma projeção, um futuro. O que nasce de um sonho existe, nem mais nem menos que a lembrança.

Se eu sonho com uma mulher de olhos grandes e negros, de ondulada cabeleira em cascata sobre os ombros e fascinante sorriso, uma jovem cheia de vida, que gosta de ouvir a música dos Bee Gees ou o *raï*,[1] e dela não me resta mais que esta frase, escrita num aerograma, a frase seca e dura que diz: "Devo comunicar-lhe a dor pelo falecimento de nossa irmã Aliyah, morta pelos soldados da ocupação", por acaso isso significa que não é nada, que não se trata de ninguém?

Sei que o que ainda não existe, mas está à espera, já existe. O Empíreo do céu. Eu disse esse nome, mesmo sem saber muita coisa a seu respeito. *Cielo empireo*, também se diz que é o império do céu. O céu, como outros diriam Deus. No Uzbequistão, diz-se Tangri Allah, Céu-

1 Gênero musical argelino cujas canções satíricas e de protesto, mesclando a tradição árabe ao rock e ao blues, começaram a aparecer na década de 1970. [N.T.]

-Deus, ou Deus do Céu. Para os ameríndios, athapascans, mohawks, innus, o céu é supremo, o mundo animal, os vegetais e os homens estão ligados ao céu como a seu pai (a terra seria sua mãe, mas sem dúvida os dois juntos são o princípio genitor). Essa vida por vir, não em gestação, mas a ideia dessa vida, seu sonho, seu desejo, então ainda estão ocultos entre as dobras do céu. Mas há dobras no céu? Isso serviria para dizer o coração, o órgão, o segredo. Um ser que flutua, sou um ser que flutua, que plana, que sonha – por que não existiria o sonho de um sonho?

O desejo de ser. É isso que eu sou. A criatura flutua ainda invisível. A criatura percorre os possíveis. Aqui ou lá. Não lugares, mas momentos. Não horas, anos, mas formas.

Os ventres. Em Trípoli. Uma tarde de agosto, na estrada velha que sobe e atravessa a cidade. Em 1992, se não me engano. Mas o ano não importa. Chove e, com o céu fechado, as lojas estão abertas. A jovem vem abrigada num mantô verde e anda atrás do seu homem. Como estão sem guarda-chuva, a água escorre por seus rostos. Os dois são bens jovens, vinte anos no máximo. Ela espera o primeiro filho. Ainda faltam alguns meses, mas seu ventre já arredondou. A redondez de seu ventre contrasta com a esbelteza do corpo. Seu rosto é normal, calmo, meio alongado, as sobrancelhas contraídas pelo esforço, mas perfeitamente desenhadas, o nariz fino, as maçãs salientes e vermelhas, da cor da pele, um encarnado muito queimado pelo sol. Seu cabelo preto é dividido no meio, vestígios de hena, um coque feito às carreiras, mechas que escapam, se encharcam de gotas, colam-se no pescoço. Pés à mostra em sandálias de dedo. O melhor modo de se calçar quando chove.

O homem é tão novo que até parece mais novo que ela, na gravidade do rosto da mulher, na mancha escura em volta dos seus olhos, talvez esteja a diferença. O homem anda um pouco à frente, mais para a esquerda, não como se a precedesse, mas como se ela o empurrasse para cima pelo caminho da encosta. É uma chuva fria e forte, a que cai no ar quente da cidade, chuva que espalha o cheiro da terra e o cheiro da floresta. Os caminhões e os ônibus resfolegam na pista esburacada, jogam sujeira nos pedestres, o homem se afasta quando eles passam, mas a mulher nem presta atenção, a barra de seu vestido está molhada como se ela saísse de um rio. A água brilha nos seus pés nus, nas unhas pintadas. O escapamento dos caminhões produz uma fumaceira azulada que se arrasta pelo meio da estrada toda picada de chuva e faz tossir. A jovem protege a boca com uma ponta do xale. A nuvem que se instalou sobre a montanha parece sorver a fumaceira. A vida nasce da tempestade, que aqui porém mais parece uma ameaça de morte. A mulher de ventre arredondado é forte. Mal ela se aproxima, os pedestres abrem passagem, seu marido se volta, inclina-se um pouco para agradecer e olha para ela, com ar de quem se desculpa. Leva nisso um quarto de segundo, mas já ela o empurra para a frente sem sequer tocar nele, apenas com seu olhar negro rodeado de *khol*, a trouxa abrigada em seu mantô rola um pouco de lado e ela a manda para trás outra vez com um gesto de impaciência. O homem não tem bagagem, somente uma sacola de plástico preto na qual há algumas frutas e um pouco de pão.

Um barulho de asas. Uma flutuação. Um roçar. A terra enxerga sem olhos, o mar escorre sem amargura, resumido a um movimento de pêndulo, suave porém possante. O abraço, essa imensa doçura que se avizinha da dor. Uma voz talvez. De todo o meu ser eu a escuto. Não palavras, nem frases, nem sons: uma voz. O canto imediato, o ar que passa por uma garganta e vibra nas cordas, na vegetação, ressoa em bolsões de ar, num crânio, numa gruta, ressoa dentro de um ventre. É a voz que pertence à vida, ou a vida que inventa a voz. Eu existo no silêncio?

Um voo de asas leves, uma esfregadinha de élitros, uma carícia nas camadas do ar. Já as sílabas de um nome, talvez, uma entrada no destino: Bala, Aliyah, Élijah, Élie. A letra "l", que é a mais suave, umidificada pela respiração, engolida, deglutida, palatal. O som "a", que perdura, que se instala, se impõe, som egoísta, afirmativo, um buraco no céu negro. Uma estrela que cintila. Stella Maris. Nejma. Aster. Ou então o som "o", pontes, posses, pessoas. Sob a luz familiar das estrelas, dentro da noite. Eu gostaria de nascer dentro da noite. O ser bebe na fonte da noite. Bebe a doçura das sombras, o leite das estrelas. Então esse barulho de asas, esse esfregamento, é o das mariposas noturnas, um rumor estridente, muito forte, turbilhão impalpável ao redor da luz, turbilhão de morte quando os insetos se precipitam na chama. Quem me restituirá meu nome? Desde tanto tempo, todos esses anos que não vivi. Esses anos perdidos, quando minha vida breve se extinguiu num terrível abrasamento que me invadiu o crânio e o corpo, que destruiu meu cérebro. "Devo comunicar-lhe a dor pelo falecimento de nossa Aliyah, morta pelos soldados da ocupação." Aquele que não viveu bastante não teve direito à vida por completo. Foi amputado dela, relegado ao vazio, tornado cego e surdo e insensível para voltar a errar pela noite, sem estrelas. Como essa criança que ainda é do tamanho de um camarão, sem mãos e sem olhos, mal saída do ovo, tão pequena, tão frágil, que recua quando a cureta da aborteira se aproxima dela. Será de mim que estou falando? O céu está cheio desses espíritos errantes, desses filhos sem mãe.

Quero falar dos casais. Aí está o único objetivo, a única preocupação do mundo. A vida os escolheu, mas eles ainda não sabem nada sobre isso. São crianças, não viveram a vida dos adultos, ou só um pouco. Não abriram os olhos para o exterior. Não se pertencem.

Hoje em dia, numa grande cidade, tudo é violência. As estradas, as vias expressas, os terrenos baldios, as ladeiras e os viadutos, as vias férreas e os cais, os túneis, os prédios, os semáforos, os pisca-piscas, os estádios, as igrejas, as escolas. Até os velhos cemitérios por trás de seus muros corroídos. Onde está a doçura? Embaixo dessa crosta de macadame, nessa poeirada, nesse espinheiro que se agarra no telhado de um templo, nessas árvores em vasos onde são plantadas pontas de cigarros, nesses esgotos, nessas esquadrilhas de passarinhos enfermos, amputados, escrofulosos?

Um casal. Parecido com animais, no seu encanto adolescente. O rapaz, meio aflito, se veste como um malandro, jeans desbotado, blusão de capuz azul-marinho, tênis cheios de lama. Ela é por certo da mesma idade, no entanto parece mais madura. É mais corpulenta, sem ser realmente gorda, e anda mais devagar, mas não usa nada para cobrir a cabeça e olha com segurança, nem sequer se virou para o outro lado quando eles começaram a atravessar a avenida na diagonal, perto do aeroporto internacional. Tudo está lotado de carros, ônibus, caminhões. Faz muito calor nesse dia, que é 21 ou 22 de agosto. Temperatura máxima nessa cidade, nesse pedaço de deserto. O sol abrasa as esquinas. O casal atravessa fora da faixa, aonde irá? Do outro lado do bulevar, vazia e um pouco assustadora, uma construção quadrada, pré-fabricada, que leva um nome em grandes letras vermelhas, talvez um número. Há uma porta, não uma entrada monumental em pedra, mas apenas uma barreira, alguns postes de ferro, zigue-zagues, rolos de arame farpado... Nada se presta à poesia do esfregamento de asas, não há ressaca no mar nem brisa alguma nas flores. Não há voz que faça nascer seu "oum" no centro do corpo, no centro do corpo duplo do casal. Eles se pegam pela mão, atravessam uma das ruas mais perigosas, mais desumanas, na maior indiferença do mundo (neste exato momento), sem se preocupar com balas perdidas, buzinadas, para-choques caça-búfalos, rodas esmagadoras. Atravessam e pronto. Lá se vão e ainda estão vivos.

Outro casal. Na seção de cosméticos da Cooperativa. Ele, visual bárbaro, tatuagens azuis na pele branca, o cabelo ruivo cortado rente na nuca, cara de mau, um pequeno pirata de cinema. Ela miúda, bem morena, pele de âmbar, cabelo preto cortado em capacete de amazona, mas já cheia de afazeres, empurrando o carrinho no qual está sentada a filha de três anos que parece com ela como um bebê se assemelha a uma mulher. Ele, muito metido, um pouco na frente, como se comandasse, mas afinal o que ele entende de xampus, de cremes dermatológicos, de cílios postiços e removedores de maquiagem? Ele está enfeitiçado pela beleza da sua mulher-menina, o amor o atormenta, ataques de raiva, brigas. Será que ele disse: "Se você me deixar, eu te mato?". Ela abaixa a cabeça. Ela é submissa. Mas seus olhos dizem o contrário, são mais duros que toda a vontade dominadora do cônjuge. Os dois juntos, ela e ele, são a um só tempo fracos e fortes. Não há nada fácil para eles. Dinheiro não têm, nem profissão, às vezes ela pega a filhinha para ir mendigar no estacionamento da Cooperativa e, logo que ganha alguma coisa, ela gasta, não consigo, mas com a menina, para quem compra bombons, pulseiras, presilhas de cabelo. Dela é que vem a certeza, simplesmente porque sua filhinha que se parece com ela comprou uma parte do futuro. Será que ela já sabe que o seu companheiro vai partir para o outro extremo do mundo, que ele se tornará soldado, para matar crianças, matar mulheres, enlouquecer? Ela há de esperá-lo, com a sua filha, e ele, quando voltar, não será mais ninguém.

Percurso, grande indecisão. O que não foi nomeado hesita entre ser e não ser. Mas e eu, que recebi um nome, e depois disso quem o perdeu? O possível, não o provável. A hipótese, não aquilo que está por provar. O ainda não acontecido deve fazer esquecer o inacabado? Fala-se de futuro (essa menininha montada no carrinho da Cooperativa, que ri de um nada, sem memória e sem linguagem, mas já tão forte, sem autonomia, embora seja ela que prevaleça sobre pai & mãe). Não consigo entender. Não vivi nada ainda. Não consigo acreditar em um nevoeiro do ser, em um tempo de gênese. Pelo contrário, é a luz que eu quero, a luz intensa, ofuscante, que se estenda sobre a realidade sem deixar lugar para o vazio, sem dar importância à sombra. Essas cidades, essas estradas, esses lagos e rios, essas margens, essas montanhas sagradas, a tentação do presente é imensa, dá vertigem. Não há nenhuma memória, nenhum lamento, tudo se abre na baía do tempo, baía maravilhosa onde eu queria morar.

Outro casal, estranho, sem dúvida. À primeira vista, ela (na fila do supermercado, mas não propriamente em linha, de lado, como se não estivesse interessada) se remexe e saltita numa perna só como fazem todas as garotinhas do mundo. Parece ter doze ou treze anos. Logo porém ela se vira e deixa ver a barriga enorme, redonda, tão protuberante e pontuda que serve para amparar os seios. A menina é realmente miúda, não passa de uma adolescente, de rosto infantil e pálido, pálpebras cansadas, olheiras vermelhas, cabelo amarrado num coque malfeito e sujo, membros mirrados, pescoço fino demais, uma figura em suma desajeitada, desgraciosa. Como se ela estivesse com uma barriga emprestada, de uma outra, da irmã mais velha, digamos, sem saber o que fazer com aquilo, e continuasse com as suas criancices, como se nada tivesse acontecido. Não longe dela, na fila, o homem, nada de especial, um homem como os outros, calmo, de ar indiferente. Mais para alto, mais para bonitão, devia ter uns trinta anos e levar vida normal, devia gostar de motos e paquerar aeromoças, estudar mecânica, entrar para o exército ou para o corpo de bombeiros e praticar esporte aos domingos. Mas a menina grávida veio falar com ele – na verdade apenas lhe pediu seu celular, que ela usou como uma adolescente, não para falar, mas para jogar e enviar mensagens às amigas e, justamente, para a irmã mais velha. O rosto do homem, na luz, pareceu mais jovem, apesar do cavanhaque ralo e alourado que ele usava e lhe dava um ar sério. Exibia algo de mal resolvido, talvez estivesse com algum problema. Quem sabe era tímido e ficava sem jeito porque tanta gente olhava tanto para ele devido ao estado interessante no qual sua amiguinha se achava (como imaginar que ela fosse sua mulher naquela idade?). O homem continuou a empurrar a cesta de plástico que guardava suas compras, compras de jovem, garrafas de refrigerante, um pacote de biscoitos achocolatados, lenços de papel e com certeza algum tipo de creme para estrias. Ele olhava além, para a garota do caixa, que também era bem nova, devia ter apenas uns dois anos mais que a menina grávida, mas totalmente diferente, com uma carinha linda e toda pintada, cílios postiços, a camisa sexy entreaberta, pulseira escrava no pulso e argolas nas orelhas. Ela deu uma rápida olhada na direção do casal, da menina grávida, a tempo apenas de dizer para si mesma: puxa vida, caramba, que barrigão, hein! O rapaz acabou de pagar as compras, com notas amassadas que tirou do fundo do bolso, e ei-los que partem pelo imenso e solitário saguão do supermercado para seguir seu destino.

Pegaram o carro, rodam agora pela estrada deserta, ao longo de um muro, onde a pista carcomida pelos buracos das granadas se abre em fendas, como se tivesse havido um terremoto. Param, descem do carro diante da porta de controle. Os soldados os separam, ele por aqui, ela por lá com uma mulher soldado que vai revistar seu corpo. Com todos esses atentados, entende? A mulher soldado levanta a camiseta da garota, olha para sua barriga muito branca, dilatada como um astro. Sem comentários.

Já está na praça, ela passou na frente dele quando um barulho estranho chama sua atenção, um motor acelerado, pneus que cantam, fagulhas, ela pensou num foguete, ou melhor, naqueles estalinhos que as crianças explodem contra os muros no ano-novo. Gritos estridentes, gritos de ódio, seguidos pela explosão, e o impacto da detonação derruba a garota, que instintivamente cruzou os braços sobre a barriga e fica sentada de bunda na poeira, no silêncio da pressão sobre seus tímpanos.

Aconteceu alguma coisa. Um sonho interrompido, algo que falta. Como é possível não ser daqui nem de lá? Não estar nem dentro nem fora desse longo corredor? Houve outrora uma luz de que me lembro. Um calor, uma lenta oscilação, um rumor de ondas no oceano, uma voz que cantava aquela velha cantiga de ninar, as palavras claras, penetrantes, com *ls* e *chs*, com *oums* e *lims*, com traços, arcos, círculos. Escrevia-se isso num céu particular, um céu rosado que cerca, abriga e tranquiliza. Por que então isso me deixou? Para onde partiu?

Uma racha, uma fratura, e toda a substância da vida vazou para sumir no espaço, não deixando senão o frio do infinito.

O espírito flutua no ar, vai de uma coisa a outra no seu voo de borboleta doida, de borboleta ébria de luz. Aqui e lá. À procura de uma fonte, um lago, uma parede onde se agarrar, à procura de orvalho para beber, de um filete de sangue para sugar. Que sei eu do mundo? Que é surdo e cego, tendo apenas por instantes esses clarões vermelhos que põem a noite estrelada, brasas tênues como vaga-lumes, vacilantes como pontas de cigarro acesas, e a espessura do silêncio que, em certos lugares, é varada por um apelo, uma vibração, não surda e lenta, mas forte, oh, tão forte e penetrante que até me dói no coração (modo de falar) e faz assim: tchiiiii, ou melhor, wiiiii. Todo o resto está longe, está longe e é lento, não tem importância, são imagens, apenas um pouco de luminosidade, a imitação barata que torne a realidade plausível, um leve batimento de artérias.

Vagueia o ser, não doce e lindamente, como se diria dos anjos, calmos, bochechudos, cheios de buraquinhos nos braços e na região lombar, com suas mãozinhas, seus pezinhos, seus sorrisos cativantes.

Não, o ser é violento. Inteligente, preciso, sem ilusão, sem indulgência. Busca a dobra onde se agarrar, o ventre, o umbigo que se tornará seu olho, seu ponto de partida. Não sabe língua nenhuma, o ser. As palavras seriam, para ele, uma fraqueza. As palavras seriam música, uma cantiga de ninar. Retardariam seu voo, perturbariam sua progressão, se interporiam entre o ser e o mundo.

Também sinto o desejo de ser conhecido. Por que não? E por que não eu? Por que esses instrumentos de cirurgião querem me arrancar, como se eu fosse uma excrescência, um tumor maligno, um dente estragado, um espinho venenoso, um corpo estranho na carne dos vivos? Por quê? Mas o ser não faz perguntas. Perguntar seria confessar, seria voltar atrás, olhar para o passado. Só o presente, só o futuro. Este tempo e nenhum outro. Neste supermercado, nesta estrada, na chuva torrencial pela ladeira, neste carro preto que tem vidros fumês, neste quarto de hotel com as cortinas puxadas sem ver o dia e a noite, seja lá onde for. Mas não *aqui*. E não logo em seguida.

Onde estou? Quem são essas pessoas? Nesse lugarejo feioso, no calor que sobe do asfalto, nessa nuvem de chuva que logo se evapora, no barulho dos motores que roncam na autoestrada, nesse estacionamento em ruínas invadido pelos náufragos, os viajantes que se abrigam na sombra dos carros, porque as árvores já morreram faz tempo. Nomes, do tipo Jénine, Alcantara, Algesiras, Kandahar, Cartagena. E eu, por que razão não tenho nome? Por que eles não me enxergam? Um nome, apenas um nome para me conquistar, me dar asilo, me abrir os braços de uma família, com meus irmãos e irmãs vivos! Nolen, Alan, Liam, Ralia, Layla, Rama. Um nome que persista e ressoe, para um filho amado, perdido e reencontrado, um nome para um filho do amor.

Sim, me lembro. Mas onde foi? Lembro de uma luz, da claridade ofuscante do sol sobre o deserto, de uma estrada. Quando foi? "Quando" significa alguma coisa quando a gente não é? O tempo só diz respeito aos vivos. É com a vida que o tempo começa. Você nasce, conta-se o tempo ao contrário. O tempo conduz ao fim. Mas para mim, que não vivi... Uma estrada sem fim, um deserto sem fim, a luz de um terrível sol que pesa sobre os meus olhos sem pálpebras. Eu me lembro... de nada. Nem de voz nem de rosto. Não me lembro de um nome, nunca. "Devo lhe comunicar o falecimento de nossa Aliyah, morta pelos soldados da ocupação. Agosto de 1992." Não sou eu, não é o meu nome, não é senão uma frase que se arrasta sobre um pedaço de papel amarelo, escrita à caneta com uma tinta que o tempo oxidou e que já corrói o papel. Além dessa estrada nesse deserto que torra, desse sol que cega, dessa porta protegida por rolos de arame cortante, nada mais eu conheço. Quem me arrasta é essa mulher de rebolado lento e pesado, para a esquerda e para a direita, para a frente e para trás. Essa mulher sem rosto. Morta e viva ao mesmo tempo. Mulher sem nome. Ela é o céu Empíreo, o mais alto, o mais oculto, o mais secreto dos céus. Uma camada nevoenta paira eternamente sobre a terra e o mar. É minha mãe que respira em mim, que bate seu coração em mim, que em mim asperge sua doce água, que em mim canta sua canção de ninar, faz em mim o carinho que suas mãos longas e quentes fazem na pele de seu ventre, a música de sua voz entra em mim pelas fibras de seu corpo, como o ritmo das ondas, o prazer das palavras ao meu redor e até mesmo seus sonhos que se enrolam em mim. O prazer de seu sexo, que acrescenta centelhas à minha vida, que de mim fará uma estrela eterna.

Como eu queria que isso não acabasse, que durasse sempre, jamais se fosse para jamais ter de voltar. Mas não há como, isso se interrompeu, pergunto por quê, grito em silêncio para saber por quê. Já da pele do ser eu me aproximo, adivinho o que há lá do outro lado mas não posso transpor o limiar. É uma porta interdita. Ela não se abrirá, nunca mais se abrirá. O que me cerca não tem nome, é a sombra de uma presença, o rumor do não ser. Não mais um roçar, um bater de asas, mas um estremecimento, o medo, o horror, o frio, apesar do sol, apesar do deserto que se abrasa. Não mais a doce noite onde fulguram os astros, esses ventres cheios e quentes que se avermelham. Não mais a explosão da beleza quando um dos astros se desprende da abóbada para cair na terra traçando uma linha de fogo que se mantém na memória.

Vejo essa terra queimada e árida e, sobre ela, uma mulher espichada. Nua da cintura para baixo, seu rosto está enfiado na areia e em sua pele antes de âmbar a morte deixou manchas escuras, azuladas como tatuagens. Parece uma afogada na praia. Moscas douradas zumbem sobre sua vulva. Não longe dela, as botas dos soldados deixaram marcas no chão, o exército de estupradores, os assassinos. Imagino o barulho das passadas, talvez até estampidos, armas, detonações secas, gritos, gargalhadas. E o zurro de um burro, não distante.

Sou nascido(a) então aqui, não vindo(a) ao mundo, mas nascido(a) no céu, como dizem os mexicanos das crianças que nascem mortas?

Nem mesmo nascido(a), não tendo matado a minha mãe no meu nascimento, mas jogado(a) no nada, na terra, na fossa, arrancado(a) do ar. Amputado(a) do tempo, para sempre no céu nevoento onde o meu nome é ninguém.

Com essa raiva que não tem cura, uma vingança sem objetivo, um acerto sem começo nem fim. Houve um crime, eu sei. Os assassinos estão em liberdade. Mataram uma mulher, largaram-na no chão, partiram. E o espírito não encontrou seu corpo, não escolheu sua alma, o espírito se perdeu longe do mundo. Uma luz se extinguiu antes de ter brilhado, não houve astro que se desprendesse da abóbada para traçar sua fulgurante trajetória. Nada. O céu Empíreo não é a morada dos anjos e dos djins, dos heróis e das huris, dos mártires em sua glória. É um lugar de falta, de desejo não saciado, de tristeza. É um céu de pedra que o vento do vazio percorre. Onde se abrigar? Onde se enrolar, em que dobra, em que ventre, como um caracol?

E eu então sinto ódio. Quero lutar contra os desconhecidos que assassinaram minha mãe. A grandes golpes de sabre, a grandes golpes de lança, como tiver que ser. Meus inimigos se ocultam em lugares recônditos, nas grutas, nos cumes. Não me veem nem me escutam. Mas eles sabem que estou aqui. A um sopro frio em sua nuca, não mais que isso, param, se viram, ficam procurando ver... Ninguém.

Eu me lembro. Um rasgão e tanto. Um clarão, um estrondo, no espaço de um instante, o que porém não era nada em vista da imensidade do cosmo. Mas, na estrada reta que atravessa o deserto, no rio extenso e imóvel que liga o lugar do qual se foge ao lugar para o qual se vai, o tempo parou neste dia, nesta hora, neste segundo, 22 de agosto de 2002, 13 horas, 12 minutos e 59 segundos. O tempo parou num pé de agave, na cova de um lagarto, na lata de conserva abandonada que enferruja na areia, na ave de rapina que voa à direita do sol.

Eu me lembro como se eu tivesse tido uma vida. O jorro para o céu, as chapas metálicas amarrotadas, lançadas ao vento como simples folhas de papel, o vidro quebrado em milhares de diamantes que se incrustam no asfalto, a mancha de óleo irisada que se espalha pela rampa e incendeia, o barulho ensurdecedor, o céu que se rompe em dois, e o sangue, todo o sangue que sufoca a garganta e a terra bebe, o sangue coagulado em pedaços de metal, nos bancos de napa, no painel e no volante do carro. O corpo destroçado dessa mulher, que os socorristas da ambulância vão carregando na maca, depois de o ter pudicamente ocultado sob uma cobertura brilhante. Sobre a terra se recolheram os corpos, o soldado que chegou ontem e o velho aventureiro, um casal sem nome, uma menina-mãe. Tudo depois se apaga e, no céu, o vento do vazio não sopra menos forte.

Será que o ser se apaga lentamente, será que nada existe sem forma, será que estou abandonado, sem esperança, sem futuro, se eu estiver sem substância? Outra pergunta – mas talvez seja a mesma –, não será que cada nova geração apaga as ações daquela que a precedeu? Cicatrizes, vestígios, marcas num muro velho, uma ferida aberta bem no meio da rua, onde uma granada explodiu. Iniciais riscadas a canivete sobre as folhas de velhos agaves. Sinais gravados em lápides que o vento e a chuva reduzem a pó, documentos que serão pura poeira, descargas elétricas que se dissipam, um pouco de calor que subsiste, e o vento que empurra as nuvens.

No pátio interno de uma clínica de repouso, posto no chão e nu, há um bebê tomando sol. Mal sabe se manter sentada a criança, sua cabeça bamboleia sobre o pescoço fraco. Uma insolente mosca pousa na sua mão um instante para voar em seguida. O bebê faz cara feia, depois começa a rir, e é um curioso riso interior que ilumina todo o seu rosto e os olhos. O espírito que voa ainda não foi longe, o fim de sua extensa viagem ainda é sonoro como um turbilhão de matéria e de ideias, como um turbilhão de lembranças. Ao lado, na sombra de uma porta aberta, está a jovem que vigia o bebê. Continua com o mesmo coque, o mesmo rosto, as mesmas pernas tão magras, mas não tem mais cara de criança. A violenta explosão que matou seu amante a deixou surda de um ouvido, o médico disse que mais tarde isso talvez melhorasse, quem sabe? Ela olha para o bebê, sozinho no centro do pátio do hospital, e vê apenas seu corpo e aquela cabeça grande que tanto pesa, a sombra que desenha sua silhueta no chão. Ele não tem necessidade de nome nem precisa de lenda. Aliyah, Élijah, Lizbeth, o ser é livre como um pássaro, sua morada se acha onde ele pousa. O ser tem apenas uma história, sempre a mesma, jamais idêntica, sempre nova. E *o mundo é aquilo que acontece.*

QUASE APÓLOGO

Escrever é igual ao metrô. Você já sabe aonde vai, não tem uma escolha infinita de destinações, há horários a respeitar, zonas obscuras e, além do mais, nem sempre é muito agradável. Mas há também tudo aquilo que você não pode prever, o que o transporta (sem querer brincar com as palavras) e expõe, o que o atinge momentânea ou permanentemente. Quero dizer as sacudidas, os ritmos, os encontros. Os olhares trocados, que às vezes deslizam pelo escudo das vidraças, as palavras captadas, os farrapos de frases, conversas, monólogos, instantâneos insensatos, fraturas fracionadas, opus incertum de cacos e de restos em todas as línguas, gestos parados, expressões isoladas de seu contexto, sorrisos extraídos de rostos, comissuras caídas, pálpebras fechadas, reflexos em lentes de óculos, suspiros, bocejos, arrotos. E as nucas, ah as nucas. Nunca se falará o bastante das nucas. Dobradas, oferecidas ao cutelo, ou fartas, musculosas, cortadas por rugas fundas. Nucas próximas ainda da infância, dois tendões pontiagudos escavando o cerebelo, ligados ao trapézio dos ombros. Melhor as nucas que as mãos, porque as mãos se escondem, as mãos se observam, elas já aprenderam a mentir como os rostos. E, melhor que tudo, os pés. Nem belos nem bobos nem gloriosos, mesmo que estejam calçados de couro muito macio, de camurça, com fivelas e ilhoses de enfeite. Simplesmente os pés plantados no chão, usando tamancos ou sandálias de dedo, saídos de sua concha e expostos ao frio, à chuva. A lenda sulpiciana sobre Baden-Powell, como inculcada nas crianças dessa tropa desarmônica e algo indecorosa, narrava outrora que o Mestre, tendo ido a Londres algum tempo após a guerra dos bôeres, notou num vagão de estrada de ferro uma mulher bem-posta, elegante e apresentando todos os aspectos de sua classe superior, cujos sapatos exibiam no entanto duas solas furadas, sinal de grande precariedade. Ele abordou essa mulher e, do modo mais respeitoso do mundo, pediu-lhe para aceitar uma contribuição em dinheiro, a fim de a aliviar provisoriamente, pensava ele, das dificuldades que ela enfrentava, e deu-lhe seu cartão de visita. A história não dizia o que aconteceu depois disso, se romance ou ajuda desinteressada – eu me inclinaria pela primeira hipótese, em sinal de consideração pelo Mestre. Mas a importância que os pés têm nas relações humanas é a conclusão a que aí se chega.

Schopenhauer, num estimulante ensaio, "Miséria da literatura", afirmava que existem três espécies de escritores. A primeira, constituída por autores que não têm nada a dizer e que ele ignorava. As duas outras categorias motivadas, dizia ele, pela necessidade de afirmar alguma coisa. Toda a diferença está no fato de, num caso, o autor se lançar à aventura e arriscar-se, como o caçador inexperiente, a voltar sem nada nas mãos. No outro, o escritor reflete sobre o que ele tem a dizer, como o caçador recorre aos batedores para ajuntar a caça, e não enceta sua obra senão ao fim desse cálculo. Ao contrário do filósofo, eu diria que tenho mais simpatia pelo caçador aventuroso. Não sabendo exatamente o que procura, ele se deixa arrastar pelo acaso e é possível que encontre uma surpresa inestimável. Não sou caçador, nem aliás muito carnívoro, mas lembro-me de outrora ter acompanhado caçadores na floresta panamenha, índios que só matam animais para se alimentar. Eles não têm batedores nem armas aperfeiçoadas, mas sua agilidade supre essa carência, e o instinto os guia. Seus sentidos estão sempre alertas para perceber o cheiro de um pecari ou de um veado, e eles demonstram extraordinária aptidão para reagir conforme a situação, o que faz de sua caçada não uma entediante diversão mundana, mas sim um jogo alegre e necessário que restitui ao homem sua parte animal. É isso que eu gostaria de encontrar na leitura, na escrita. A aventura.

E depois a viagem num vagão, por baixo da terra. Acho-me então num espaço confinado, espécie de interior de astronave projetado no vazio que separa dois pontos numa linha. Visão em túnel que me abstrai do real e me põe num estado imponderável – de irrealidade. Uma flutuação física e mental entre o que há de estático, entre o estado de ligação e a desconexão, ou melhor, entre a vigília e o sono –, nos impulsiona para longe do presente até um futuro incerto, e percebemos todas as mudanças que nos ocorrem. Uns dormem, de boca aberta ou de queixo caído contra a gola do casaco, outros leem, como ela, a mesma página do livro que ela tirou da bolsa e, a julgar pela capa desbotada, deve ser um policial que ela porém não lerá, pois mantém um olhar fixo e seus dedos que já encostaram na página não chegarão a virá-la. Outros olham. O vagão é um espaço fechado, todo o trem é uma espécie de cápsula de onde ninguém pensa nem pode escapar. Foi assim que eles quiseram. O tíquete (autorização de transporte) ou o clique do cartão magnético na roleta do metrô é um contrato do qual ninguém pode desistir depois que embarca. E isso vale para todos os debates sobre a identidade, a liberdade, o engajamento político, as promessas de amor e as alianças, os boletins de votação ou os pedidos de asilo.

Os corpos se tocam no vagão. Raramente se procuram (à exceção de uns pervertidos que têm nisso a razão de estar a bordo, mas mesmo esses perdem pé sem demora). Os corpos até se evitariam, se houvesse lugar. Pessoas que nunca deveriam ter se encontrado estão aqui face a face, o velho ciclista e a menina pré-púbere, a matrona dignificada e o gigolô, o aviador condecorado e a puta descolorada, o rapaz cabeleireiro e o senhor embaixador (por acaso eles até se parecem), o professor e o aluno, o louco e o profeta, o velho de vista fraca e o trintão com sorriso de entendido, o juiz e o prisioneiro, o batedor de carteira e a guarda faceira, e de modo geral todas essas pessoas semelhantes, indiferenciadas, uniformemente cinzentas e anônimas, intercambiáveis e no entanto únicas.

Quanto tempo dura essa viagem? Quatro, cinco minutos, às vezes mais. Mas tão longas, tão ricas em acontecimentos e sensações, cheias de ideias, de palavras que esvoaçam, de imagens, de vidas. Até onde iremos? Até quando estaremos vivos? Que razões daremos nós à nossa história? Porque um dia bem que será preciso encontrar uma razão, dar uma razão, não poderemos tornar verossímil nossa inocência. Onde quer que estejamos, seja qual for nosso destino final (se tal coisa existe), vamos ter de nos explicar, de prestar contas.

Eu fui, eu fiz, eu tive. E um dia não serei mais nada. Semelhante a esse vagão lançado a uma velocidade inimaginável, incalculável, próxima sem dúvida do absoluto, entre dois mundos, entre dois estados. E nem pensar que algum de nós volte um dia a esses estados, ou seja, a seu próprio passado, àquilo que ele ou ela amou. Daí os rostos imóveis, congelados, às vezes terrosos, como máscaras de massa de papelão ou de couro velho, com duas fendas por onde o olhar se mexe, estrela de vida pendurada no negror das pupilas.

A trepidação brutal, violenta, quando as rodas passam pelas agulhas, soltando faíscas, ou então, ao longo das curvas da via, os solavancos em série que retificam o curso, contra a força centrífuga, decompondo-se o arco de círculo dos trilhos em centenas, em milhares de facetas, cada uma enviando seu impulso para os corpos dos passageiros dóceis, bamboleantes, para o ranger dos eixos, os estremecimentos das vidraças, somente a vida é capaz do movimento contínuo, somente a vida é redonda, o mundo mecânico criado pelos seres humanos não é capaz senão de choques, de mudanças, de metamorfoses.

Será isso um devaneio? Fantasmagoria? Não, simplesmente fantasia ou, como outros diriam, representações imaginárias. A todo instante se perde o pé. Um dia, num trem suburbano, vi uma mulher desmaiar. Jovem, graciosa, pelo sotaque do marido eu entendi que ela era "das ilhas", uma mauriciana (tenho um radar para detectar meus compatriotas no estrangeiro). Calor sufocante, composição superlotada, janelas fechadas. Em pé no meio da multidão, delicada como um pendão de cana, sua pele de mel se tornou pálida, assumindo tom cinéreo, seus olhos se reviraram sob as pálpebras trêmulas e seu corpo desabou sobre si mesmo, retido pela pressão dos vizinhos e vizinhas que nem se deram conta de nada, se limitaram talvez a um empurrão para livrar-se do peso do corpo que foi de encontro a eles. Na estação seguinte, o vagão esvaziou e a mulher caiu no chão, não de uma vez só, mas lentamente, à maneira de um vestido desabitado. O marido tentou erguê-la, pediu ajuda em volta, no vagão vazio que já se enchia de novo, com algo de desesperado e colérico na voz, na pergunta berrada a esmo no vazio, que ninguém ouviu, em seu sotaque cantante que a angústia tornava ainda mais inadequado, uma pergunta, uma reclamação, uma convocação às testemunhas: "Será que não tem ninguém aí pra abrir a droga dessa janela?".

Há esses espaços varados por interstícios, as brechas, os momentos de espanto, as reentrâncias negras entre os tijolos dos muros. Nada de acabado, nada de definitivo. Num instante eu sou espectador, no instante seguinte sou aquele ou aquela que estou olhando.

Esse corpo adormecido à minha frente, uma mulher de trinta anos, provavelmente africana, a cabeça apoiada na mão direita e a mão que repousa na vidraça. Transportada para trás (mas, fechando-se os olhos, o movimento não se inverte?), para um outro tempo, outro lugar. Uma ilha de beleza, um amontoado de rochedos negros batidos pelas ondas do oceano, uma terra árida onde os cocos se agarram. Sua ilha, começo e fim de todas as viagens, cabeça da invisível ponte que une a África às Américas. Entro nesse corpo cansado, nesse rosto ao abandono – a dor do exílio, a espera nos poeirentos cais de Palma, de Funchal, o medo, os dedos inchados pelos reumatismos, os pés estragados pelas andanças, as filas nos arrogantes consulados por trás de barricadas, mesmo que a gente vá devagar, chega um momento em que ninguém aguenta mais, o corpo arreia no chão, numa beira de calçada, num degrau de igreja, num banco do metrô. Ao fundo dela se abre um pórtico, uma baía talhada na pedra negra sobre a brancura do mar, sobre o céu. A porta do não retorno.

Ou então essa grade que cerca os imigrantes num campo em Algeciras, os guardas que brandem metralhadoras – por que será que eles descarregam suas armas para o alto, terão recebido instruções para afirmar seu poder, ou será apenas prazer de aterrorizar os pobres?

Por trás de suas pálpebras fechadas, flutuo em outra memória. O que é a memória, de fato, será a minha, recebida das minhas leituras, dos filmes em vídeo, de pontas de boatos e de refrãos? Ou será a memória humana, tal como se diz, pensamento universal? Será a memória de outra pessoa, na qual penetro por arrombamento, passando de um estado ao seguinte sob efeito dos solavancos e dos golpes nos rins dessa velha cápsula de ferro, na ondulação das carnes, no vaivém das respirações?

Uma frase me ocorre, uma frase que me persegue, por suas palavras, seu ritmo, como os nomes das estações da Circle Line: Sloane Square, South Kensington, Gloucester Road. *Do you think of me as I think of you, my friends, my friends?*

Pode-se habitar uma frase? Por que essas palavras de Letitia Elizabeth Landon me perturbam, como se disparassem o amor e a nostalgia, lamento e desejo, desejo de saber e lamento de não poder voltar no tempo para compreender aquela que as escreveu antes de morrer, seguir a mão que as traçava, ler essa carta nunca enviada, respondê-la talvez no lugar dos que as ignoraram. *Do you think of me as I think of you, my friends, my friends?* Como compreender? A que ponto uma vida se separa, a que ponto deixa de ser representada para se tornar verdadeira? O que resta dos sentimentos e das experiências, nesse momento que eu vivo embaixo da terra nessa máquina que ninguém teria imaginado então? A pose dos falsos romantismos, a atração byroniana pelas ondas sobre rochedos negros, as palavras de Felicia Dorothea Browne Hemans, de Elizabeth Barrett Browning, quando chega a notícia da morte trágica de Letitia: *Oh, Bring no flowers...* Mas a viagem é unívoca, o que deixamos não pode ser reencontrado, nem mesmo nos nossos sonhos.

Trancos, arrancos, hesitações, comas passageiros... Quem será essa morena de cabelo liso, metida num casacão cinzento, com uma bolsa em tapeçaria, usando escarpins de salto alto, que está em pé na plataforma e arqueia ligeiramente as costas para resistir aos movimentos do trem? Quem será a mulher de rosto trágico, acentuadas rugas de amargura dos dois lados da boca, que, ensimesmada, se fecha em pensamentos? E esse rapaz da África negra, pois não tem nada de americano nem de antilhano, muito magro, muito frágil, contudo empedernido e resistente, cuja pele se ajusta tão completamente aos ossos do rosto como metal fundido? Não é a estranheza, e sim a familiaridade, o pertencimento, que eu percebo nessas pessoas. Uma história comum. A história de Nana Akweshi Prempeh, encarcerado pelos ingleses no forte de Elmina na época das guerras contra os ashantis: o velho que, como um leão trancado numa jaula, vivia no alto da fortaleza, com o olhar gasto pelo mar, a luz e o vento. A história de Olaudah Equiano, de dez anos de idade, capturado em sua aldeia e feito escravo, como ele mesmo contou, e também a história de sua irmãzinha, levada ao mesmo tempo que ele, mas de quem nunca se soube nada. E o túnel em que o vagão se precipita lembra o estreito corredor quebra-espinha pelo qual os traficantes faziam os escravos passar para entrar no porto, homens, mulheres e crianças reunidos uma última vez para a longa viagem...

Voltemos a este dia. Um dia tão longo que cada segundo parece imemorável, um dia como um ano, um ano como um século. No túnel, o ar se comprime, os ouvidos ficam tapados e destapados com um leve estalido. Tudo se acelera, ou então reduz sua marcha, no fundo não é a mesma coisa? E caem as barreiras individuais, finas cortinas de plástico, para que as vidas se misturem. Os rostos. Sempre os rostos, que parecem máscaras penduradas no poço de uma escada em espiral fabulosa. Neles se oculta uma verdade comum que ninguém procura saber. Vejo estes traços, testa alta, nariz médio, os lábios, pálpebras fechadas que deixam por instantes filtrar-se a luz de um olhar cor de aço, as bochechas, o queixo, o pescoço com rugas, os ombros e todo o corpo arriado pelo cansaço e o tédio, vejo esta humanidade presente, resultado de acasos, encontros fortuitos, desejos inúteis de tão breves que são, levada pelas ondas da morte, com seus segredos, suas palavras perdidas, suas ilusões de saberes, suas ilusões de infância, amanhã eles estarão velhos, amanhã terão desaparecido. Eis o que cura da tentação do demiurgo. Levados nesse trem infernal, como eu dizia, arrastados à mercê de uma violenta corrente, todos eles tais como são, os poderosos e os fracos, os possuidores e os possuídos, os vaidosos, os triunfantes, os maltrapilhos, os pedintes, os requintados, os afetados. Nada haverá de ser salvo. Rostos que recuam a toda a velocidade, que se eclipsam, e comigo se dá o mesmo. Em quanto tempo uma só palavra, uma só ação será capaz de detê-los? Não é porém uma questão de horas (nem de minutos, dada a distância entre o ponto A e o ponto B nesta linha).

De caderno na mão, tento um inventário das metamorfoses:

uma mulher grávida, de pés esparramados no piso do vagão, mãos abertas de cada lado da barriga estufada, olhos com olheiras

um homem de terno escuro e gravata, em pé, carregando sua maleta e se apoiando na porta

outro, sentado, mergulhado na leitura de um jornal, talvez o resultado das corridas em Vincennes ou as cotações da bolsa – é a mesma coisa

um outro, jovem, esfarrapado, com um curativo no olho direito

uma mulher com uma criancinha de uns três anos, uma menina que se parece com ela, as duas se olham sem se falar, sem se sorrir

o velho que arrasta os pés e, assim que desce do vagão, acende sua bituca

um homem de seus cinquenta anos, bem-posto, libanês talvez, ou sírio, ou talvez judeu sefardim, com um ligeiro tique no olho, que observa e está em viagem. Mas quem aqui não viaja?

menos esta mulher, que lê um romance e cujas mãos estão cobertas por luvas que deixam as pontas dos dedos livres para virar as páginas, apenas por um instante ela interrompe a leitura quando

o rapaz começa a gritar na outra extremidade do vagão, é um jovem negro, de mais ou menos dezessete anos, sentado num banco dobrável, que levanta a cabeça e grita: Suzanne!!! e depois volta a olhar para os pés

No entanto, por mais rápido que eu escreva, não consigo anotar a totalidade do que se passa, as expressões, os pensamentos, os ruídos e suspiros e até mesmo o próprio silêncio, apesar do barulho das rodas de ferro sobre os trilhos de ferro.

Numa estação, ouvi pela porta aberta outro grito, não um nome nem um chamado, nada mais que um grito forte: AUÁ, mais um barulhão que um grito, emitido por um homem de aparência demente que só tem esse som como linguagem, um grito de vítima, de torturado, de violentado, e a multidão se abre diante dele para evitá-lo. Depois que a porta se fecha, cortando o grito, o homem sai carregado pela plataforma qual marionete desconjuntada.

E esta garota, japonesa, coreana, rosto largo, testa redonda, boca pequena, nariz bem pouco acentuado e grandes olhos oblíquos, olhos de gato, olhos de folhas de ouro das máscaras peruanas. Imóvel no seu banco (perto do rapaz que chama por Suzanne), mancha branca rodeada de uma cascata de cabelo preto e liso, parecendo uma estátua. Apesar do barulho, apesar do ajuntamento e dos gritos do rapaz maluco, seu olhar capta o espaço, e aí eu entro nela, recebo um calor intenso, uma explosão de luz, como se um ser possante me envolvesse e me desse proteção. Recebo um olhar vindo de outro lugar, um brilho intenso que comparo ao céu do verão à noite, essa doce luz das estrelas, vinda dos outros mundos. Um instante, nada mais que um instante. Eu não sabia que era para isso que estou neste trem, não existe acaso, ou então simplesmente tudo é acaso ao contrário e eu já esperava este instante. E tudo o que me rodeia, neste vagão lançado à velocidade da luz em seu trajeto, todas estas pessoas comigo, passageiros ocasionais ou do ano todo, viajantes e vagabundos, profissionais da punga e da gatunice, todos, da moça que não lerá seu romance policial ao idiota solitário com seu grito na plataforma, todos significam alguma coisa, estão reunidos para realizar alguma coisa. Mas o quê? Para se aproximar de uma garota simples que conheceu Deus? Para dar uma parcela de sua vida, nem que seja apenas um punhado de sons, um pedacinho só de pele? Como se o ser voasse de um ao outro, ligado ao centro incandescente desta garota, e passasse através de mim que os observo e imagino, eu que não passo de uma peça neste conjunto, um grão de poeira neste microcosmo, para fazer com que a memória se mexa, maior do que os seres humanos...

A máquina desacelera, o ranger dos freios invade o vagão, há no ar como que um cheiro de enxofre, a realidade novamente se adensa na carlinga da astronave. Começamos nossa descida, inevitável, inexorável. Era evidente que a viagem teria fim. Tudo torna a se fechar. Com seus olhos imensos, a garota continua a olhar, parece-me que ela até esboça um sorriso. O fim, sem dúvida, é prenúncio de alívio. Os nomes das estações, as palavras insensatas, justapostas no bricabraque das cidades, estratos do passado, monumentos, associações de policiais e de ladrões, de generais e de soldados, homens de toga ou de espada, heroínas e mulheres sábias, filhas da revolução, campos de ruínas, cantos da partida, ilhas fortunadas,

Waterloo

Michel-Ange-Molitor
Eujiro Sam-ga
Candos
Rose Hill-Beau-Bassin
La Louise
Moka
Eureka

A cada um sua vida

Coordenação editorial **Heloisa Jahn**
Tradução **Leonardo Fróes**
Preparação **Leny Cordeiro**
Revisão **Maria Fernanda Alvares** e **Luciana Araujo**
Projeto gráfico **Gabriela Castro**
Produção gráfica **Aline Valli**

Nesta edição, respeitou-se o Novo Acordo Ortográfico da Língua Portuguesa.

Dados Internacionais de Catalogação na Publicação (CIP)
Câmara Brasileira do Livro, SP, Brasil

Le Clézio, J. M. G. [1940-]
História do pé e outras fantasias: J. M. G. Le Clézio
Título original: *Histoire du pied et autres fantaisies*
Tradução: Leonardo Fróes
São Paulo: Cosac Naify, 2012
288 pp.

ISBN 978-85-405-0211-6

1. Ficção francesa I. Título.

12-05336 CDD-843

Índices para catálogo sistemático:
1. Ficção: Literatura francesa 843

COSAC NAIFY
rua General Jardim, 770, 2º andar
01223-010 São Paulo SP
[55 11] 3218 1444
cosacnaify.com.br
atendimento ao professor [55 11] 3218 1473

FSC
www.fsc.org
MISTO
Papel produzido a partir de fontes responsáveis
FSC® C019498

A marca FSC® é a garantia de que a madeira utilizada na fabricação do papel deste livro provém de florestas que foram gerenciadas de maneira ambientalmente correta, socialmente justa e economicamente viável, além de outras fontes de origem controlada.

Fonte **Amalia Pro** Papel **Pólen soft 80 g/m²** Impressão **Geográfica** Tiragem **2500**